醫女出頭天 1

風文創 780

陌城 著

風文創 780

目錄

自序

陌城

此刻窗外雷閃雷鳴、狂風大作，可抱著枕頭窩在沙發上的我卻感覺到一種前所未有的輕鬆暢意。今天兩個混世魔王破天荒地都不在家，這對一個隨時都處於暴走和崩潰邊緣的老母親來說，簡直是一件值得慶祝的大喜事。

自從小兒子出生以後，生活便成了一場永無休止的亂仗。似乎只是一眨眼的工夫，我便從一個放浪不羈、追求詩和遠方的元氣少女變成了兩個孩子的媽。身體的疲累和精神的消耗還是次要，那種所有時間都被塞得滿滿當當、徹底喪失自我的狀態，讓一向崇尚自由的我也忍不住感到一陣陣絕望。

好在孩子總會一天天長大，最難熬的那段日子也終究會過去。在小寶三個月的時候，我突然下定決心與那個永遠都不可能做到完美的自己握手言和。母乳不夠吃？別家喝奶粉的孩子一樣長得白白胖胖、身體壯壯，我又何必非逼著自己灌下那一碗碗令人作嘔的催乳秘方；被睡眠問題搞到產後抑鬱？索性狠下心，將孩子全權交給他爹照顧，自己緊鎖房門睡他個天昏地暗。

一切就這樣豁然開朗。

我學會了忙裡偷閒，學會了苦中作樂，日子並沒有因為我的懈怠而變得更加糟糕，相反地，兩個孩子的笑聲卻比以往任何時候都要爽朗，與孩兒他爹之間緊繃的夫妻關係也漸漸緩和下來。與此同時，我終於開始動筆寫下這個在心中醞釀已久的故事。

也許在未來的日子裡我還是需要不斷地與生活妥協，可至少我還擁有一顆蠢蠢欲動的心，以及閉上眼睛作夢的權利。

這麼多年的寫作已經成為我最難以割捨的習慣，那些經過我的手塑造出來的女性形象不管是美是醜、是善是惡，我都會竭盡全力去觸碰她們心底最柔軟的地方；尤其是做了母親之後，我似乎更能體會這個時代對於女性的嚴苛與敵意，可正如前文所說，當你身處其中時，除了迎難而上，奮力一搏，別無出口。

隨著網路的日漸發達，作者和讀者之間的聯繫也越發緊密，也許我們隔著千山萬水，也許我們的境遇千差萬別，若是能藉著這股淡淡的墨香開啟一段共同的旅程，那就算是作者最大的福報了。

本人深知能力有限，因此並不敢奢望自己的文字能夠帶給大家多少思考與感悟，只希望機緣巧合之下看到這本書的小可愛們，能夠在疲累的生活中展顏一笑，就像這個故事中的女主人公一樣，即使腹背受敵、深陷黑暗，也能不忘初心，堅持做自己，勇敢地追求更美好的生活。

因為，那原本就是你應該得到的。

第一章　詐屍

夜半三更，一盞豆大的油燈襯得整個小屋更加蕭條破敗，年輕的婦人面無表情地坐在土炕上，將一個十一、二歲的小姑娘緊緊摟在懷裡。

「穎兒，想哭妳就哭出來吧！都怪我這個當爹的太沒用，救不了二妮的命，可孩子已經走了，妳就算再捨不得也要讓她入土為安啊！」姚老三雖然也很心痛，但腦袋還是清楚的，他伸出手想將女兒從媳婦懷裡接過來。

「你別碰我！」女子像魔怔一般，一把甩開丈夫的手，她的面容已經有些瘋癲，聲音也有些淒厲。「你胡說，我的二妮沒有死，她只是睡著了。你摸摸，她的燒退了，她很快就會好的，她身上好冷，讓我給她暖一暖，暖一暖。」女子一邊說，一邊拚命地揉搓女兒的脊背，將女兒的臉貼在自己臉上，想用自己的體溫來溫暖女兒那越來越冰冷的身體。

「穎兒，妳別這樣，別這樣。」

姚老三正手足無措、不知如何安慰自己的媳婦時，門外突然傳來了一陣嘈雜的腳步聲，緊接著，幾個人一聲招呼都沒打便破門而入。

「滾開！看你這副窩囊樣，簡直就是一個廢物。」姚老太太一把推開姚老三，逕自衝到炕前，指著女子的鼻子一通臭罵。「老三家的，妳瘋夠了沒有？一個沒用的賠錢貨有什麼好心疼的，死了剛好，妳趕緊給我生出個帶把的，我老姚家花錢娶妳是為了開枝散葉，這麼多年來妳占著茅坑不拉屎，換作別人早把妳休八百回了。」

姚老太太今年五十多歲，顴骨外突，兩頰內陷，典型的尖刻之相，一看就知道不是善類。

她越罵越來氣，伸手扯住女子的頭髮猛地往牆上一撞。「妳看看妳，抱著個死人不撒手，好好的一個家被妳弄得鬼氣森森的，我看妳就是存心想找我老姚家的晦氣。」她一邊罵一邊轉過身對跟在她身後的兩個男人吼道：「老大、老二，你們倆還愣著幹啥？趕緊把那個死丫頭給我拉到後山的懸崖扔了。黃口小兒死了不能在家裡過夜，否則就會給整個家族帶來災禍，到時候你們一個、兩個都要跟著倒楣。」

姚老太太身後的兩名男子稍作遲疑，互相看了一眼，硬著頭皮走上前，伸手拉著那個已經死去的小女孩的腿，想將她從女子的懷裡扯出來。

「不！不要碰我的二妮，她沒死，她沒死！放開她，放開她！」女子雖然被撞得滿眼金星，卻仍然緊緊地抱著自己的女兒不撒手。

弱小的身體此時竟爆發出巨大的力量，兩個男人拉扯了半天依舊無可奈何。

「你們兩個在幹什麼？再磨蹭下去天都要亮了，到時候咱們家就會成為全村人的笑柄。」姚老太太跺了跺腳，咬牙切齒地說道。

兩個男人終於狠下了心，一個使出蠻力將女子的手指一根一根地掰開，另外一個趕緊將小女孩的屍體拖下床，用一張早已準備好的破蓆子裹住，一把扛在肩上，大踏步走出門，消失在無邊的黑暗之中。

姚老太太的臉色終於緩和了一些，她看了看面如死灰的三兒子和嚎啕大哭的三兒媳，嘆了一口氣說道：「這都是命，咱們莊稼人，哪家沒有幾個養不大的孩子？我這輩子兒子、姑娘加在一起生了有十幾個，也才活了你們兄妹六人，有這哭喪的力氣，還不如明早去廟裡求送子娘娘，早點賜個兒子給你們。」

姚老三搗著臉，痛苦地搖搖頭。「不一樣、不一樣啊！二妮發高燒燒了三天，如果您肯大發慈悲，請個大夫來給她瞧瞧，說不定她就不會死，她還那麼小、那麼小。」這是這個樸實的莊稼漢生平第一次指責自己的母親。其實相比於母親的冷酷無情，他更恨的是自己的無能，他根本就不配做一個丈夫。

「哼。」姚老太太冷哼一聲，眼中盡是鄙夷之色。「你們還好意思說，自己養出的好閨女，小小年紀就是個狐媚子，連自家姊姊的未婚夫都想勾引，簡直是無恥、下賤到了極點。我告訴你們，她做的那些好事要是被里正知道了，不僅是那個小賤蹄子要被沈塘，就連我們一大家子都要被趕出村去；幸虧那丫頭還是有幾分明白，眼見醜事敗露找了口井一跳了之，要不是你們非要把她給撈上來，她還能少受這幾天罪。」

「不！」年輕婦人發出一聲痛苦而絕望的呼喊。「二妮是被冤枉的，她是被冤枉的。我要和她一起去陰曹地府，讓閻王爺替我們娘兒倆作主。」女子突然從炕上撲了下來，一邊哀號、一邊踉踉蹌蹌地跑出門。

「穎兒，妳去哪兒？等等我。」姚老三趕忙從地上一躍而起，追了出去。

只留下姚老太太一肚子火氣無處發洩，只能重重地啐了一口。

杳無人煙的小路上伸手不見五指，姚家兩兄弟藉著微弱的月光摸索著前行。

姚家老二越走心裡越毛，不知為什麼，他覺得肩膀上的草蓆捲越來越重了。「不都說人死骨頭會變輕嗎？」

「你在瞎嘀咕什麼？趕緊把她處理了還能趕回去睡一個時辰，明天一早村裡要收田租，我還有大把的帳要算呢！」老大的心裡其實更加緊張，他雖然是快四十歲的人了，但一向膽子小，又自詡是讀書人，本不願做這種不符合身分的事，可家中兄弟五個，老四是個傻子，老五又和他媳婦一起回了娘家，算來算去只能是他和老二來做了。

「大哥，老三家的這個丫頭平日裡一向乖巧懂事，沒事總幫我照顧小龍、小勇，沒想到這麼小就一命嗚呼了，真是可憐見的。」

姚老大哼了一聲，不屑地說道：「這就叫自作孽不可活，誰讓她膽敢妄想不屬於自己的東西，也不看看她是什麼身分。」都是一個娘胎爬出來的，卻只有老大一人唸過幾年書，雖沒能考取到功名，只是被里正請去當一名帳房，可他依舊覺得自己比其他那些只能在土裡刨食的泥腿弟弟高貴一些。

這話他覺得說得沒毛病，可老二聽著心裡卻不太舒服。

老二將破蓆捲往地上一扔，喘著粗氣悶道：「大哥，這麼長的路，不能只讓我一個人扛，這小丫頭看著皮包骨，倒挺沈的。哎呀媽呀，累死我了。」

老大心裡一萬個不願意，可又找不到什麼藉口推脫，只能蹲下身去拾那床破蓆捲。

好在已經沒有多少路程，翻過這座山頭就到了。

然而，姚老大的手剛一碰到草蓆，就被一隻冰冷如尖刀的手給握住了。

「啊！」一瞬間，姚老大渾身寒毛直豎，一屁股跌坐在地上，他哆嗦著想抽出自己的手，卻發現自己渾身上下一點力氣都使不上來。「詐、詐屍啦！」

一旁的姚老二也被嚇得魂飛魄散，他清楚地感覺到那床被他包裹得嚴實的破蓆捲在不停地顫動，好像有什麼可怕的東西即將跑出來。「有鬼啊！」姚老二一邊鬼哭狼嚎地怪叫著，一邊轉過身拚命地往回跑，此時此刻，他已經顧不上天黑路險，更顧不上他一母同胞的大哥了。

「二妮，妳行行好，放過大伯，我知道妳死得不甘心，回去我就花錢請道士給妳作法，祈禱妳下輩子投胎到王公貴族家，而且以後不管大節、小節我都會給妳燒紙、點燈，保證妳有花不盡的錢。」

姚老大此刻再顧不上什麼身分、輩分，整個人伏在地上不停地磕頭求饒。

過了好長時間，蓆子裡面終於傳出一個讓人毛骨悚然的聲音，低沈而又沙啞。

「咳、咳，要我放了你可以，你先把繩子解開，我快要被憋死了。」

死？姚老大簡直是欲哭無淚。小祖宗，妳早就已經死了好嗎？妳死也不好好死，是想要把我也玩死嗎？

沒辦法，姚老大只能在黑暗中用一隻手摸索著去解綁在蓆子上的繩索，費了九牛二虎之力才終於把它解開。

蓆子裡的鬼魂一下子坐了起來，大口大口地喘著氣，那聲音聽在姚老大耳朵裡又是一番別樣的驚心動魄。

「這下妳該放了我吧？妳知道大伯是個文人，禁不起這樣的驚嚇，冤有頭，債有主，妳就算要索命也要找對人啊！」

「不行！」拉著姚老大的那隻手不僅沒鬆開，反而抓得更緊。「這裡這麼黑，我害怕。」

「什、什麼?!」姚老大簡直不敢相信自己的耳朵，這世上還有怕黑的鬼？「那、那怎麼辦？」因為沒有燈光，姚老大完全看不清眼前這隻小鬼的模樣，然而以往讀過的那些書裡的惡鬼形象自動地從腦海中浮現，嚇得他開始尿褲子了。

「把你身上的外套脫了。」小鬼又一次發出指令。

「妳想幹什麼？」姚老大只覺得頭皮發麻，整個人緊張到不能呼吸。他曾經聽人說過，有的厲鬼為了早日輪迴，會專門生吃活人的心臟。「饒命啊、饒命啊！別吃我、別吃我！」

「快點。」

「小鬼」突然伸手揪住了姚老大的衣領，但還沒用力，他就「砰」的一聲暈倒在地。

「怎麼回事？不就是想問你借件衣服嗎？不借就不借，至於嚇成這樣嗎？喂，你醒醒。」姚婧婧感覺自己頭疼得快要炸開了，渾身上下說不出來的難受。她隱約記起自己原本正陪著爺爺在山上檢查草藥，結果腳下一滑摔進了一個深不見底的山谷之中。

原本她以為自己這次算是死定了，沒承想還有重新睜開眼睛的這一刻。

「二妮、二妮。」

遠處突然傳來一個女人急促、焦灼的呼喊聲，在如此寂靜的深夜顯得格外刺耳，聽方向是朝這裡奔來了，難道這山上還有其他人？

聽聽這名字——「二妮」，還真是老土到爆。

姚婧婧在心裡默默地吐槽，那個呼喊的女人眨眼間已經跑上了山頭。

姚婧婧這才發現那個女人並不是獨自一人，她的身後還跟著一個舉著火把的男人，久違的光亮讓姚婧婧覺得身上都暖和了幾分。

姚婧婧剛想說什麼，女子卻像是被施了定身術一樣定在那裡，呆呆地看著她的臉。

姚婧婧突然意識到有些不妥，深更半夜、荒山野地、躺在地上一動也不動的男人，這怎麼看怎麼像是一個凶案現場。

「那個，別誤會，他沒有死啊！你醒醒，醒醒啊！」姚婧婧又是踢、又是打，折騰了半天，地上的男人仍然如死豬般紋絲不動。

眼前的女人對此卻絲毫不敢興趣，連看都沒往地上看一眼，臉上反而漸漸露出狂喜之色。「二妮，我就知道妳沒死，我就知道妳不會這樣扔下娘。」女子一邊大喊、一邊撲過去抱住姚婧婧，還用自己的臉在姚婧婧的臉上亂蹭，鼻涕、眼淚糊得到處都是。

「啊！趕快放開我，這位小姐，妳認錯人了。」

女子反而將她抱得更緊。「二妮，我苦命的女兒，妳到底遭了多大的罪，連娘親都不認識了。當家的，你把火把拿近一點，讓二妮好好認認。」

姚婧婧感覺自己快被勒斷氣了，她只怕是遇到了一個瘋子。

這個女人看起來最多才二十五、六歲，而自己馬上就要升級為三十歲的黃金剩鬥士了，這女人就算再怎麼瞎也不至於把她認成自己的女兒吧？

姚婧婧使勁掙開女子的懷抱，剛想罵她是不是神經病，卻突然感覺到有哪裡不對勁。

不管是眼前的這個女子，還是她身後的男子，甚至包括躺在地上的那個人，他們都穿著只有古人才穿的衣裳。

「哇，原來你們在拍戲，哪個劇組這麼敬業？」

「二妮，妳在說什麼？妳是不是燒糊塗了？妳仔細看看，我是妳的娘親啊！」

這個女人也入戲太深了吧？姚婧婧覺得有些好笑，她拍了拍自己的臉。「喂，妳看清楚我的……」等等，不對，自己雖然從小到大都頂著一張圓餅臉，但為了不在女光棍的路上一去不復返，她可是勤懇地一天三張面膜保養著，什麼時候變成這種粗糙如同樹皮的觸感了？她心裡一驚，又仔細摸了摸，這尺寸也不對呀！

還有，她的手為什麼也縮小了好幾個size？看起來就像是一個孩子。

我的媽呀！到底是怎麼回事？姚婧婧感覺一陣天旋地轉。

「當家的，你快來揹著咱閨女，咱們回家。」愛女失而復得，女子內心的歡喜簡直難以言喻。

「欸。」姚老三嘴裡答應著，心裡卻直打鼓。他當然也希望自己的女兒活著，可之前他明明親自確認過，脈搏、呼吸都沒了，身體也變冷了，的的確確是死了啊！

禁不住妻子的一再催促，他走上前去捏了捏女兒的手，竟然是熱的！
這個老實的莊稼漢此時也糊塗了，難道這個世上真的有起死回生這件事？
他剛想仔細問個清楚，卻發現女兒眼白一翻，又暈了過去。

第二章　大仙

姚婧婧已經在這間破敗小屋的土炕上躺了三天了，她終於確定了一個事實，那就是——自己真的穿越到了一個莫名其妙、歷史上完全沒有發生過的朝代！

這三天她只要一閉上眼睛，就會感覺到半夢半醒之間有一個小女孩在對她講一個冗長又乏味的故事，後來她終於意識到，那是這個身體的原主人在向她傳遞所有的記憶。

這種感覺很難受，這個小姑娘長到十三歲，除了父親、母親偶爾帶給她的溫暖外，她的人生中充斥的都是貧窮、饑餓、嘲笑與冷漠。

姚婧婧簡直要暴走了，她怎麼這麼倒楣？別人穿越都是去當妃子、做公主，不僅有數不盡的金銀珠寶，身邊還有無數美男環繞，輪到自己怎麼就變成一個嚴重營養不良、看起來隨時會掛掉的黃毛小丫頭？

「咕嚕、咕嚕。」

姚婧婧的肚子又開始抗議了，作為一個從小學六年級開始體重就沒下過三位數的吃貨，這幾日所吃的食物對她來說就是一種凌遲。

不是稀得能照見人影的玉米粥，就是各種黑糊糊的野菜湯，頂多再加兩塊乾巴巴的紅薯，連一點油花都沒有，不行了、不行了，再這樣下去她真的會死的。

她撐著身子坐了起來，對著坐在油燈下縫補衣裳的年輕婦人喊道：「娘，我肚子餓。」

姚婧婧既然已經獲得了姚二妮的全部記憶，自然認得她的母親賀穎。

這是一個命比黃連還要苦的女人，從小父母雙亡，唯一的哥哥在村裡的鐵匠鋪當學徒，每天把鋪子裡管的伙食省下來一半帶回家給她吃。

後來哥哥娶了師傅的女兒，嫂子是個賢慧的女人，對她也很好，可是家裡實在太窮了。小姪子因為胎裡營養不足，三天兩頭地生病抓藥，她實在不忍心繼續在家裡白吃白喝，於是在十四歲那年就自己作主，嫁到鄰村老姚家做媳婦。

姚老太太是附近十里八鄉出了名的刁鑽蠻橫，為了給兒子娶上媳婦，她只得出比別人家高出一倍的彩禮，就這樣，別家的姑娘也都不願意。

賀穎心裡卻很高興，她覺得自己終於有機會可以為哥哥做點什麼了，有了這些錢，嫂子不用再挺著大肚子整宿、整宿地坐在紡車前，小姪子也能有機會去城裡的醫館看病。

至於她自己，女人天生就是吃苦受罪的，多一點、少一點又有什麼分別呢？

聽到閨女喊她，賀穎連忙走了過去。這幾天二妮總是躺在床上悶不吭聲，她還害怕女兒是不是高燒燒壞了腦子，如今聽到女兒還認得她這個娘，一顆懸著的心總算可以放下了。

「老天爺保佑，妳總算是清醒了，妳等著，娘給妳留了兩塊紅薯，現在就去給妳端來。」賀穎放下針線，匆匆忙忙地就要往外走。

「我不想吃紅薯，我想吃荷包蛋。」姚婧婧可憐兮兮地說。

這幾天她聽見屋外不停有雞叫聲，想吃雞肉估計有些困難，但她作為一個病號，吃幾個雞蛋應該不成問題吧？

賀穎聽了卻面露難色。「二妮，妳知道的，家裡的這些雞每天下多少個蛋都是有定數的，除了妳奶奶跟妳大伯每天可以各分得一個，剩下的都要拿到集市上換錢，娘實在是……」

姚婧婧沒想到這個家竟然窮成這樣，連一顆小小的雞蛋都變成了奢侈品。天啊，以後的日子要怎麼過呀！

看到二妮失望的眼神和瘦到不行的小臉，賀穎的心裡像針扎一樣疼。閨女九死一生，就這一點小小的要求她都不能滿足，她這個娘當的也太失敗了。

「二妮，妳好好躺著，娘去去就來。」賀穎咬了咬牙，推開門朝廚房走去。

大約過了一刻鐘，賀穎又回到屋裡，像變戲法一樣從懷裡掏出兩顆圓滾滾的雞蛋捧到姚婧婧面前。

「快點吃，還熱著呢！」賀穎一邊說，一邊替閨女把雞蛋殼給剝掉。

姚婧婧眼睛一亮，就著賀穎的手，三下五除二地吞下一顆白水煮蛋。

「小心點，別噎著，先喝點水。」賀穎鼻子一酸，差點淌下淚來。

在這個家裡，她是最不受待見的媳婦。娘家沒錢、沒勢力，自己的肚子也不爭氣，嫁進來十來年了也沒生出兒子，連帶著自己的女兒也跟著受盡了委屈；其他幾房再怎麼說，逢年過節也能打打牙祭，吃一頓葷腥改善改善生活，只有她們娘兒倆，連碗肉湯都喝不上。

女兒再過兩個月就滿十三歲了，可長得又矮又瘦，像根黃豆芽似的，還沒有別家七、八歲的姑娘看著水靈。

「娘，妳不是說沒有雞蛋嗎？這些是從哪兒弄來的？」姚婧婧突然問道。

賀穎將閨女摟在懷裡。「好閨女，妳就別管這些了，都是娘對不起妳。」

姚婧婧看著眼前這個女人，心裡突然有了一種異樣的感覺。

她想起了自己的母親，一個叱吒商界的女強人，一年三百六十五天都是在工作，所以她從小是跟在爺爺身邊長大的，在她的記憶中，自己和母親從來沒有過這樣的溫馨時刻。

「娘，妳吃。」姚婧婧把剩下的那顆雞蛋遞到賀穎嘴邊，看這個女人的臉色，屬於長期的嚴重營養不良，就這身子骨兒怎麼可能生得出孩子，以後得想辦法好好替賀穎調理，她既然已經占據了這個小女孩的身體，就有責任替原主照顧好原主在乎的人。

賀穎連忙擺手。「乖女兒，娘不餓，妳趕快吃，多吃點才能快快長大。」

姚婧婧無法，只能自己將雞蛋都吃了，她一邊吃、一邊問：「娘，我到底是怎麼病的？我記得前些日子奶奶好像要拿鞭子打死我，我究竟犯了什麼錯？」

賀穎扶著女兒的肩膀，面色沈重地問：「二妮，娘怕妳再受刺激，一直不敢問，妳現在能不能告訴娘，你們到孫家做客的那天到底發生了什麼事？妳怎麼會跑到孫大少爺的房間裡去？」

姚婧婧想了想，不太確定地說：「我也不知道，那天我聽娘的話，一直跟著大妮。後來半夜我醒來的時候發現她不見了，我心裡害怕，就出去找，結果在一個小樹林裡看見她和一個男人站在一起說話，她看見我，趕緊跑過來把我拉回了房間。誰知道第二天早上起來，我竟然睡到了另外一個房間，還有一大堆人圍著我。」

賀穎心裡一沈，她知道自己的閨女不會說謊，二妮肯定是被人陷害了。「小樹林裡的那個男人是誰？是孫大少爺嗎？」

姚婧婧搖了搖頭。「天太黑，我沒有看清。」

賀穎拍了拍女兒的頭。「傻孩子，娘知道妳受了委屈，可再怎麼樣妳也不能投井啊！妳要是真有個三長兩短，讓娘怎麼活？」

「投井？」怎麼回事？這個小丫頭的記憶裡完全沒有這麼一齣啊！姚婧婧的頭又開始痛起來。算了，不想了，還是想想今後該怎麼辦吧！

她雖然接了一副爛牌，可還是下定決心，要在這個完全陌生的朝代裡開啟她的草根逆襲之路。

第二天一早天還濛濛亮，外面突然傳來了一陣吵鬧聲。

姚婧婧剛一睜開眼，就看見一大幫人凶神惡煞地衝了進來，為首的自然是姚家的當家人姚老太太。姚婧婧一下子緊張起來，她知道這些人絕對是來者不善，她這根黃豆芽完全沒有自保能力，隨隨便便就會被人給掐死。

「娘，娘，您聽我說，二妮她是真的好了，不是什麼借屍還魂啊娘。您放過她吧，她真的是您的親孫女啊！」跟著衝進來的賀穎，撲倒在老太太腳下不住地哀求，聲音裡帶著哭腔。天還沒亮賀穎就起床做一大家子的早飯，可到了飯點卻沒有一個人來，於是她趕到正房去，卻發現老太太正把大家聚在一起密謀要處置她的閨女。

「是不是妳說了可不算。」姚老太太看都不看賀穎一眼，抬腳就把她給踢開。「那天她明明已經死透了，怎麼會突然活過來？這不是鬼，又是什麼？」

跟在姚老太太身後的是姚老大的媳婦朱氏，三十五、六歲的模樣，長相平常，皮膚很黑，個子也不算高。朱氏身上穿著一件半新不舊的暗紅色長裙，看得出不是什麼好料子，可與賀穎身上那件粗麻布相比卻是強太多了。

朱氏斜著眼看著姚婧婧，附和道：「你們還不知道吧，我們大妮她爹跟我說，那天晚上可嚇人了，這個丫頭突然從蓆子裡蹦出來，耷拉著腦袋，舌頭伸得老長，眼睛裡還往外冒血呢！她不知施展了什麼妖法，大妮她爹到現在還迷迷糊糊地在床上躺著呢！娘，您可要給我們家明遠作主啊！」

「就是、就是。」姚老二突然伸長脖子，一臉後怕地說：「大嫂，我知道妳怪我那天晚上不應該丟下大哥，可要不是我跑得快，這回恐怕連命都沒了呢！」

姚婧婧無語極了，那天夜裡那麼黑能看見什麼，姚老大明明是自己嚇自己給嚇破了膽，還好意思賴在她頭上。

姚老太太瞪著眼打斷他。「好了，現在說這些廢話幹什麼，老三，把你媳婦拉走，到底是人是鬼，讓劉大仙試試就知道了。」

這個劉大仙一出場，就吸引了所有人的目光，他的身上穿著一件又長又大的道袍，腰上掛著各式各樣作法所用的工具，走起路來叮噹作響。

他是老太太昨天親自去鄰村請來的，聽說本事大得很，不僅會捉鬼降妖，還能治病救人。說實話，要不是有他在，這一家老小根本就不敢走進這間屋子。

劉大仙先是皺著眉頭在屋子裡走了一圈，拿出幾張黃紙做的符貼在窗戶和門上，然後開始對著姚婧婧手舞足蹈，嘴裡還唸唸有詞地唸著誰都聽不懂的咒語。

那滑稽的樣子惹得姚婧婧忍不住快要笑出聲來。

一番裝神弄鬼之後，劉大仙吩咐姚家人拿來一只大大的碗公，他將自己腰上掛著的瓶瓶罐罐逐一打開，各式各樣的不明物體一股腦兒地都倒進碗裡，最後還點燃一張符紙，將紙灰全部撒入碗中。接著，劉大仙把碗遞到姚婧婧面前，厲聲喝道：「把它喝了。」

「大仙，這是什麼？我閨女的身子還沒好索利，別再喝壞了。」

作為大字不識一個的農村婦人，賀穎往日裡對這些神婆、神棍其實是很相信的，可如今關乎到女兒的性命，她本能地有些抗拒。

劉大仙倒是很有耐心，得意洋洋地解釋道：「這是本大仙特製的獨門聖水，只要喝了它，不管再厲害的妖魔鬼怪通通都得現出原形，妳放心好了，如果她真的是妳閨女，那喝下去不僅沒事，還能強身健體呢！」

姚老太太卻是一刻也等不及了，對著賀穎怒斥道：「妳給我閉嘴，這裡哪有妳說話的分。劉大仙，還等什麼，快點讓她喝了。」

「我不喝。」姚婧婧一下子從床上跳起來。別人不知道，她可看得一清二楚，這個老神棍剛才往碗裡倒的都是水銀、鉛粉等重金屬，自己要是真把它喝了，不出半刻鐘就會七竅流血而死，這哪裡是捉鬼，分明是謀殺啊！

「這可由不得妳！你們幾個還愣著幹什麼？趕緊把她給我按住。」姚老太太一臉的凶神惡煞。

有劉大仙鎮場，姚老二和朱氏便不害怕，上前就要動手。

老三兩口子在一旁束手無策，不知如何是好。他們既不想看著閨女受苦，又想趕快為她洗清嫌疑，否則這個家以後永遠都不會有她的容身之地。

姚婧婧真的急了，旁人是指望不上了，看著自己細胳膊、細腿的，想跑也不可能，難道她的穿越之旅才剛剛開始就要結束了嗎？「等等，我有幾句話想要單獨和劉大仙說。」姚婧婧一個閃身躲過了兩人的魔爪，一下子竄到劉大仙的身後，抓住他的道袍急道。

劉大仙可沒興趣和一個毛都沒長齊的丫頭片子浪費時間，他只想趕緊了結了這樁生意，拿錢去買幾斤燒刀子解解他的酒癮。「有什麼好說的？妳要是不敢喝，就證明妳的確是鬼怪無疑，那就別怪本大仙施法將妳斬於我的桃木寶劍之下。」

「你要是不答應，我就把這身袍子燒了。」姚婧婧眼疾手快，端起桌上剛才燒符紙的燭火，作勢要往他的衣角上點。

「別別別。」劉大仙嚇了一跳，別看這身道袍灰撲撲、油膩膩的，好多年沒洗過，卻是他最值錢的家當了，是他吃飯的傢伙，要是燒沒了，他可沒錢再去置辦一件。「說就說，我看妳能整出什麼么蛾子，你們都先出去吧！」

姚老太太恨得牙癢癢卻也無可奈何，只得帶著眾人退了出去

「妳要說什麼趕緊說吧！」

姚婧婧將燭火放下，搬過一張凳子，狀似無意地說：「劉大仙人，你先坐，蹦躂了這麼長時間，腿更腫了吧？」

「什麼？腿腫？妳、妳怎麼知道？」劉大仙很是驚訝，這些日子他是感覺到雙腿有些浮腫，卻只以為是路走多了，並沒有當回事，更沒有向其他人提起過，這個小丫頭片子怎麼會知道？

姚婧婧眨了眨眼，露出一個古靈精怪的笑容。「我不僅知道你的腿腫，還知道你已經病入膏肓，最多一個月就要去閻王爺那兒報到了。」

「胡說八道！」這個死丫頭竟然敢詛咒自己，劉大仙氣得抬起手掌想要打人。

姚婧婧自然不是胡說的，姚家世代行醫，她爺爺是一名非常有名的老中醫，父親更是在全國最有名的一家腫瘤醫院擔任院長。在這樣的耳濡目染之下，她自小就對醫學有著濃厚的興趣，先是聽從父母的安排成為一名優秀的外科醫生，後來由於自身對中醫的執念，她一有時間就往爺爺的藥材培植基地鑽，日子久了，竟然也對各種藥材的藥性原理爛熟於心。

這個劉大仙面色陰沈，眼白髮黃，後頸處還長了幾粒蜘蛛痣，再加上他身上那十公尺外都能聞到的酒臭，這是典型的酒精性肝硬化。

「你最近是不是覺得渾身乏力、腹脹尿少，牙齦和鼻腔偶爾還會出血？」

劉大仙猛然一愣，揚起的手也停在了空中。

姚婧婧一臉淡然地繼續說道：「這是水臌之症，不出多久你就會變得腹大如斗，水米難進，不僅會受盡苦楚，而且死狀極其淒慘。」

「妳、妳到底是什麼人？」劉大仙覺得脊背發涼，這些話從一個丫頭片子嘴裡說出來顯得無比詭異。

「人？」姚婧婧眼神清亮，看起來很是無辜。「你剛才不是口口聲聲說我是什麼厲鬼還魂嗎？這會兒怎麼又當我是人了？」

說來有些諷刺，劉大仙之所以敢到處坑蒙拐騙地替人捉鬼降妖，只因為他是這個時代少有的無神論者，因為不信，所以不怕；可眼前這個不知道從哪兒冒出來的小丫頭，卻讓他有些迷糊了。

「我是誰根本不重要，重要的是，關於你病情的每一個字都是真的，你要是不信，出去隨便找個大夫號脈便可知曉。」

姚婧婧說得如此篤定，不由得他不信。劉大仙也顧不上想別的了，立即躬著身子焦急地問：「那我這病還有救嗎？」

姚婧婧搖搖頭。「就算是城裡最好的醫館也只能對你說兩個字，絕症。」

「啊?!」劉大仙一下子癱軟在地上。自從幹了這一行，他的手裡不知害過多少人命，可他從來沒有想到厄運會這麼快降臨在自己身上。「怎麼辦？怎麼辦？我還沒活夠呢！小姑娘您救救我，救救我好不好？我知道您一定有辦法的。」

姚婧婧瞪大眼睛瞅著他。「你不是大仙嗎？聽說你什麼怪病都能治，還有這聖水。」

「小祖宗，您就別戲弄我了，快幫我想想辦法，我求求您了。」

真是風水輪流轉，剛剛還高高在上隨意主宰他人生死的「大仙」，轉瞬就跪倒在一個小姑娘腳下苦苦哀求。

「這……」姚婧婧故意面露難色，猶疑了一會兒才說：「我倒是有個方子可以一試，就算不能徹底根治，也可以讓你再多活幾年。」

「真的？太好了。」劉大仙的眼裡又燃起了希望，激動得跪在地上撲通、撲通地磕了幾個響頭。「小姑娘，您不是鬼，也不是人，您是觀音菩薩轉世啊！」

姚婧婧翻了個白眼。「別說這些沒用的，我給你寫方子，你去告訴外面那些人，聖水我已經喝過了，我是人、不是鬼，並且我命不該絕，讓他們不要再想來害我。對了，我給你治病的事，不要和任何人說。」

在她還沒有足夠的能力在這個世界任意馳騁之前，還是先乖乖地當她的姚二妮吧！

第三章　五嬸

這一場鬧劇暫時告一段落，既然劉大仙已經開了口，姚老太太他們就算再不甘心也只得作罷。

一晃又到了中午，姚婧婧左等右等也不見賀穎給她端飯過來，折騰了一上午她早已是餓得前胸貼後背，胃都開始疼了。她實在受不了了，便穿好衣服，摸索著出了門，朝廚房走去。剛走到門口，她就看到賀穎跪在地上哭泣，姚老太太則在一旁伸著脖子謾罵著，姚婧婧火氣立即上湧，這個死老太婆又在欺負人了。

「簡直反了天了，妳還敢偷雞蛋吃，妳也不撒泡尿照照自己配不配。真是日防夜防、家賊難防，我姚家怎麼就攤上妳這麼個好吃懶做的媳婦？真是氣死我了，妳今天非把雞蛋給我吐出來，否則妳就在這裡一直給我跪著。」

姚老大的媳婦朱氏在一旁一臉的幸災樂禍。「娘，您消消氣，三弟妹向來老實，做了這麼多年的飯也沒見她偷吃過東西，這雞蛋啊，說不定是吃到二妮的肚子裡了吧！」

「是我吃的又怎麼樣。」姚婧婧一刻也忍不了，衝過去想將賀穎扶起來。

賀穎哪裡敢起來，拉住閨女急切地說：「二妮，妳瞎說什麼？雞蛋是娘拿的，也是娘吃的，跟妳有什麼關係。」

姚老太太看著母女倆的眼神充滿嫌惡。「一個滿身晦氣的賠錢貨妳還當她是個寶，難不成妳以後還指望她給妳養老送終嗎？要是我早就一頭撞死了，免得丟人現眼。」
「奶奶，妳口口聲聲賠錢貨、賠錢貨，可別忘了妳自己也是個女的，妳也生有女兒，難不成都要一起去死嗎？」
姚老太太在這個家裡向來說一不二，如今竟然被她最瞧不上眼的孫女給當面頂撞，這讓她如何忍受得了？「妳這個死妮子，也想造反啊？今日劉大仙收拾不了妳，我來收拾妳，看我不扒了妳的皮，讓妳認識認識我是誰。」姚老太太打姚二妮向來是家常便飯，此時想也不想便抄起一根撥火棍劈頭蓋臉地打下去。
但姚婧婧畢竟不是姚二妮，怎麼可能老老實實待在原地挨打，她剛想站起來反抗，卻被賀穎一把摟在了懷裡。
那小腿粗的木棒一下下結結實實地落在了賀穎身上，她卻連吭都不吭一聲。
姚婧婧又急又氣，一邊掙扎一邊大喊。「娘，妳放開我，我跟她拚了，嗯。」她的話還沒說完就被賀穎死死地摀住了嘴巴。
「別說了，娘求求妳乖乖待著別動。」
「啊！」亂棍之下雖然有賀穎護著，可姚婧婧身上還是挨了兩三下。姚老太太明顯是下了狠手，她感覺被打的地方瞬間就腫了起來，火辣辣地疼。
姚婧婧的父母都是知識分子，雖然對她不太親近，但從來沒有打過她；至於爺爺則是把她寵上了天，從小到大她哪裡受過這種委屈？
萬幸的是，就在此時，門外突然傳來了一個女人的驚呼。

「哎呀，這是怎麼了？娘，您慢點，仔細別閃了腰。」一說話間，一個十七、八歲的年輕女子走了進來，只見她柳葉眉、瓜子臉，白嫩嫩的臉上彷彿能掐出水來；但最引人注目的還不是她俊俏的樣貌，而是她那大腹便便的肚子，明顯是即將要臨盆了。

這名女子姓湯，閨名喚作玉娥，是姚老太太最小的兒子姚五郎的媳婦，兩人成親已有三年多了。

說起這個湯玉娥也算是個傳奇女子，湯姓在本地是大姓，湯玉娥家裡雖然不算大富之家，但比起老姚家那是強太多了。她原本和自己的表哥訂過娃娃親，可十五歲那年她在一次趕集中遇到了姚五郎，兩人一見鍾情，她回去之後便尋死覓活，非君不嫁。

湯家兩老氣得要吐血，那姚家光是窮也就罷了，偏偏兄弟又多，再加上那個夜叉似的婆婆，一般好人家的女兒都避之唯恐不及，自己的閨女卻非要往火坑裡跳。

一家人鬧了許久，眼看湯玉娥越來越清瘦憔悴，表哥家裡先坐不住了，主動上門退了親。

事已至此，湯家兩老心疼閨女，只得同意她和姚五郎的婚事。

姚老太太大概覺得湯玉娥被自己的兒子吃定了，連彩禮錢都不願意出了，最後人是嫁過來了，可湯家一提起這個親家就氣得牙癢癢的。

有這樣一個婆婆，湯玉娥自然也少不了吃苦受氣，不過有姚五郎處處維護著，再加上她從娘家帶了不少嫁妝來，這日子過得比賀穎強多了。

姚老太太見湯玉娥進來，手上的動作一下子頓住了，雖然她瞧不上這個兒媳，卻也要顧及她肚子裡的孩子。

「我當是誰呢？原來是五弟妹回來了，妳這次回娘家可待了不少日子吧？感覺又吃胖了不少呢！哎呀，有個有錢的娘家就是好，我和妳三嫂就沒這個福分嘍！」朱氏說話的語氣不陰不陽，眉眼之間都是無法掩飾的嫉妒。

砰！姚老太太惡狠狠地將撥火棍扔在一邊，將炮火轉向了湯玉娥。「以後有事沒事別老往娘家跑，一點規矩都沒有，旁人看了還以為我姚家苛待妳了。你們一走就是好幾天，家裡、地裡的活都甩手不幹，等著喝西北風呢！」

湯玉娥彷彿沒聽見一般，臉上的笑意反而更濃了。「娘，不是我們故意耽誤工夫，我二弟致遠上個月考中了秀才，這兩日在家中擺酒呢，我和明軒留下來幫忙招待一下客人，勞累了娘和哥哥、嫂嫂們，實在是對不住了。」

姚老太太和朱氏明顯一愣，湯家的小兒子湯致遠今年只有十五歲，竟然能考中秀才？這對湯家來說真是天大的喜事，要知道，這在整個清平村都是第一個。

姚老太太心裡更加惱怒了，湯家請客卻沒有招呼姚家一聲，明顯是沒有把她這個親家放在眼裡。湯致遠年紀還小，過兩年要是中了舉人，那就是官老爺了，整個湯家都要麻雀變鳳凰，到時候還不得把自己作踐死？

「恭喜、恭喜。」

朱氏連忙上去拉住湯玉娥的手，口中連連稱賀，可臉上那猶如塑膠般的假笑看得姚婧婧尷尬癌都要犯了。

「五弟妹，妳剛進門那會兒我第一次看到致遠那個小兄弟就覺得他天庭飽滿，耳白於面，絕對不是一般人，這下被我猜中了吧！要我說啊，這還只是開始，以後什麼舉人啊、進士啊、狀元啊，且等著他去做呢！」

雖然知道朱氏這話說得沒有幾分真心，可湯玉娥依舊聽得喜笑顏開。

「謝謝大嫂的吉言，我大哥前幾天去了一趟臨安縣城，給我帶了幾朵時興的珠花，一會兒讓大妮到我房裡挑一朵戴著玩。」

朱氏自然是謝個不停，兩人聊得火熱，姚老太太卻是氣不打一處來。

「眼皮子淺的東西，別人光宗耀祖跟妳有什麼關係？有這閒扯的工夫，還不如好好叮囑叮囑妳兒子。我醜話說在前頭，如果今年他再考不上，就給我回來村裡種地。」

朱氏瞬間低下頭不敢吭聲了。她的兒子姚子儒今年已經年滿十八了，是姚家的長孫。

姚老太太雖然窮了一輩子，但卻希望有朝一日姚家能飛黃騰達，把那些看不起她的人通通都踩在腳下。為了她這個偉大的理想，在姚子儒八歲那年，她就把他送到了鎮上的學堂裡讀書。

在這個時代，讀書對於普通的農民來說是相當奢侈的，這十年來一家老老小小勒緊褲腰帶過日子，省下來的錢全部都給姚子儒當作學費和生活費。

然而盼了一年又一年，姚子儒也沒能夠考中，至今仍然只是一個童生。

眼看著比他小的湯致遠如今都已經中了秀才，讓姚老太太如何能不著急、不生氣？

「娘，您放心吧！我聽致遠說，子儒唸書特別用功，先生也經常誇獎他，今年他一定會考中的。」一見姚老太太的臉色稍微緩和了一點，湯玉娥一轉頭，像才看到地上跪著兩個人似的，一臉的驚訝。「咦？三嫂、二妮，妳們兩個怎麼了？地上髒兮兮的，趕緊站起來。」說著就伸出手想將兩人拉起來。

「她們敢！」姚老太太正一肚子火沒處發呢，怎麼可能這麼輕易地放過她們。「我已經說了，今天不把偷吃的雞蛋給我吐出來，妳們兩個就一直給我跪到明天早上。」

湯玉娥輕聲勸道：「娘，您消消氣，三嫂對您向來順從，這一回也是因為心疼閨女才犯了糊塗，您打也打了，罵也罵了，就饒了她們一回吧！已經過了飯點，一大家子都還餓著呢！」

姚老太太依舊不鬆口，瞪著眼睛，一副不依不饒的模樣。

湯玉娥想了想，繼續說道：「娘，昨天家裡擺酒席還剩下不少菜，回來時我娘給我塞了兩隻燒雞，一會兒我給您端到廚房來，就當是替三嫂賠給您的，您大人有大量，就讓她們起來吧？」

姚老太太琢磨了一會兒，不再說什麼，只是「哼」了一聲，扠著腰走出了廚房。

湯玉娥連忙伸出手把賀穎和姚婧婧從地上扶了起來。「娘也真是的，怎麼下這麼重的手，皮肉腫成這樣，該有多疼啊！」

賀穎搖搖頭，很是過意不去地說：「不礙事的，過兩天就好了，只是又給妳添麻煩了，那燒雞是妳娘給妳補身子的，這下卻……三嫂真不知道該說什麼好了。」

湯玉娥擺了擺手。「三嫂說的哪裡話，東西哪有人重要？妳還是帶著二妮到我房裡去上點藥吧！」

賀穎嘆了一口氣，有些無奈地說：「不用了，我還是趕緊做飯吧，再耽擱下去，又該進來罵了。」

這是姚婧婧第一次和姚家人坐在一起吃飯，姚家真是一個大家庭啊，密密麻麻地坐了一大屋子人。

然而，只有姚老太太和她的五個兒子能上桌，其他人只能端著碗坐在一旁的椅子上吃。在這個重男輕女的時代，女人只有生了兒子，腰桿子才硬，說話才有底氣，也正因為如此，姚老太太才如此跋扈囂張。

五個指頭有長短，姚老太太對待五個兒子的態度也是不一樣的。

她最偏愛的自然是大兒子姚明遠，雖然這個姚老大幹啥啥不行，吃啥啥不剩，可他那一張巧嘴總有辦法將姚老太太哄得服服貼貼，這也算是一種本事了。正因為如此，在這個家裡，大房的待遇明顯要優於其他人。在鎮上讀書的姚子儒自然不必說；在家裡，朱氏身為長媳卻好逸惡勞，幹什麼都喜歡偷懶耍滑，總是把自己的差事推給賀穎去做，對此姚老太太也經常睜一隻眼、閉一隻眼；還有他們的女兒姚大妮，今年十六歲，已許配給在長樂鎮上開酒館的孫家，婚期就定在今年秋收過後。孫家經商多年，家底兒頗豐，正因為如此，姚大妮自視甚高，對誰都是一副嗤之以鼻的模樣。

老二姚明亮只有三十多歲，頭髮卻白了一半，看起來比自己的哥哥還要顯老。他的妻子周氏五年前突發疾病死了，留下了當時只有三歲的大兒子小龍和一歲的小兒子小勇。這些年姚老二又當爹、又當娘地把兩個兒子拉扯大，也是不容易。姚老太太有心想要為他續弦，無奈家裡實在是太窮，只好一直拖著。

老四姚明哲看起來最為悲催，小時候發高燒沒有得到及時的醫治，以至於傷到了腦子，看起來呆呆傻傻的，說話也不索利，到現在二十五歲了也沒娶到媳婦，估計只能打一輩子光棍了。姚老太太對這個傻兒子心存歉疚，平時也就格外多照顧一些。

老五姚明軒是幾個兄弟中長相最為英俊的，否則當初湯玉娥也不可能一眼就相中他。他為人機敏，嘴巴也甜，是整個家裡最會哄老太太開心的人；姚老太太雖然不滿意五兒媳，但看在他的面上，也不會過分刁難。

最可憐的就是三房了，老三姚明忠為人老實，平日裡除了埋頭幹活外從不多話，這樣的人在老太太眼裡就是沒出息；再加上賀穎的性格也是不爭不搶，逆來順受慣了，因此整個三房自然成為大家欺負的對象。

大家本來都在為遲遲不開飯而抱怨，可一聽說中午有燒雞吃，一個個眼睛都開始發亮了。那可是燒雞啊，在姚家就算是過年都難得吃上一頓。

就連因為受了驚嚇一直在床上躺著的姚老大都聞訊趕來，只不過他見到姚婧婧還是渾身一抖，瞪著眼睛觀察了半天，直到確定她的確與往常無異，一顆心才慢慢落回了原處。

湯玉娥把兩隻燒雞拿到廚房之後，由姚老太太親自動手，用刀把燒雞切成了拇指大小的小塊。兩隻燒雞個頭不算小，裝了整整小半盆子，姚老太太想了想，將其中的三分之一倒出來，用油紙包好，然後把剩下的盛在大盤子裡端上了桌。

這盤香氣四溢的燒雞惹得所有人口水直流，但大家都只是眼巴巴地望著，沒有一個人敢動筷子。

姚家吃飯時有一個規矩，如果桌上有好菜時必須等著姚老太太分配，誰要是敢自己動手，不僅會被老太太罵得狗血淋頭，還會被從飯桌上趕下去。

姚老太太先是給姚老大盛了大半碗，而且都是最好的雞腿肉。

接著又給其他幾個兒子每人挾了幾塊，其中給姚老三的自然是最少的。

一大盤燒雞瞬間就見了底，小龍、小勇早已坐不住了，一直在吞嘴裡的口水。

姚老太太端起盤子下桌，給他們兩兄弟每人都挾了兩塊。

「娘。」朱氏端著碗，一臉諂媚地笑著。

姚老太太很是瞧不上她這個樣子，冷著臉挾了一塊肉扔在她碗裡。

朱氏卻沒有吃，而是飛快地挾起肉放在女兒大妮的碗裡，然後又重新將自己的碗遞到姚老太太面前。

姚老太太瞪了她一眼，還是重新給她挾了一塊。接著走到湯玉娥面前，想了想也給她挾了一塊，這東西原本就是人家帶回來的，自己也不好做得太過難看；至於賀穎母女倆，她連看都沒看一眼，端著盤子就回到桌邊。

賀穎一直低著頭喝著碗裡的玉米粥，她對此已經習以為常了。

然而姚婧婧卻不一樣，她感覺自己的身體在微微發抖，一種從來沒有過的屈辱感讓她如坐針氈，恨不得立馬摔了碗衝出門去。她閉上眼，深吸了一口氣，告誡自己，在沒有自保的能力之前千萬不能衝動，否則只會給自己和賀穎帶來更多的責打及羞辱。

她正在努力平復自己的心情時，突然有一雙筷子挾著一塊雞肉落在她的碗裡，她一抬頭，就看見湯玉娥笑著衝她眨眨眼。

「快吃吧，別讓妳奶奶看見。」

姚婧婧一時間不知該怎麼回答。

賀穎卻急著說：「那怎麼行？她吃什麼都行，妳懷著孩子正是要補身子的時候。」

湯玉娥摸了摸姚婧婧的巴掌小臉，滿是心疼地說：「別聽妳娘的，趕緊吃吧！瞧這小臉，瘦得都不成形了，五嬸屋裡還有好吃的果子呢，一會兒吃了飯後妳過去嚐嚐，順便上點藥，姑娘家家的，留了疤就不好看了。」

「謝謝，五嬸。」姚婧婧低下頭，鼻子一酸，憋了半天的眼淚還是忍不住滴了下來。雖然她並不在乎能不能吃到一塊雞肉，但這種人性的溫暖與善良讓她覺得這個時代或許沒有她想像中的那麼糟糕。

此時此刻沒有人注意到這邊發生了什麼事，所有人都目不轉睛地盯著盤子裡最後剩下的那兩塊肉。

小龍和小勇更是忍不住跳起來。「奶奶，我要吃，我要吃！」

姚老太太正想把兩塊雞肉分給兩個小孫子，卻突然聽到大兒子重重地咳嗽了兩聲，她愣了一下，最終還是將盤子裡的肉都倒進了姚老大的碗裡。

這一頓飯吃得姚婧婧無比的壓抑和心酸，她第一次體會到了貧窮的可怕，它帶來的不僅僅是物質上的匱乏，還有對尊嚴的踐踏。

當務之急，就是要找到一個快速賺到錢的方法，這可讓姚婧婧傷透了腦筋。

從前的她從來沒有為錢操過心，母親每年為她存下的各種基金足夠她一輩子體面地生活，她上班掙的那點薪水只純粹當零花使用。

該怎麼做才能賺到錢呢？

以她現在的身分，就算有一些做生意的點子，也完全沒辦法施展啊！

第四章　姚大妮的秘密

吃完飯，賀穎忙著洗碗刷鍋、餵豬餵雞，姚婧婧看著她忙成一團，心裡難受極了。自己只是被打了兩下，就感覺渾身疼得動不了，可想而知賀穎受的傷該有多重。

姚婧婧作為一個二十一世紀的新青年，對於賀穎的許多思想都難以認同，可她不得不承認，賀穎的確是一個盡職盡責的好母親。

在如此艱難的環境下，賀穎就像一隻母雞一樣，努力將女兒保護在自己的羽翼之下。短短幾天，賀穎帶給姚婧婧太多感動，讓她體會到久違的來自母親的溫情，不知不覺之間，她好像真的把賀穎當作了自己的母親。

姚婧婧悶著頭兒朝湯玉娥的房間走去，她想去為賀穎討一點跌打損傷的藥膏，否則明天賀穎可能下不了床了，誰知道，剛走到門口，她就不小心與一個人撞了個滿懷。

「啊！死丫頭，妳走路不長眼呢！我腳上的鞋可是新做的，踩壞了妳賠得起嗎？」

這個聲音又尖又細的姑娘，正是姚家的大閨女姚大妮。她的頭上插著一朵嶄新的珠花，正不知怎麼美呢，卻冷不丁差點被人撞翻在地，不由得破口大罵。

在姚二妮的記憶裡，這個比她大三歲的堂姊從小到大都以欺負自己為樂，比那個心長偏了的姚老太太還要可惡。

「滾開，好狗不擋道。」既然這姊妹情連塑膠都不如，那姚婧婧也不必客氣。

「好啊，妳竟然敢罵我，我看妳是幾天沒挨揍，皮癢了是吧！」

因為缺乏營養，活計又重，莊稼人家大部分都乾乾瘦瘦的，唯有姚大妮像是吃了激素似的，才十六歲就徹底發育成熟了。

那身材前凸後翹，胸前像揣了兩隻小兔子似的，走起路來一跳一跳的，每次她出門時，村裡那些男人的目光總是有意無意地朝她身上瞟。

姚大妮一把揪住姚婧婧的耳朵，狠命地拉扯，等待著她像從前一樣哭泣求饒。

姚婧婧感覺半個腦袋都發麻了，雙方力量懸殊，硬拚的話她肯定是拚不過大妮。她深吸一口氣，瞅準時機轉過頭對著她的手狠狠地咬了一口。

「啊！」姚大妮一聲慘叫。

姚婧婧趕緊退後幾步，退到離她遠遠的地方。

此時姚大妮也沒有心思去追她了，被咬過的那隻手已經開始一滴一滴地往外冒血，疼得她哇哇大叫。「妳吃錯藥啦！」比起手上的疼痛，大妮心裡的震撼來得更加劇烈。

這凶狠的眼神，哪裡是原來那個被她呼來喝去的小丫頭，分明是一頭隨時準備反攻的小狼崽子。

姚婧婧摸了摸自己的耳朵，冷冷地說：「我警告妳，以後最好不要再欺負我，否則這次是手，下次就是臉了，妳猜猜孫家會不會要一個破了相的少奶奶？」

姚大妮一臉的驚恐。「瘋了，妳已經瘋了，我、我要去告訴奶奶，讓她來收拾妳。」

「站住！」姚婧婧出聲喝住了轉身想跑的大妮，瞇著眼睛若有所思地看著她的臉。「前些日子孫家老太太八十大壽，妳爹娘前去祝壽，妳也鬧著要一起去，為了怕別人說閒話，非拉著我當擋箭牌，結果那天晚上我明明和妳睡在一起，第二天早上怎麼會跑到孫大少爺的房間？」

姚大妮梗著脖子說：「哼，妳自己做下的醜事，還有臉來問我？妳眼紅我馬上要變成有錢人家的少奶奶，便想了這個下作的方法想要取而代之，果真是恬不知恥；還好那晚孫大少爺喝多了酒，在書房睡了一夜，不過就憑妳這個醜八怪，就算是脫光了站在孫少爺面前，他也不會瞅妳一眼的。」

小小年紀嘴巴就這麼惡毒，姚婧婧有點後悔剛才咬的那一口還是太輕了。直覺告訴她，那天晚上在孫家發生的事肯定是姚大妮在背後搞鬼，可姚大妮這樣做的目的是什麼呢？姚婧婧的腦子突然一亮。「那個男人是誰？」

姚大妮明顯有些慌亂。「什、什麼男人？」

「那個在小樹林裡和妳幽會的男人，那天晚上我雖然沒有看清楚那個男人的正臉，但從他的站姿和動作來看，絕對不是一個喝醉酒的人。」姚婧婧突然逼近了兩步，微微瞇起的眼睛閃爍著危險的光芒。「妳膽子可真大啊，竟然敢在未婚夫的家裡和別的男人偷情，孫大少爺要是知道自己被人戴了這麼大一頂綠帽子，不知會做何感想？」

大妮渾身一震。「妳血口噴人，哪有什麼男人？那天晚上我一整晚都在房間裡睡覺，根本就沒出過門，妳休想誣陷我。」

「到底是誰誣陷誰一查便知，妳不是要去找奶奶告狀嗎？走，我和妳一起去，看看她老人家怎麼說。」姚婧婧扯著大妮的胳膊，作勢要把她往正房的方向拉。

「我不去。」姚大妮一把打開她的手，轉身往外跑，一邊跑還一邊大喊。「妳這個瘋子，妳胡說八道，沒有人會相信妳。」

姚婧婧無奈地笑了笑，她只是想嚇唬一下姚大妮，並沒有真的想要去姚老太太那裡告發姚大妮，因為就算她說了，姚老太太也不會相信，就算相信了也不會真的把姚大妮怎樣，反而會想盡辦法幫姚大妮遮掩。

姚大妮現在可是姚家的一棵搖錢樹，與孫家的親事姚家算是高攀，孫家那麼有錢，成親的時候彩禮肯定不會少，之後占便宜的機會就更多了。

眼看快要到嘴的鴨子，姚老太太和姚老大夫妻倆無論如何都不會讓牠飛了。

姚婧婧進門時，湯玉娥正靠在床上揉她的腳。到了孕晚期，由於體重的壓迫，湯玉娥的腿和腳腫得跟包子似的，又痠又疼。

她看見姚婧婧進來就想起身來招呼，姚婧婧連忙把她按住了。

「五嬸，妳趕緊躺著，我是不是來得不是時候，打擾妳休息了？」

湯玉娥拉著她一起坐在床上，笑著說：「反正也睡不著，正好妳來陪我聊聊天；再說了，要不是妳娘幫我把活計都做了，大白天的，我哪有那個福分在屋裡躺著喲！」

在姚老太太的安排下，姚家的每個人都有自己的任務。

男人們除了姚老大給村裡的里正當帳房，其他幾個農忙時就上坡種地，閒時就到山上的礦場打短工。

女人和孩子也沒有閒著，賀穎主要負責一大家子人的一日三餐；朱氏母女負責打理門口的菜地；湯玉娥負責餵雞養豬、灑掃除塵等。

姚婧婧和小龍、小勇則負責放兩隻羊以及為家裡養的豬打豬草。

湯玉娥的肚子漸漸大了之後，賀穎總是默默地幫她把能幹的活都幹了，都是女人，賀穎能夠體會湯玉娥的辛苦。

「咱們是一家人，都是應該的。五嬸，妳平時可以煮點紅豆水喝，有利消水腫的功效。」姚婧婧一邊說、一邊拿了兩個軟墊將湯玉娥的腿墊高了一些，這樣能夠舒服點。

湯玉娥詫異地說：「二妮，妳一個小姑娘家怎麼會知道這些？」

姚婧婧愣了一下，自己好像說得太多了。「我聽我娘說的，也不知道有沒有用，妳可以試一下。」

「哦，趕明兒讓妳五叔到集市上買點紅豆。來，二妮，把袖子捲起來，咱們先把藥上好。」湯玉娥從床頭的斗櫃裡拿出一小瓶紅花油，細細地替她塗抹好。「剩下的這些妳拿回去給妳娘，叮囑她一定要好好抹，要學會自己心疼自己，千萬別不當一回事。」

「謝謝五嬸。」姚婧婧沒有推辭，一臉感激地接了過來。

「傻丫頭，我知道妳心疼妳娘，這女人啊，一旦做了人家的媳婦就半點不由自己了，上要侍奉公婆，下要撫育兒女，若是男人知冷知熱倒還能忍，要是碰到那些個黑心爛肝、整日裡灌黃湯打老婆的主，那日子可真是沒有一點盼頭了。妳看看妳大伯娘，十晚總有三、四晚號哭到大半夜，妳奶奶不僅不勸，反而覺得妳大伯有出息，能制得住老婆。」

姚婧婧低著頭沒有接話，此刻她無比懷念從前生活的二十一世紀，雖然那個時代女人過得也不容易，可至少擁有這個時代的女人想都不敢想的自由與尊嚴。

「五嬸糊塗了，跟妳說這些幹什麼？我們二妮如此善良，以後一定會遇到一個如意郎君的。」湯玉娥拍了拍姚婧婧的頭打趣道：「妳今年要十三歲了吧？也算是個大姑娘了，怎麼還梳著包包頭？看看妳大姊，整天穿得花枝招展的，看著多嬌俏。桌上有一些我從娘家帶回來的簪花，剛才大妮已經拿了，妳也去挑一支。」

姚婧婧對這些本沒什麼興趣，可盛情難卻，她還是起身將桌子上的一個小妝盒打開，裡面有五、六支長短不一、顏色各異的簪花。

這些簪花是由彩線和絲緞所製，並沒有多貴重，但勝在造型精美、樣子時興，因此頗受平民女子的歡迎。

姚婧婧不由得感嘆道：「看來無論哪個朝代的女人都愛俏啊！」

湯玉娥疑道：「妳說什麼？」

「沒什麼，我說這些簪子可真漂亮。」

湯玉娥得意地說：「那是自然，這些可都是臨安城最有名的首飾鋪子，玲瓏閣的金老闆親自設計的。因為他想出來的樣式別人都想不到，所以只要一出新品就會被搶到斷貨，憑著這門手藝，他不知賺了多少銀子，分店都開到京城去了呢！」

「有這麼誇張嗎？」姚婧婧拿起一支簪子仔細地瞅了起來，看來無論什麼時候，女人的錢都是最好賺的。

湯玉娥點點頭。「當然有啦！我大哥說，現在想拜金老闆為師的人天天在玲瓏閣門口排著長隊呢！誰要是學會了這門手藝，這一輩子都吃穿不愁了。」

姚婧婧的腦子裡突然閃過一個念頭，她放下手中的箸子轉頭問道：「五嬸，妳說如果有好的設計圖，這些首飾鋪子會不會願意花錢買呢？」

湯玉娥不假思索地說：「當然了，這些首飾鋪子拚的就是樣子和款式，可問題是，一般人哪會這些啊！」

「五嬸，妳這裡有紙筆嗎？」

「有啊，妳要幹什麼？」看著姚婧婧躍躍欲試的模樣，湯玉娥一臉的不敢相信。「二妮，設計首飾不是一般人能幹的，妳以為是妳納鞋底、描花樣呢！」

姚婧婧一邊從櫃上拿下紙和筆，一邊笑著說：「有什麼區別？東西都是人想出來的，說不定我畫的比那個金老闆畫的更加受歡迎呢！」

姚婧婧並不是空口說大話，從她上幼稚園開始，母親便致力於把她培養成一個名門淑女，什麼舞蹈課、鋼琴課、游泳課、馬術課，前前後後，亂七八糟報了一大堆，從沒有一個能讓她堅持超過三天的。最後眼看母親已經處在了崩潰的邊緣，她才終於選擇了一項她認為最適合自己的，那就是畫畫。

只要每個星期安安靜靜地在畫室裡坐兩個小時，既沒有拉筋下腰的痛苦，也不用看天書一般的樂譜，最重要的是不會動不動就被大人點名說「來，婧婧，給大家表演一個」。

對於畫畫，姚婧婧前前後後大概學了有十來年左右，雖然只是為了應付母親而學，但基本的構圖還是沒有問題的。

當然，想要設計首飾，光會畫畫可不行，姚婧婧此刻突然很感謝她的姑姑，一個珠寶狂熱分子。

姑姑的愛好就是收集各式各樣美麗的頭花、項鍊、耳墜子、手鐲等等。每次姚婧婧去姑姑家裡，姑姑就會把這些寶貝都擺出來一一秀給她看，那陣仗快趕得上半個珠寶鋪了。

因為長期學畫畫的緣故，姚婧婧的毛筆用得還不錯，她一邊想、一邊在宣紙上快速地勾勒著，不一會兒便完成了一幅作品。

湯玉娥伸著脖子瞅了一眼，她原本並沒有把這當回事，只當是小孩子閒來無聊的瞎塗鴉，然而一看便震驚了。

雖然只是簡單的幾筆，可一支造型精巧靈動的花簪已躍然紙上。

這支簪子通體呈流線形，顯得圓潤而溫婉，簪頭處有一朵美豔高雅的海棠花朝天怒放著，花瓣上還立著一隻輕盈靈動的蝴蝶，彷彿風一吹就會翩然起舞似的。

「這真的是妳畫的？簡直太漂亮了。」湯玉娥有點不相信自己的眼睛。「二妮，妳什麼時候有這麼一雙巧手？以前我從未見妳拿過筆呢！」

姚婧婧突然想起來二妮沒讀過一天書，應該連自己的名字都不會寫，幸虧自己沒有在畫上題字，否則這下可說不清楚了。她抓了抓自己的腦袋，有些害羞地說：「這算什麼，每次我出去放羊的時候就會拿著樹枝在山坡上亂畫，什麼花呀草呀、蝶啊鳥啊，看見什麼畫什麼，時間長了就越畫越順手了。」

湯玉娥連連讚嘆。「二妮，妳真是一個天才，可惜了咱們家太窮，妳又是個姑娘，否則請個先生給妳指點一下，妳肯定會成為一個了不起的大畫家。」

姚婧婧嘆了一口氣。「五嬸，妳就別再取笑我了，這只能算是小孩子的玩意兒，哪裡能真的見人呢？要是讓奶奶知道了，又該罵我整天不務正業、偷懶耍滑呢！」

「誰說的？二妮，妳再多畫兩張，我大哥每五日便要將收到的貨拿到臨安城裡去賣，我請他把妳這些設計圖帶去，那些首飾鋪子肯定搶著要，多少換些錢回來，妳和妳娘的日子也能好過些。」

「真的會有人花錢買嗎？」

「那當然，妳就相信五嬸，趕緊畫吧！」湯玉娥一邊說、一邊起身為姚婧婧鋪紙研墨。

姚婧婧閉著眼睛想了一會兒，開始低頭畫了起來。

這一回她畫的是一對紅翡翠滴珠耳環，以及一條款式簡單大方、接近現代人審美的項鍊。

湯玉娥看了又看，最後將這幾張圖當寶貝一般收好放進了一個小布包裡。

「五嬸，妳會寫字嗎？」姚婧婧突然問道。

湯玉娥搖了搖頭。「只是認得幾個字罷了，寫是不會寫的。咱們這些小門小戶的女人，既不能拋頭露面到學堂裡唸書，又請不起先生到家裡來教，哪有會寫字的？」

「五嬸，我想學寫字，妳能不能幫我弄兩本識字的書？」

湯玉娥奇道：「妳怎麼會有這個想法？咱們身在農家，整日裡裡外外的活計都做不完了，又不像那些名門淑女動不動要吟詩作對，就算是學會了又有什麼用呢？」

姚婧婧一臉認真地回答。「就算現在沒用，說不定哪一天就用上了呢，我就是不想當一個睜眼瞎，誰規定只有男人能唸書，女人也一樣有受教育的權利。」

湯玉娥的表情愣愣的，她盯著姚婧婧的臉瞅了半天。「二妮，妳今天怎麼像變了一個人似的？說出來的話五嬸都聽不太懂呢！」

「五嬸，前幾天我一直發高燒，迷迷糊糊之中好像看到了我以後的生活就像我娘一樣，一輩子受人欺凌，忍氣吞聲。我已經受夠了，我想試試看能不能通過自己的努力，擁有更多的選擇，就像五嬸妳一樣，想嫁給誰就嫁給誰，想去哪裡就去哪裡。五嬸，妳幫幫我吧！」

湯玉娥突然感到一陣唏噓，她嘆了一口氣說道：「傻孩子，我哪有妳說的那麼厲害，我是嫁給了我想嫁的男人，卻沒有過上我想要的生活；不過妳今天真讓我大開眼界，小小年紀竟然能說出這樣的話來，妳放心，以後妳想做什麼，五嬸只要能幫就一定會幫妳的。書的事包在我身上，明天我就讓妳五叔去鎮上買兩本回來。」

「謝謝五嬸。」

姚婧婧心裡很感動，並在心裡暗暗發誓，以後一定要幫助這個善良的女子過上她想要的生活。

第五章　金錢草

姚婧婧在家裡待了這些天，什麼活兒也不幹，姚老太太心裡早就憋著一肚子氣了，第二天一大早就塞給她一個大竹簍子，讓她上山打豬草，連口稀飯都沒給她吃。

「打不滿這一背簍就不准回來。」

姚婧婧看著跟她人差不多高的背簍，簡直是欲哭無淚。在這個糧食匱乏的年代，豬草可是家家戶戶都想搶的緊俏貨，想要割到不是一件容易的事。

她跑遍了半個山頭也沒割到多少，但卻無意中獲得了另外一個寶貝——金錢草。

這可是一種非常名貴的藥材，能治療支氣管炎、糖尿病、腫瘤等疑難雜症。在現代，這種品相這麼好的野生金錢草，曬乾了以後能賣到上萬元一斤呢！要是爺爺看到，估計要樂瘋了。姚婧婧一邊想，一邊麻利地採了一大簍子。

可等摘完之後她又開始發愁了，這金錢草在她眼裡是寶貝，在不認識的人眼裡那就是無用的野草，她要是揹回去，老太太肯定會把她罵得狗血淋頭。

眼看已經快到中午了，姚婧婧感覺自己餓得頭昏眼花，她迷迷糊糊地坐在村口的一棵大樹下打盹。這時，前面的小路上突然出現一個人影，看樣子還有些眼熟。姚婧婧本能地跳了起來，她可不想被人以為自己躲在這裡偷懶。

來的人是姚二妮的四叔，他手裡拿著一個包裹，正往村外走去。

姚家的長孫姚子儒在鎮上唸書，只有過年放假時才會回家，其他時間吃住都在學堂裡。按理說，學堂裡的伙食肯定比家裡要好得多，可是姚老太太總是心疼她的大孫子孤身在外唸書辛苦，因此家裡只要有一點好吃的，都會留下一份給他送去。

送東西的任務自然就落在了姚老四身上，他呆呆傻傻卻非常聽話，別人讓他做什麼他就做什麼，好像沒有自己的思想。正因為如此，他是姚老太太在這個家裡最信任的人。

眼看就快到村口了，姚老四突然停下了腳步。

他到處瞅了瞅，見四下無人，蹲下身子將手裡的包裹打開，裡面用油紙包著的正是昨日被姚老太太分出來的燒雞。

姚老四沒有絲毫猶豫，抓起一塊就往嘴裡塞，他吃得很快，連雞骨頭都被他咬碎吞了下去，一連吃了四、五塊，他才意猶未盡地抹了抹嘴，將剩下的燒雞包好，準備繼續趕路。看他駕輕就熟的模樣，明顯已經不是第一次做這種事了。

「四叔。」

姚婧婧猛地一下從樹後面跳出來，把姚老四嚇了一跳。

「妳、妳。」

「你什麼你。」姚婧婧看著姚老四張著大嘴目瞪口呆的樣子，覺得好笑，決定要戲弄他一下。「四叔，剛才我可是全看清楚了，你竟然敢偷吃給大哥的燒雞，我要去告訴奶奶，看她怎麼懲罰你。」

姚老四急了，他本就是一個可憐人，在這個家裡一直沒有存在感，若再被姚老太太厭棄，那他的日子就更沒法子過了。「別、別說。」他脹紅了臉，憋了半天也沒說出一句索利話。

姚婧婧有些不忍心，連忙寬慰道：「好了四叔，我和你開玩笑呢！你放心吧，你偷吃的事我不會和任何人說的，你每天種地那麼辛苦，就該要多吃一點。」

姚老四明顯放鬆下來，咧著嘴笑了笑，黝黑的臉龐在陽光的映襯下竟然有幾分帥氣。

姚婧婧心裡有些惋惜，像這種不太嚴重的智力發育問題，如果是放在現代，從小進行干預治療，完全可以痊癒；然而在這個時代，他只能被打上一個「傻子」的標籤，年紀輕輕就注定要打一輩子光棍，孤苦伶仃地度過餘生。

「謝、謝。」

姚婧婧靈機一動，眨著眼說：「四叔，你要真想謝我，就帶我一起去鎮上吧！我也好久沒看到大哥了，怪想他的呢！」

姚老四連忙搖搖頭。「妳、妳奶奶、她……」

「哎呀，你不說、我不說，她怎麼會知道？我保證不會有問題的，趕緊走吧！」姚婧婧一把扯過他手中的包裹，轉頭朝村外跑去。「四叔，麻煩你幫我把背簍揹上啊！」

姚老四呆立了片刻，沒辦法，只得揹起背簍，跟在姚婧婧身後朝鎮上走去。

清平村離長樂鎮的距離並不太遠，腿腳俐落的話只要半個時辰就能到，可從前的姚二妞卻很少有機會去。

兩人趕到學堂時剛好是正午時分，姚婧婧又渴又餓，感覺自己快要虛脫了，原本想著讓姚子儒替他們弄些吃的，可他人卻不在書院，說是有事出去了。

姚老四將包裹寄放在姚子儒的同窗那裡，又討了些水來喝。

姚婧婧歇了半天，終於有了說話的力氣。「這個王八蛋，咱們在家裡省吃儉用供著他，他不好好在書院讀書，整天瞎跑什麼？」

姚老四搖了搖頭，示意她不要瞎說。

姚婧婧也懶得管他，她現在亟需食物填飽肚子，否則她絕對沒有力氣再從這裡走回村子。「你知道藥鋪在哪兒嗎？」

姚老四點點頭，他經常替姚老太太跑腿，對長樂鎮的每一個店鋪都很熟悉。

「趕緊帶我去。」

姚老四只當她要抓藥，便帶著她來到了街上一家名叫「杏林堂」的藥鋪。

這家藥鋪規模不大，只有一個大夫坐診，其他抓藥、煎藥的活兒都由掌櫃的親自動手。

掌櫃的姓胡，是一個四十歲左右的中年男人，微微有些發福，對誰都是一副笑咪咪的樣子，看起來和藹可親。

一走進藥鋪，聞到那股熟悉的藥香味，姚婧婧的心突然安定下來。

她指揮姚老四把背簍放在櫃檯前面，底氣十足地喊了一聲。「掌櫃的，收藥了。」

胡掌櫃原本低著頭在算帳，一抬頭就見一個又矮又瘦的小丫頭正抬著臉望著自己，看著她小小年紀偏偏裝作一副老道的模樣，胡掌櫃突然覺得很有趣。

「小姑娘，我看妳眼生得很，妳叫什麼名字？是哪裡人？」

「我叫姚二妮，是清平村人。我在山上採了一些草藥，你們店裡收不收？」

「哦？妳還會採藥呢，那可真是了不起。讓我來看看。」胡掌櫃嘴角帶笑地從櫃檯後面走了出來，伸出手在地上的背簍裡挑挑揀揀。「嗯，品相不錯。」胡掌櫃一邊看、一邊點頭。

姚婧婧心中竊喜，看來今天要發財了。她迫不及待地問道：「掌櫃的，這些能賣多少錢？」

「十文。」胡掌櫃不假思索地回答。

姚婧婧一下子呆住了，怎麼會只有十文？難道這個掌櫃不識貨？「這可是金錢草啊！」

胡掌櫃點點頭。「我知道啊！」

姚婧婧有些氣憤地說道：「那你才給這麼一點？掌櫃的，你該不會看我是個小孩，故意壓價吧？」

胡掌櫃聽了這話不僅沒有生氣，反而「噗哧」一聲笑出來。「我就是看妳是個小姑娘才給妳十文，換作別人，我最多只能給八文。這金錢草雖然是好藥，但用的地方不多，而且這漫山遍野到處都是，量多了，自然就不值錢。」

姚婧婧聽得一愣一愣的。在現代社會因為過度採挖，野生的金錢草非常稀少，沒想到在這個時代卻是極尋常，怪不得剛才她隨隨便便就挖了一大筐。

姚婧婧有些不好意思。「對不起啊，掌櫃的，我剛才胡說八道的，您千萬別跟我計較。」

胡掌櫃哈哈一笑。「沒關係，難得妳這個小姑娘還認識草藥，這些妳還賣不賣了？」

「賣、賣、賣。」姚婧婧忙不迭地點頭，對她這個窮光蛋來說，有一文，算一文。

胡掌櫃將草藥倒在後堂，從櫃上拿了十個銅板交到姚婧婧手上。

姚婧婧數了一遍，又拿出兩文退了回去。

「掌櫃的，做生意講究的是公平，我不能因為年紀小就占您的便宜，否則下次您哪裡還敢收我的藥。」

胡掌櫃眼中露出驚奇之色，他不由得讚嘆道：「很好，小小年紀就懂得生意之道，唯有公平方得長久。姚姑娘，妳以後再採到什麼藥只管送到我這裡來，我保證照單全收。」

姚婧婧非常高興，這算是找到了一個穩定的客戶，以後不用再愁銷路了。

她和胡掌櫃聊了一會兒，打聽了一下各種藥材的行情，便帶著姚老四離開了。

直到走出去老遠，姚老四的嘴巴還張得老大。他實在是想不明白，為什麼姚二妮讓他揹過來的一筐野草，轉眼間就跟變戲法似地賣了八文錢？

他越想越激動，拉著姚婧婧的手，磕磕絆絆地問：「二、二妮，這、這到底……」

姚婧婧此刻卻沒有心思搭理他，她突然聞到空氣中有一股肉包子的香味，那久違的味道讓她感到心潮澎湃，她再也顧不上形象，順著香味的來源飛奔而去。

「老闆，肉包子怎麼賣？」

「一文錢一個。」

「來八個。」姚婧婧從來沒覺得花錢花得這麼值得，在拿到肉包子的那一刻，她有一種想要哭的衝動。

一頓狼吞虎嚥，四個肉包子下肚，人生彷彿圓滿了。

和她形成鮮明對比的是姚老四，他拿著姚婧婧遞給他的包子呆了好一會兒，才小心翼翼地咬下一口。

對姚家人而言，能吃上一頓白麵就算很稀罕了，肉包子那是想都不敢想的事。

姚老四長這麼大從來沒有吃過這麼好吃的東西，他一口一口細嚼慢嚥，就連滴到手上的湯汁都不放過，他想把這種滿足的感覺留得久一點，更久一點。

以姚老四的飯量，這麼大個的包子，他吃上十個都沒有問題，可今天他只吃了兩個就再也不肯吃了，硬生生地將剩下的兩個還給了姚婧婧。

他下意識裡覺得這樣的肉包子他能吃上兩個已是無比奢侈，再吃就是暴殄天物了。

姚婧婧便把剩下的兩個包子用油紙包好，放進荷包裡，準備拿回去給賀穎吃。

「謝、謝謝。」姚老四一臉感激，不僅僅是因為肉包子，更是因為姚婧婧對他的態度。

在別人眼裡他是一個傻子，一個沒有思想的廢物，所以他們可以肆無忌憚地當著他的面嘲諷他、挖苦他，而他永遠只能順著他們的意，露出一臉癡癡傻傻的笑容。

可是今天，他能夠感覺到姚婧婧對待他就像對待一個平常人一樣，沒有歧視。

「謝什麼？你幫我揹了一路的簍子，這是你應得的。」

姚老四低下頭，有些羞澀地笑了。

「四叔，今天的事千萬不要對任何人說起，你明白嗎？」姚婧婧叮囑道。

姚老四鄭重地點了點頭，他雖然傻，但這點常識還是有的。

吃完了包子，兩人就開始往回趕。姚婧婧本來還想再去割點豬草，可等他們回到村裡時天已經全黑了，沒辦法，她只得硬著頭皮回去了。

姚老太太見她在外面晃了一天，竟然只割了這麼一點豬草，自然是大發雷霆，不僅把她臭罵一頓，還不讓她進屋吃晚飯。

姚婧婧正巴望不得，她肚子吃得飽飽的，此刻只想倒頭大睡。今天是真累著了，運動量就快趕上從前一個月的量了。

姚婧婧一覺醒來已經是深夜，她伸頭望了望外間還有微弱亮光，知道一定是賀穎還沒休息。她起身拿著用油紙包好的肉包子走出去，果不其然，賀穎正低著頭在燈下納鞋底。

「娘，妳怎麼還不睡？這燈這麼暗，別把眼睛熬壞了。」

賀穎見她出來，忙放下手中的活計，一臉心疼地說：「妳起來了？一天沒吃飯，餓壞了吧？我給妳留了兩塊玉米餅，妳趕緊吃吧！」

「娘，妳別忙活了，我不餓，我下午在鎮上已經吃過了。」

有些事情瞞得了別人，但肯定瞞不過賀穎，因此姚婧婧決定還是自己先招了。

賀穎震驚道：「鎮上？妳今天去鎮上了？」

姚婧婧乖巧地點點頭。「嗯，今天四叔去鎮上給大哥送東西，我和他一起去了一趟。」

賀穎還是不明白。「你們兩個去鎮上能吃什麼？」

「肉包子啊！」姚婧婧興奮地把手裡的油紙打開，露出兩個白白胖胖的大肉包，雖然已經冷掉了，但看起來還是非常誘人。「娘，這是我給妳留的，可好吃了，妳趕緊吃吧！」

賀穎的眼睛瞪得比銅鈴還大。「你們哪裡有錢買包子？」

姚婧婧早已想好了措辭，她眉飛色舞地回答道：「娘，妳不知道，我今天在山上看到一個上山採藥的郎中，他教我認識了幾種草藥，還告訴我這些草藥可以換錢，我採了一背簍送到鎮上的藥房，果然賣了好幾文錢呢！」

賀穎皺著眉頭，疑惑地說：「郎中？什麼郎中？咱們村裡根本沒有郎中啊！」

「那就是別的地方的郎中專門到這裡採藥來了。娘，聽他說了我才知道山上有很多種草都可以做藥呢！以後我多採一點，就能換更多的錢啦！」

賀穎好像還是不太相信，採摘草藥這件事太出乎她的意料。

姚婧婧噘著嘴，假裝有些不高興。「娘，我說的都是真的，妳不相信可以問四叔，買包子的錢真的是我賣藥掙來的。」

「娘相信。」賀穎摸了摸女兒的頭，感嘆道：「娘相信，咱們二妮真厲害，都能掙錢了，不過鎮上妳以後還是少去，被人看見不太好。」

「有什麼不好？我又不是去偷、去搶，憑我的勞力掙的錢，誰能說什麼？娘，妳不知道，採藥可辛苦了，我手上的皮都被割破了。」姚婧婧將手伸到賀穎面前，開始撒起嬌。

「娘妳看我這麼辛苦換來的肉包子，妳就快吃吧！妳把玉米餅省下來給我，晚上肯定沒吃好。」

賀穎看了看肉包子，站起身說：「我去把妳爹叫來吃。」

「不行。」姚婧婧一把拉住賀穎的手，看著她不解的目光，悶悶地說道：「要是爹知道了，那奶奶也會知道。」姚婧婧現在已經和賀穎建立了深厚的母女情誼，可對於姚老三這個爹，她還是有所保留的。

其實在這個年代，姚老三已經算是一個不錯的丈夫和父親了。

他為人忠厚老實，沒有什麼不良嗜好，不打罵妻兒，幹活也是一把好手。

可在姚婧婧眼裡，他有一個非常致命的毛病，那就是愚孝。

孝順本沒有錯，可百分百無條件的唯命是從，甚至為此犧牲老婆、孩子的利益，傷害他們的感情，那就讓人難以忍受了。

姚老三之所以將母親的話看成聖旨，其實是一種心理上的病態。他越是不被母親看重，便越想拚命表現來換取母親的認可，這已經成為他的價值所在，為此不惜迷失了自我。

賀穎有心為丈夫辯解兩句，可張了張嘴卻不知道該說什麼。她什麼都能忍，然而這回二妮差點丟了性命，導致賀穎心裡對自己毫無作為的丈夫也有了一些芥蒂。

她和姚老三這麼多年生活在一起也有了感情，她心裡還是希望有朝一日姚老三能夠將他們三口的小家放在心裡，成為她和女兒的依靠。

第六章 接生

第二天一早，姚婧婧幫母親收拾完碗筷就出門了，剛走到山下就看見姚老四蹲在一棵樹下朝她招手。

昨天姚婧婧跟他說沒事時可以和她一起去摘草藥，沒想到第二天他就跑來了。有這麼一個能幹的助手，姚婧婧自然非常高興，她快步跑到他跟前。「四叔，你怎麼來得這麼早，地裡的活都幹完了嗎？」

姚老四笑著點了點頭。

姚家人口眾多，村裡分的田地根本就不夠吃，姚老太太便讓姚老四在遠離村莊的山坡上偷偷開了一片荒地，因為路遠，姚老四一般都是帶上乾糧，早出晚歸。

今天他為了和姚婧婧一起採藥，天還沒亮就去了地裡，緊趕慢趕總算把活都做得差不多了。

話不多說，叔侄兩人一人揹著一個背簍，朝深山裡走去。

姚老四一邊走、一邊幫她割豬草，他眼疾手快，很快就割滿了一大背簍，看得姚婧婧直樂，這下任務完成，回去不用挨罵了。

她忍不住豎起大拇指。「四叔，你人這麼能幹，長得也不錯，心眼又好，哪個姑娘要是嫁給你就可以享福了。」

姚老四沒想到二丫頭會突然調侃自己，一下子鬧了個大紅臉。

姚婧婧一邊笑、一邊拍著胸脯說：「四叔，你放心，等我以後掙了大錢，一定替你討一個漂亮媳婦，到時候看誰還敢再嘲笑你。」

「臭、臭丫頭。」姚老四知道姚婧婧說的是玩笑話，可他心裡卻隱隱有一種預感，這些終有一天都會成真。

他們走了很久，一直走到了一個人跡罕至的山谷裡，姚婧婧在一片茂密的樹叢之中，發現了許多黃色的小花。

她興奮地大叫了一聲。「柴胡。」

柴胡在現代是一種很常用的中藥，對普通的感冒發燒、胸悶脹痛、瘧疾等疾病都有很好的療效。昨天她已經向胡掌櫃打聽過了，柴胡由於用途廣，需求量大，又沒有大規模種植，所以它的價格比金錢草要高出很多。

柴胡的藥用部位是它的根，姚婧婧拿起鐮刀就開始挖。

姚老四也學著她的樣子，在一旁幫忙。

由於長時間沒下雨，地上的土又乾又硬，兩人挖了一個多時辰才挖了小半筐。

「不行了。」姚婧婧把鐮刀一扔，一屁股坐在了地上，她實在是沒力氣了，兩隻手也磨出了水疱，火辣辣地疼。

姚老四從口袋裡掏出一塊比石頭還硬的雜糧餅塞到姚婧婧手裡，自己卻仍然幹勁十足地繼續挖。

去。

又過了小半個時辰，姚婧婧感覺差不多了，便和姚老四一起收拾了一下，往長樂鎮上走去。

杏林堂的胡掌櫃很喜歡姚婧婧這個小丫頭，看他們進來連忙倒了兩杯茶水，笑盈盈地招呼道：「這天是越來越熱了，採藥可是個辛苦活，妳這個小丫頭倒是肯吃這個苦。」

「沒辦法，我要賺錢啊！胡掌櫃，我今天採的藥可比昨天的值錢多了，您趕緊給我好好算算。」姚婧婧一口氣喝完了一杯茶，開始催促著胡掌櫃結帳，她現在滿腦子想的都是錢。

姚老四把手裡的竹筐遞給胡掌櫃。

胡掌櫃接過來一看，嘴邊的笑意更濃了。「這倒是個好東西，難為你們肯下力氣。」胡掌櫃將筐子裡的柴胡都裝進一個布袋裡，然後從櫃上拿出一桿秤，將布袋掛在秤上稱量。

「一共四斤，如今的行價是八十文一斤，一共三百二十文錢。」

姚婧婧腦袋裡飛快地轉著，一兩銀子是一千文，三百二十文就是三錢多銀子，相當於一個普通店鋪夥計一個月的工錢。

這比姚婧婧的預期要多出很多，看來她以後可以憑著這門手藝養活自己了。

再看姚老四已經完全懵了，他這輩子沒有見過這麼多錢，此時小姪女在他眼裡就是神一般的存在。

從胡掌櫃手裡領了錢後，第一件事就是要趕緊填飽肚子。

今天預算充足，姚婧婧不想再吃肉包子了，她讓姚老四領著她來到了一家滷肉鋪，花了二十五文買了一隻又肥又大、香氣四溢的燒鴨。

兩人拎著燒鴨來到一家麵館，花了二十文買了兩大碗肥腸麵。

這麼多天來，這是姚婧婧吃得最舒心的一頓飯，靠自己的雙手換來的食物，滋味格外香甜。

一陣狼吞虎嚥後，桌上的食物被吃得乾乾淨淨，姚婧婧忍不住打了一個飽嗝。

「四叔，現在天色還早，咱們在鎮上轉一圈再回去。」

長樂鎮規模不大，但麻雀雖小，五臟俱全，做什麼生意的鋪子都有。

姚婧婧走了一趟，在書局買了一些紙筆，在一家點心鋪子買了兩盒粉糕酥酪，還在一家布行扯了一塊顏色清雅的大花布準備拿回去送給賀穎。

她問姚老四有沒有什麼想買的東西，姚老四低頭想了半天，突然伸手指著街邊一個賣麥芽糖的小攤位。這麼大的人了還想吃糖？姚婧婧忍住笑，走到攤位前，讓賣糖的老爺爺敲了一大塊遞給姚老四。

姚老四顯然有些激動，他一手捧著糖，一手小心翼翼地掰下一小塊放進嘴裡，甜蜜的滋味湧入喉嚨的一瞬間，他突然有些想哭。

在他的記憶裡，小時候每年春節，再窮的人家都會給家裡的孩子秤二兩糖解解饞，姚家自然也不例外；可家裡的孩子太多，那點糖哪裡夠分？姚老太太或許覺得他一個小傻子不懂事，吃了也是浪費，於是每次分糖的時候都有意無意地落下了他。

當哥哥、姊姊拿著糖在他面前炫耀的時候，他第一次覺得自己傻得還不夠徹底。

「四叔？」姚婧婧感覺姚老四的模樣怪怪的，怎麼吃個糖吃出了苦大仇深的模樣？

姚老四回過神來，不好意思地笑了笑，將手中的糖塊遞給她。

姚婧婧搖了搖頭，她是一個肉食動物，糖對她沒有吸引力。

「咱們回去吧！」姚婧婧將東西包好藏在衣服裡，和姚老四一起回了村子。

白天太過勞累，夜裡就睡得格外香甜，姚婧婧正沈溺在美夢中時，突然一聲急促而痛苦的叫號打破了黑夜的寧靜，嚇得姚婧婧一個激靈從床上爬了起來。

被驚醒的不止姚婧婧一個，姚家大小很快就聚集在老五的房門前，裡面不停地傳來湯玉娥痛苦的喊叫聲，看樣子馬上就要生了。

姚婧婧心裡感覺有些不妙，她之前計算過，預產期大概還有一個月，且湯玉娥的情況也一直很穩定，怎麼會突然提前生產？

「疼，疼死我了，我要死了，快救救我，救救我。」湯玉娥的叫聲越來越淒厲。

姚五郎再也受不了了，轉身就要朝門外奔去。「玉娥，妳堅持一下，我去鎮上給妳請大夫。」

「站住。」姚老太太一聲喝令，叫住了姚五郎。「我看你是急昏了頭，女人生孩子天經地義，哪需要請什麼大夫？簡直讓人笑掉大牙。」

姚五郎急得像熱鍋上的螞蟻。「那怎麼辦？玉娥疼成那樣，咱們總不能在這兒乾看著吧！」

「慌什麼。」姚老太太重重地咳了一聲，開始指揮兩個媳婦幹活。「老三家的，妳去屋裡看著老五媳婦，跟她說不要一直鬼哭狼嚎的，省點力氣一會兒用在生娃上。」

「欸。」賀穎急忙推開門走了進去。

「老大媳婦，妳趕緊去廚房多燒幾鍋熱水，快點。」

朱氏聽到吩咐便拉著大妮去了廚房。

姚老太太看了看剩下的人，揚聲道：「我去請村裡的王大娘來幫忙接生，你們幾個都趕緊回去睡覺，明天還要幹活呢！老五，你去你三哥房裡待著，產房是血污之地，男人要離遠一點，免得沾染了晦氣。」

姚五郎自然不肯，聽著媳婦的喊叫聲，他心裡心疼得不得了，恨不得衝進去替她生。

姚老太太看他這個樣子非常不悅，皺著眉頭喊了一句。「老三。」

姚老三連忙走到姚五郎面前勸道：「五弟，娘說得對，你在這裡只有添亂的分，三哥陪你聊會兒天，你放心，絕對不會有事的。」說著便連拖帶拉地把姚五郎給弄走了。

待眾人都散去，姚婧婧趕緊走進了屋裡。

此時賀穎正拉著湯玉娥的手給她打氣，看到姚婧婧突然出現嚇了一跳。「誰讓妳進來的？趕緊出去，生孩子可不是好玩的事，當心嚇著妳。」

「娘，妳別管我，五嬸對我那麼好，我要在這裡照顧她。」姚婧婧一邊說、一邊迅速伸頭看了一眼。

湯玉娥的情況比她想像得還要糟糕，宮口基本上已經全開了，可孩子卻遲遲出不來，看樣子是胎位不正，再這樣下去不僅孩子會因窒息而亡，就連大人都會有危險。

湯玉娥喊叫的聲音已經越來越弱，眼看就快要暈過去了。

賀穎也急得不得了，不停地朝門口望去。「叫個人怎麼半天都沒動靜？二妮，妳在這裡看著，我去前面催一催。」賀穎像一陣風似地衝了出去。

姚婧婧從前只在書上看過如何替人接生，卻從來沒有實踐過，然而現在時間就是生命，容不得她再猶豫了。

她用熱水將手仔細地洗過，然後爬上床跪坐在湯玉娥的兩腿之間，將她身上的衣服全部解開，用手在她的孕肚上仔細地摸索。

「摸到胎頭了。」姚婧婧深吸一口氣，小心翼翼地用右手握住胎頭，輕輕地上推到盆骨處，然後慢慢地向逆時針方向旋轉一百八十度，最後在宮縮時引導胎頭向下、向下。

「啊——」

伴隨著湯玉娥一聲撕心裂肺的大喊，嬰兒終於從母體內分娩出來了。

姚婧婧這輩子都沒有這麼緊張過，整個過程只有短短的兩、三分鐘，她卻感覺彷彿過了一個世紀那麼久，還沒來得及好好喘一口氣，姚婧婧又發現了一個嚴重的問題——這個孩子竟然不哭。

「不好。」

姚婧婧迅速把嬰兒口鼻之中的穢物都清理乾淨，讓嬰兒趴在自己的左胳膊上，然後用右手拍打嬰兒的背部，一下、兩下、三下。

「哇。」

一聲清脆而嘹亮的哭聲乍然響起，彷彿要衝破黑夜的禁錮。

眾人趕到產房時，看到的就是這樣一副畫面：一個小丫頭不知所措地托著一個滿身血污、號啕大哭的嬰兒，臉上是掩飾不住的驚慌與害怕。

「老天爺呀，這、這是怎麼回事？」賀穎連忙把嬰兒接過去，和朱氏一起把她清洗乾淨，用小襁褓包裹好。

「把孩子抱過來，我看看。」湯玉娥慢慢清醒過來，用非常虛弱的聲音說道。

賀穎把小嬰兒放到她的床邊。

湯玉娥極度疲憊的臉上露出一絲滿足的笑容。「真醜。」

賀穎笑道：「剛生下來的娃娃都是這樣的，等長開了就變樣了，有這麼俊的爹娘，她以後一定是個美人胚子。」

「多謝三嫂的吉言，今日真要謝謝妳們了。」

湯玉娥看著呆立在一旁的姚五郎，輕聲喚道：「明軒，你怎麼不抱抱孩子？你不喜歡嗎？」

姚五郎像是才回過神來，有些激動地說：「喜歡、喜歡，玉娥，真是辛苦妳了。」

他的話還沒說完，姚老太太就領著一個接生婆衝了進來。

「已經生了？是男孩還是女孩？」

朱氏趕著上前一步，用特別誇張的聲音說道：「恭喜娘，您又多了一個小孫女。」

姚老太太的臉瞬間垮了下來，悶悶地擠出一個字。「哦。」

姚五郎完全沒有意識到她的不悅，還很興奮地喊道：「這小傢伙長得圓滾滾，跟個小肉團子似的，娘您快過來看看啊！」

「哼，折騰了一宿生了個賠錢貨，還好意思來獻寶，誰愛看誰看，我才不看。」姚老太太說完，逕自轉身回自己房裡去了。

原本溫馨感動的氛圍被姚老太太三言兩語給破壞掉了，湯玉娥委屈得眼淚直流，姚五郎也是又急又氣，連忙去安慰妻子。

賀穎在一旁不好說什麼，便拉著姚婧婧出來了。

回到房裡，賀穎看著閨女狼狽的模樣，心疼地說：「二妮，嚇著了吧？看妳身上都是血，趕緊把衣服脫下來，娘給妳洗洗。」

姚婧婧一邊換衣服，一邊義憤填膺地說：「奶奶真是太過分了，五嬸生孩子這麼辛苦，她怎麼能說出那種話，同樣都是女人，為什麼連一點憐憫之心都沒有？」

「唉。」賀穎想到自己這些年來的遭遇，不由得心生悲戚。「算了，這不是妳一個小孩子能管的事，現在天還沒亮，妳到床上去瞇一會兒，娘要去廚房準備早飯。」這個家裡往後只怕要更加「熱鬧」了。

賀穎的擔心很快就應驗了。她做完大家的早飯，便去請示姚老太太，湯玉娥剛剛生產完，飲食肯定要另做，畢竟坐月子對於女人來說可是大事。

姚老太太好像知道賀穎為什麼而來，一見她進門就開始翻白眼。

賀穎只能硬著頭皮開口。「娘，小娃等著要吃奶，五弟妹這次身體虧損也要好好補補，家裡的雞都是現成的……」

「放屁！」姚老太太一拍桌子，瞪著眼的模樣好像要把賀穎給吃了似的。「誰給妳的膽子？這個家還輪不到妳作主，連個兒子都生不出來還好意思要吃、要喝？我那雞是要留著賣雞蛋換錢給我大孫子讀書用的，誰都不准動，她湯家不是有錢嗎？要吃什麼自己買去。」

最終賀穎被罵了個狗血淋頭，卻連一粒白米都沒要到。

姚五郎看到母親對自己媳婦如此態度，忍不住想要去找她理論一番，卻被湯玉娥給按下了。

「算了，娘是什麼性格你又不是不知道，有些話說出來只是自取其辱，看她平日裡對待三嫂的態度，我就已經知道會是這種結果。」

姚五郎心裡滿是歉疚。「媳婦，對不起，妳辛辛苦苦地為我生孩子，我還讓妳受這麼大委屈，我真是太沒用了。」

「別這麼說。」姚玉娥摟著自己的寶貝女兒，身上散發著母性的光輝。「娘怎麼對我沒有關係，她不喜歡咱們的孩子也沒有關係，當初我決心嫁過來時就知道會面臨什麼情況。明軒，只要你不嫌棄我生的是個丫頭，只要你心裡有咱們娘兒倆，無論什麼委屈我都能忍。」

姚五郎突然有一種想哭的衝動，他拉著媳婦的手，目光堅定地說：「玉娥，妳說得是什麼傻話，我自己的孩子我稀罕還來不及，怎麼會嫌棄呢？我知道妳對我好，玉娥，相信我，我絕對不會讓妳走上三嫂的路。」

同在一個村裡，女兒生產的消息很快就傳回了湯家，當天下午，湯玉娥的親娘就趕著一輛牛車，送來了一大堆雞鴨魚肉和各種小嬰兒穿的衣物。

湯玉娥這才終於吃上了一頓正經飯菜。

第七章 青樓

這一天，姚婧婧本來想偷個懶休息一下，可一想起自己的創業大計，她還是咬著牙，堅持和姚老四一起上山採藥。

他們依舊來到昨天那個地方，將剩下的柴胡都挖了出來。

姚婧婧看著大汗涔涔的姚老四，心裡有些不忍，想了想說道：「四叔，你整天種地就夠辛苦了，還要跟著我一起來挖草藥，我不能讓你白出力，以後就把藥錢的三分之一給你當作工錢，你說怎麼樣？」

姚老四把頭搖得跟撥浪鼓一樣，面紅耳赤地說：「不、不要錢，跟妳、妳一起幹、幹活，高興。」

「那怎麼行，這是你應得的。嗯，要不這樣吧，四叔，這錢我先幫你保存著，你什麼時候要用就到我這裡拿，好不好？」

姚婧婧心裡有些擔心錢要是現在給了姚老四，說不定很快就會落到姚老太太他們口袋裡。

他們今日採的藥比昨天還要多出不少，一共賣了七百五十文錢。

胡掌櫃打趣道：「不錯啊，姚姑娘，照這樣下去，妳很快就會變成一個小富婆了。」

姚婧婧屈了屈身子。「還不是多虧了胡掌櫃照顧，我昨天在這街上轉了轉，發現您給我的價格實在是太仗義了，如今像您這麼厚道的生意人真是打著燈籠都難找，您說我該怎樣感謝您才好？」

胡掌櫃擺了擺手。「謝什麼？妳送來的藥材品相好，價格自然高一些，可惜了妳是個女兒身，否則憑妳這靈活勁，將來一定是前途不可限量啊！」

姚婧婧笑了笑，沒有說話。這個時代男權思想在普羅大眾的腦袋裡根深蒂固，憑她一己之力怕是很難改變什麼。

她從口袋裡掏出一張紙遞給胡掌櫃，那是她昨天回去寫的一個藥方。

「胡掌櫃，請您按這個方子抓藥，然後再幫我製成藥丸。」

「哦？」胡掌櫃將方子接過去，自己先看了看，又遞給身邊坐堂的姜大夫。

姜大夫今年已經七十多歲，連鬍鬚都花白了，他一邊看方子，一邊不停地點著頭。「不錯、不錯，是個好方子。小丫頭，這藥妳是為誰抓的呢？」

姚婧婧歪著頭說：「我娘因為宮寒導致不孕，我想為她調理一下，讓她給我生個小弟弟。」

如此童言無忌惹得眾人哈哈大笑。

胡掌櫃忍不住拍了拍她的頭。「難得妳一片孝心，這事就包在我身上，我盡快把藥丸給妳製出來，讓妳早日心想事成。」

「謝謝胡掌櫃，麻煩您把藥錢算一下，我這就付給您。」

「急什麼，難道我還怕妳不來了不成？我還等著妳多多送藥材過來呢！」胡掌櫃覺得自己是越來越喜歡這個機靈可愛的小丫頭了，無奈家裡那個不肖子實在太過混帳，否則有這樣一個媳婦，他連睡著了都會笑醒喲！

事情都辦妥之後，兩人先去吃了一頓飯，接著姚婧婧帶著姚老四在鎮上瞎晃悠，她對街上那些形形色色的鋪子很感興趣。

她先來到一家鐵匠鋪買了兩件襯手的工具方便採藥，然後又挑了一雙非常可愛的虎頭鞋，準備送給自己剛剛出生的小妹妹。

正當她在一家賣絲綢的攤位前連連驚嘆時，站在身後的姚老四突然喊了一聲。

「子、子儒。」

「什麼？」姚婧婧一時沒聽清楚，轉過頭不解地看著他。

姚老四指著身後的一條小巷子，一個身材瘦削、一身書生打扮的年輕男子匆匆走了進去。

「你說剛才那個人是我大哥姚子儒？」

姚老四連忙點點頭。

姚婧婧感到有些奇怪。「今天又不是休息日，他不好好在學堂唸書，跑到這裡幹麼？」

姚老四更搞不懂，一臉茫然地看著姚婧婧。

姚婧婧轉身問前面攤位上的老闆。「大娘，您知道那條巷子裡是什麼地方嗎？」

賣絲綢的老闆是一個三十多歲的婦女，聽到姚婧婧的問話竟然一下子翻了臉。

「妳這個丫頭，小小年紀不學好，去去去，不要站在我這裡，小心髒了我的東西。」

姚婧婧被罵得莫名其妙，那條巷子裡究竟有什麼會惹得這名老闆如此反感？好奇心讓她決定去一探究竟。「走，我們跟進去看一看。」

「哇！」這條巷子從外面看沒什麼特別，內裡卻是別有洞天。

那是一座紅牆黃瓦的三層小樓，屋頂上甚至還有一圈細小的雕花，這絕對是姚婧婧到這個時代以來所看到最氣派的建築了。

「阿嚏。」空氣中飄散著一股濃郁的脂粉味，姚老四感覺鼻子很不舒服。

姚婧婧圍著房子走了一圈也沒看出什麼名堂，便伸手扣了扣門。

兩人在門口等了半天，才聽到一個女人一邊走、一邊不滿的咕噥。

「天還這麼早，姑娘們都還沒起呢，一個、兩個這麼猴急猴急的。」

開門的是一個四十歲左右的女人，圓滾滾的身材隨隨便便就把十尺寬的門框占得嚴嚴實實的，更誇張的是，她臉上的妝容堪比車禍現場，看得姚婧婧忍不住身軀一震。

女人看到他們倆明顯有些意外，挑著一雙細長的眼睛將他們上上下下打量了一番，然後拿起帕子摀了摀口鼻，臉上盡是輕蔑之色。「哪裡來的兩個臭要飯的，害得老娘的眉毛都畫歪了，趕緊給我滾蛋。」說著便轉身想要關門。

「等等。」姚婧婧連忙上前一步，用半個身子抵住門。「大嬸，我們是來找人的，麻煩您行個方便。」

女人臉上更是不悅了，指著姚婧婧的鼻子怒斥。「大嬸?!妳叫誰大嬸呢？睜大妳的狗眼好好看看，老娘還沒出閣呢！」

姚婧婧嘁了嘁口水，陪著笑說道：「姊、姊姊，實在是對不住，都怪我一時眼拙，您大人有大量，別跟我一個小丫頭計較。」

「哼。」女人的臉色有所和緩，翹著蘭花指，扶了扶高聳的髮髻。「賣身就賣身，還找人，看妳這一副乳臭未乾的樣子，要胸沒胸、要屁股沒屁股，我要是收了妳，絕對是個賠錢的買賣。」

「妳在說什麼？」姚婧婧聽得一頭霧水。

正在這時，從二樓下來了一個穿著一襲粉色薄紗的年輕女子，她的手中搖著一把黏滿彩色羽毛的團扇，臉上的笑容嫵媚動人。

「喲，張嬤嬤，又有新姑娘啦？看樣子還是個雛兒呢，好好調教兩年，不會讓妳吃虧的啦！」

姚婧婧突然想到什麼，眼睛一下子亮了，這裡竟然是青樓！

我的天啊，太刺激了吧！

作為一個從小到大連酒吧都沒有進去過的乖乖女，姚婧婧對這個讓所有男人為之神魂顛倒的地方充滿了好奇。

「臭丫頭，看什麼看？妳到底想要幹麼。」這個小丫頭真是奇怪，一般的良家女第一次來到這裡都是要死要活，像這樣迫不及待的還真是少見。

「不是，我走錯地方了。」姚婧婧看了一圈也沒看出有什麼稀奇的，此地畢竟不適合久留，她只得拉著姚老四匆匆地離開了。

「子、子儒呢？」姚老四想不明白，他們不是去找人的嗎？怎麼就這樣不明不白地走了？

「他現在才沒工夫理咱們呢！」姚婧婧越想越氣憤，秦樓楚館這些地方是有錢人的銷金窟，姚家窮得響叮噹，他姚子儒拿著家裡的血汗錢不好好在學堂唸書，卻跑來這裡逍遙快活，真真是無恥之極。「好你個姚子儒，既然你這麼喜歡這裡的姑娘，那我就想辦法好好成全你。」

第八章　正名

「洗三」是中國古代誕生禮之中非常重要的一個儀式，再加上姚老太太早已放話不會給丫頭辦滿月宴，因此第三天一早姚家就熱鬧起來。

為了顯示對女兒和這個小外孫女的重視，湯家兩老、湯玉娥的大哥、大嫂以及那個剛剛中了秀才的弟弟都來了，真可謂是舉家出動。

湯家人來做客，自然不會空手來，各種糕點、蜜餞擺了一大桌子，再加上十尺品質上等的絹布，這在鄉下已經算是極為厚重的禮了。

湯老太太還為自己的外孫女打了一把金燦燦的長命鎖，看得朱氏母女眼睛都直了。

雖然是同村，但這卻是兩家結親以來湯家人第一次正兒八經地來做客。姚老太太再捨不得，看在那些禮物的分上，也不得不佈置一桌酒席招待，否則以後村裡人都要在背後戳她脊梁骨了。

姚老太太算計了半天，拿出八十文錢讓姚老四到鎮上買了一斤條子肉、半副豬下水，還打了兩斤燒刀子酒，轉頭又吩咐賀穎殺了一隻雞，酒席才算是操辦起來了。

因為有客，姚家的男人們沒有去地裡，都坐在堂屋陪湯老爺子和湯家老大說話。

湯老太太和湯家大嫂都在湯玉娥屋裡陪著她，湯致遠年紀尚小沒什麼顧忌，也待在姊姊房裡逗外甥女玩。

因為今日有不少肉菜，再加上不想在湯家人面前陪笑，姚老太太便親自操刀，帶著兩個媳婦開始做飯。

當然，姚婧婧也沒閒著，被安排和姚大妮一起搬柴生火。

「二姊。」

姚婧婧被滿屋子的濃煙熏得鼻涕、眼淚齊飛時，小龍和小勇穿著一身髒兮兮、連屁股都遮不住的破衣服橫衝直撞地跑了進來。

「二姊，快看，糖！」

小勇黑炭一般的臉上滿是歡喜與激動，這個表情姚婧婧前兩天才在姚老四的臉上見過，而小勇手上捧著的東西也很熟悉，是一塊黃色的麥芽糖。

姚婧婧非常配合地瞪大眼睛，急切地問道：「哪裡來的糖？」

「是五嬸屋裡那個婆婆給我們的，他們那裡還有好多好吃的果子，五嬸讓我們來喊妳一起去吃呢！」

姚老太太正在剁肉，看到兩個孫子沒出息的模樣便氣不打一處來，拿著菜刀就開始罵。

「你們兩個餓死鬼投胎、丟人現眼的東西，給兩口吃的就不知姓啥名誰了？還一口一個婆婆，叫得倒親熱，你們的娘都死了這麼多年了，哪裡來的婆婆？」

小龍和小勇嚇了一跳，他們不明白奶奶為什麼突然發脾氣，可那些好吃的東西誘惑太大，因此兩人衝著姚婧婧擠了擠眼後，又一陣風地衝了出去。

姚老太太沒有發話，姚婧婧自然不敢離開，只得悶著頭兒繼續燒火。

誰知姚老太太突然把菜刀往案上使勁一扔，咬牙切齒地說：「自己的姑娘連個兒子都生不出，還好意思來這麼多人，是想把人家家裡都吃乾喝盡嗎？二妮，叫妳去妳就去吧，去了就敞開肚皮使勁吃，反正不吃白不吃。」

姚婧婧弄不明白姚老太太的奇葩想法，她也懶得多想，答應了一聲之後便放下柴火，在姚大妮憤憤不平的目光中離開了。

隔著老遠就聽到湯玉娥房間裡傳來陣陣笑聲，這樣的氛圍在姚家實在難得。

「五嬸，妳這裡好熱鬧啊！」

「二妮來了，幹了一上午的活，累了吧？趕緊過來歇歇。」湯玉娥靠坐在床上，笑盈盈地衝她招手。

湯老太太今年也才四十出頭，渾身上下打理得乾淨俐落，看起來還很年輕。

她見姚婧婧進來，連忙站起來把她拉到身前，慈眉善目的模樣讓人忍不住想要與之親近。

「二妮給婆婆請安，給大舅母請安。」

姚婧婧十分乖巧地給湯老太太和湯家大嫂各行了一禮。

湯老太太連忙拉她起身。「和去年相比果真是瘦了不少，可憐的丫頭，小小年紀就遭了這麼大的罪，老天保佑，大難不死、必有後福，以後一切都會順順當當的。」

姚婧婧低著頭有些靦覥地說：「謝謝婆婆的吉言，我好得很呢！」

湯玉娥笑著催促道：「好了娘，妳趕緊讓二妮坐下，先吃點東西再說。」

「二姊，妳吃這個，甜甜的，可好吃了。」小龍的嘴裡塞得滿滿的，連話都說不清楚，咕噥的模樣可愛極了。

湯老太太把那盤油炸糯米條端到姚婧婧面前，抓了一把塞到她的手上。

湯玉娥介紹道：「這是我娘在家裡自己做的，味道還不錯，妳一會兒拿一點兒回去讓妳娘嚐嚐。」

「謝謝五嬸。」姚婧婧嚐了一塊，的確是滿嘴生香。

「謝什麼？我剛才還在跟他們說，那天夜裡娃娃一直出不來，最後我都沒有力氣了，迷迷糊糊中看見妳一直在我身邊。二妮，妳可是小寶出生後第一個抱她的人，五嬸倒應該感謝妳呢！」湯玉娥並不知道那天究竟發生了什麼，可直覺告訴她，二妮是她們母女倆的福星。

「靜女其姝，俟我於城隅。」

眾人正聊得開心，一直趴在搖床前面逗弄小嬰兒的湯致遠突然站起身，搖頭晃腦地唸了一句詩。

湯家大嫂笑著打趣道：「瞧咱家小弟，對著一個話都不會說的小奶娃都能掉書袋，真真是有些魔怔了。」

湯致遠搖了搖頭。「非也、非也，此句出於《詩經》，我剛才看了小外甥女半天，她又安靜、又乖巧，長大後一定是一名賢慧端莊的女子，就給她起名為『靜姝』，妳們說好不好？」

湯玉娥眼睛一亮，點點頭道：「靜姝？不錯，聽起來又大方、又文雅。致遠，我代小靜姝謝過秀才舅舅的賜名。」由於姚老太太重男輕女，連給孫女們起個名字都嫌麻煩，湯玉娥知道沒有指望，便請自己的弟弟給女兒起個名字。「對了，致遠，我三嫂前些日子還在跟我說，二妮都這麼大了，連個正經名字都沒有，恰好今日都在，就煩勞你也替她起個大名吧！」

姚婧婧正歡歡喜喜地吃著點心，此時話題突然轉到她的身上，使她不由得愣了一下。她對起名這件事不太感冒，在這裡，名字對她來說只是一個代號，反正再怎麼起也不是她自己。

湯致遠倒像是給人起名起上了癮，轉過頭興致勃勃地看著姚婧婧。

姚婧婧雖然只比他小兩歲，但兩人卻差著輩分，她只得放下手中的果子，屈身福了一福。「二妮給致遠舅舅請安。」

湯致遠摸著下巴在屋裡走了一圈，突然一拍腦門，高興地大喊一聲。「有了！伊水佳人水中畫，婧顏夙夕綻如花，看妳如此纖弱苗條，就取一個『婧』字，叫姚婧婧如何？」

姚婧婧簡直不敢相信自己的耳朵，她瞪大眼睛呆呆地看著湯致遠，這到底是巧合，還是命中注定？

湯老太太輕推了她一把。「怎麼了，二妮？妳要是覺得這個名字不好，就讓妳致遠舅舅重新再取。」

「不，很好，我很喜歡，謝謝致遠舅舅。」姚婧婧深深地鞠了一躬，她只覺得胸腔裡有一股熱流不停地奔騰澎湃，從今以後，姚婧婧是她，姚二妮也是她，她會帶著兩人的希望與夢想走完這段奇妙的人生路。

「哈哈，我就知道妳會喜歡，看來我很有起名字的天賦啊！以後下學時我就在街上支個攤子專門替人取名，保證生意興隆。」湯致遠雖然已經中了秀才，但其實依然是小孩子心性。

眾人又笑又鬧了好一會兒，姚老太太打發朱氏來請客人入席，準備吃午飯了。

由於人太多，一張桌子肯定擠不下，姚老太太便吩咐幾個兒子把院裡一張晾曬東西的木板搬到堂屋裡，用幾塊青磚支成了一張臨時的飯桌。

一大屋子人依照男女分成了兩桌，姚家五兄弟陪著湯老爺子和湯家兩兄弟坐在上桌；姚老太太和兩個媳婦陪著湯家老太太和湯大嫂坐在門口那一桌，幾個孩子也擠在大人腳邊坐下。

今天的菜對於姚家人來說實在是豐盛至極，光是葷菜就有五樣。有梅乾菜扣肉、酸豆角炒豬肚、馬鈴薯燉雞塊、紅燒肥腸、蘿蔔豬肺湯，再加上三、四樣從自家地裡摘回來的蔬菜，滿滿當當地擺了一桌子。

姚婧婧懶得看兩家人在飯桌上打太極，便端了一些飯菜到湯玉娥房裡陪她一起吃。

「小靜姝真的是很乖啊，整天吃了睡，睡了吃，都很少聽到她哭呢！」姚婧婧看著搖籃裡白白胖胖的小肉團子，想著她是由自己親手帶到這個世界上來的，突然感到一陣溫暖。

湯玉娥懶懶地靠在床上，看起來沒什麼興致。

剛才她怕娘家人擔心，一直強撐著笑容，事實上她生完孩子這幾天過得可謂是水深火熱，時刻都處在崩潰的邊緣。

她生產時身體受損很大，一時半刻根本難以恢復，就連翻個身都讓她痛到想死。

這還不是最難的，湯玉娥從前根本沒帶過孩子，一開始連餵奶都不會，娃娃餓得哇哇叫，她也跟著一起哭。

剛出生的嬰兒晚上都會鬧夜，有時聲音大了吵得姚老太太睡不了覺，她便會站在院子中央指天畫地地一頓罵，湯玉娥和姚老五只能輪流將孩子抱在懷裡哄，一熬就是一宿。

姚老太太不僅自己不來，還不允許其他人幫忙，有時候賀穎抽空偷偷來看一眼，被她知道了又是一頓臭罵。

姚五郎雖然心疼媳婦，可他一個大男人對帶孩子更是一竅不通，再加上白天姚老太太硬逼著他去地裡幹活，有很多事他也是有心無力。

「二妮，妳說如果我生的是一個男孩，是不是就不會遭這麼多罪了？」

「什麼？」姚婧婧沒想到她會這麼說，連忙拉著她的手耐心勸慰。「五嬸，妳怎麼能這樣想，奶奶那個人妳又不是不知道，她要是想搓揉妳，妳就算生的是一個金疙瘩那也是一樣的。」

湯玉娥搖了搖頭，一滴眼淚靜靜地順著眼角滾落下來。「二妮，有些話我真不應該跟妳一個小孩子說，可是妳知道嗎，今天看見我爹、我娘那個樣子，我第一次覺得我當初的選擇或許真的錯了。我現在也有了女兒，如果將來我的女兒被人欺負我卻只能眼睜睜地看著，那可比椎心之痛更難以忍受啊！」

壞了！看湯玉娥這個樣子，怕是得了產後憂鬱症，然而以姚家現在這個環境，姚婧婧想要開導她都不知如何開口。「五嬸，妳是我見過最勇敢、最樂觀的女人，妳當初既然選擇嫁到這個家裡，那就說明五叔身上有妳看重的東西。我知道妳受了很多委屈，當妳覺得熬不下去時，就想想一開始的初心，想想可愛的小靜姝，相信我，一切都會越來越好的。」

姚婧婧的話音剛落，湯玉娥竟然趴在她的肩膀上哭了起來，雖然她刻意壓低了聲音，但聽起來還是讓人覺得無比心酸。

姚婧婧輕輕地撫著她的背。「想哭就哭吧，哭出來就輕鬆了。」

湯玉娥哭了一會兒才慢慢平復了消極的情緒，她抹了抹眼淚，感覺有些不好意思。「二妮，妳瞧五嬸這麼大個人了還在妳一個小輩面前哭哭啼啼，真是讓人笑話。」

「有什麼好笑的？妳雖然是我的長輩，可算起來也比我大不了幾歲，以後有什麼話妳就對我說，千萬不要憋在心裡，會憋出病的。」姚婧婧心裡有些唏噓，十七、八歲的年紀放在現代還只是一個高中生，正是人生當中最美好的時光，可湯玉娥卻已經早早地體會到人性的惡劣和生活的酸澀，這是女人的悲哀，也是身處這個時代的悲哀。「五嬸，飯菜都快涼了，咱們趕緊吃吧！」

姚婧婧知道湯玉娥這幾天根本就沒有吃頓好飯，雖然她娘家送來了許多東西，但總是被姚老太太明裡暗裡的剋扣，送到鎮上給她大孫子吃去了。

湯玉娥努力振作精神，使勁吐出一口氣，揚聲道：「吃，好不容易能吃頓好的，誰不吃、誰是傻子。二妮，妳也多吃點。」

姚婧婧把這些天賣草藥賺來的錢都拿出來數了一遍，差不多有三兩銀子，這個收入就算是在現代也算是相當高了。

可她卻對此並不滿足，漫山遍野地挖草藥太過辛苦，而且還有一定的危險性，長此以往身體肯定吃不消，況且有一天、沒一天的，收入也不穩定。

在現代，姚婧婧的爺爺不僅是一個有名的中醫，他還非常熱衷於各種中草藥的培育。在他的努力下，一些原本非常稀少的藥材都達到了量產，不僅拉低了中藥的價格，還造福了許多患者。

姚婧婧決定將爺爺的事業發揚光大，她已經瞭解到這個時代的藥材基本上都是靠採藥人到野外採挖，大規模的種植根本就不存在。

可以說，這是一個非常有前景的市場，一旦成功，她即使每天躺在家裡也能數錢數到手抽筋，哪還用受這個罪？

可是問題來了，想種藥材不僅需要技術，還需要土地。

這個時代由於人少、建築也少，土地還是很多的，但這些土地大部分都掌握在一些大地主手裡，普通的農戶花錢向他們手裡租借，遇到豐年還好，要是遇上災年，可能白忙活一年反而還要倒貼。

其他即使是野外的荒地，也不許人們隨意開墾，必須經過官府的同意並且上交沈重的賦稅。

姚老四偷偷開了一片地，姚家人一直想方設法地瞞著，就是怕有人來找麻煩。

想要大規模的種植就需要大量的土地，由於草藥一般比較嬌貴，對土質的要求非常高，所以還得是最肥沃的地才行。

姚婧婧之前已經打聽過了，在這個村裡，貧瘠之地一畝需要十兩銀子，而膏腴之地一畝則需要二十兩銀子。

這樣算下來，她手中的這點錢連半畝地都買不到，唉，看來她的致富之路還很漫長啊！

第九章　要錢

這一天，一早起來，天上突然下起了瓢潑大雨，姚婧婧一上午只能待在家裡幫母親做些家務，然後到湯玉娥的房間裡逗小靜姝玩。

由於今天大家都沒有出工，午飯只有稀得能照見人影的玉米粥，連一口鹹菜都沒有。

大家正坐在堂屋裡沒滋沒味地吃著時，突然有一個人頂著大雨衝了進來。

「子儒，你怎麼回來了？」姚老太太雖然年紀最大，但眼睛卻很尖，第一個看清楚進來的男子正是她心心念念的大孫子。

不同於湯致遠三天兩頭地往家裡跑，姚子儒回家可是一件稀奇事，眾人都放下碗筷站了起來。

「哎喲，我的寶貝兒子，外面下這麼大雨，你跑回來幹什麼？萬一淋病了，那怎麼辦呀！」朱氏看著兒子一身的水，很是心疼。

姚子儒的臉色倒很平靜，抹了抹臉上的雨水，將隨身帶著的油紙傘收了起來。

「今日學堂不上課，我回來看看，好長時間沒看到奶奶了，心裡一直惦記著。」

姚老太太此刻倒像是一個慈愛的長輩，拉著孫子的手萬分親切。「還是我大孫子最孝順，奶奶也天天想著你呢！前幾日家裡請客，本想讓你四叔去叫你回來，又怕耽誤你功課。」

姚子儒從身上揹著的一個布包裡拿出一個小紙袋，遞到姚老太太手上。「沒關係的，奶奶，偶爾休息一天也不礙事。這是我昨日在街上給您買的您最愛吃的棗糕，想著怕壞了，便趕著今天給您送回來。」

姚老太太感動得差點淌下淚來。「你們瞧瞧，我的大孫子心裡是真有奶奶啊！」

姚子儒看了看其他人，一臉抱歉地說：「本來想給大家多買一些，但實在是沒有那麼多餘錢。」

「好了，你管他們幹什麼，先回房裡去換身衣服，讓你娘給你端盆熱水好好洗洗，濕答答地裹在身上多難受啊！」姚老太太連聲催促道。

姚子儒和在場的長輩們打了個招呼，便回房換洗去了。

這邊姚老太太開始忙了起來，前兩日招待湯家時買的肉菜，她刻意每樣都留了一些，原本準備給姚子儒送到鎮上去，此時剛好拿出來做給他吃。

姚老太太吩咐賀穎切菜、炒菜，自己則從碗櫃的最深處拿出一個小小的布袋，裡面裝的竟然是小半袋白麵粉。

姚老太太舀了一碗白麵粉倒在一只乾淨的木盆裡，再加入適量的涼水開始和麵，直到麵粉被揉成一個光滑的麵團，最後用快刀將麵團切成薄厚適中的長條，放到開水裡煮熟，一大碗熱氣騰騰的刀削麵就做好了。

眾人原本吃飯吃到一半，這會兒便陪著姚子儒繼續吃。

那碗麵和那幾盤新炒的菜自然都放在姚子儒面前，雖然他一直要大家一起吃，但除了姚老大，其他人都很自覺地不伸筷子。

姚婧婧暗暗地打量一番，姚子儒長得既不像他爹，也不像他娘，反而跟姚老太太像是一個模子印出來的，看來姚老太太的偏心也是有理由的。

「子儒，你吃你的，別管他們，他們都吃飽了。這麵是奶奶特意給你做的，你趕緊趁熱嚐嚐。」姚老太太一個勁地給姚子儒挾菜，他面前的碗已經堆成小山一樣高了。

姚子儒一邊吃、一邊誇道：「嗯，好吃，還是奶奶的手藝好，要是每天都能吃到奶奶親手做的飯那該有多好啊！」

姚婧婧翻了個白眼，不知姚子儒是真瞎還是裝瞎，看著其他人碗裡的野菜清粥，還能說出這種話，真讓人佩服。

朱氏一直站在兒子身後，她感覺自己兒子好像比年初的時候還瘦了不少，連眼窩都變深了。「你一個人在外面一定要注意身體啊，沒日沒夜地唸書，這些年真是苦了你了。」

姚婧婧忍不住又翻了一個白眼。*妳兒子辛苦是真，但卻並不是因為讀書哦！*

姚子儒吃了一會兒便放下筷子陪著家人聊天，可不知為什麼，他的興致一直不太高，像是有心事一般。

「奶奶，其實我今天回來還有一件事。」

姚婧婧一開始就覺得她這個大哥冒著大雨回來肯定有問題，果不其然，該來的還是來了。

姚老大拍了拍兒子的肩膀，底氣十足地說：「有啥事儘管說，咱們這個家就數你的事最大。」

「五叔，你的小舅子湯致遠中了秀才你知道嗎？」

姚子儒突然將話頭一轉，聽得姚五郎一愣。

「知道啊，整個村裡的人都知道呢！」

「那你知不知道他到底是怎麼考上的？」

姚五郎頭更暈了。「什麼？」

姚子儒頓了頓，故意壓低聲音說道：「你們還不知道吧？我前幾日聽學堂裡的同學說，湯致遠給主持童試的考官送了大禮，然後才考中的。」

姚五郎搖了搖頭，一臉的難以置信。「我怎麼沒聽說過有這回事？不應該啊，致遠的書向來唸得很好。」

姚老太太瞪了他一眼，挖苦道：「你算哪根蔥，這種事人家會隨便跟你說嗎？」

姚老大一拍大腿，很是氣憤地說：「怪不得他年紀輕輕就能考中，我還真當他是神童呢，原來背地裡還有這些見不得人的齷齪事。」

姚子儒嘆了一口氣。「你們不知道，這個世道就是這樣，就算我再怎麼用功唸書，也比不上那些有錢人家的同窗。」

「真是卑鄙無恥。」姚老太太臉都氣歪了，村裡讀書的人不多，姚子儒算是唸的時間最長的一個。沒有對比，就沒有傷害，這些天她走到哪裡都覺得有人在背後指指點點，這讓一向心高氣傲的姚老太太簡直無法忍受。「他們能給考官送禮，咱們為什麼不能？需要多少銀子你儘管說，奶奶給你想辦法。」

姚子儒猶豫了一會兒後，伸出指頭。「十兩。」

「十兩？」

除了姚婧婧之外，眾人都變了臉色。

普通的農家若是節省一點，一年到頭也用不到二兩銀子，十兩銀子對他們來說的確是筆鉅款。

「奶奶，不能再少了，也就是在咱們這窮鄉僻壤，否則再加十倍也送不出手啊！」

看著大孫子那期望的眼神，姚老太太咬了咬牙答應下來。「十兩就十兩，子儒你先回鎮上，錢的事包在奶奶身上。」

「奶奶，機會不等人，一定要快啊！」

「放心吧，最多兩天，保證給你湊齊了。」

得到了想要的答覆，待雨一停，姚子儒就回鎮上去了。

然而，姚家的氣氛卻緊張起來。

姚老太太將藏在箱子裡的荷包拿出來，數來數去也只有一兩多銀子。差得太多，姚老大決定去找里正先預支一些工錢，結果他千求萬求，並且許下了三分的重息，也只借回來了三兩銀子。姚老大垂頭喪氣地說：「里正對咱們家的情況一清二楚，他是怕借多了咱們還不上呢！」

朱氏在一旁乾著急。「這怎麼辦？還差六兩呢！」

「妳屋裡不是還有幾疋緞子布嗎？再加上湯家之前送來的那些，明天一起拿到鎮上去當了，差不多能湊出三兩來。」

朱氏愣了一下。「可那是準備給大妮當嫁妝的呀！」

「妳糊塗了，到底是妳姑娘重要還是我孫子重要？孫家那麼有錢，能稀罕妳這點陪嫁？」

姚大妮在一旁聽得氣憤不已，有心想替自己說幾句，但看著姚老太太那要吃人的眼神，還是跺了跺腳跑出去哭了。

姚老大急得抓耳撓腮。「那也還差三兩啊！」

姚老太太目光如炬，從自己幾個兒子臉上一一掃過，最後定在了姚五郎身上。

「你媳婦這月子也快坐完了吧！走，咱們一起去看看她。」

此時天已經黑透了，一大家子人突然都湧到自己房裡，湯玉娥臉上卻沒露出什麼驚訝的表情。

這麼長時間了，姚老太太還是第一次來看自己的小孫女，她像完成任務一般逗弄了兩下。「這丫頭長得還真不錯，看看這大眼睛、高鼻子，果然是老五的種，跟他小時候長得一個樣。」

湯玉娥冷冷地回道：「您說笑了，我要生出了別人的種那還了得。天色不早了，您有什麼話就直說，也好讓大家能早點回去休息。」

姚老太太神色有些不自然，她知道湯玉娥心裡有氣，媳婦坐月子她卻不管不顧，說起來這事的確是她這個做婆婆的不占理。

「娘，您也不用不好意思說，剛才明軒都告訴我了，這樣吧，我這屋子裡您看上什麼儘管拿，我絕對不會說一個不字。」

這話一出，眾人都有些尷尬。當初湯玉娥嫁過來時帶了不少嫁妝，這幾年已經被姚老太太用各種理由拿去補貼她大孫子讀書了，此時真算得上是家徒四壁。

「老五媳婦，妳也別心疼那點東西，咱們都是一家人，等子儒高中了，妳也能跟著沾光不是嗎？」姚老太太說得理直氣壯，完全不覺得自己的行為有什麼不妥。

湯玉娥面無表情地說：「我不心疼，可是你們也看到了，這屋子裡的確沒什麼值錢的東西了，不是我不幫忙，而是無能為力。」

姚老太太重重地咳嗽了一聲，瞪了朱氏一眼，示意她開口。

朱氏臉上的笑容堆得都快滿出來了，她走到湯玉娥的床邊，親熱地拉起她的手。「五弟妹，大嫂知道妳是一個好人，以後一定會有好報的。妳看前兩天妳娘送過來的那塊長命鎖……」

朱氏的話還沒說完，湯玉娥就猛地把手抽了出來。「原來你們都算計好了，就是奔著那塊長命鎖來的，那是我娘送給她外孫女的壓箱寶，你們也好意思惦記？」

姚婧婧有些佩服朱氏的厚臉皮，此時此刻，臉上的笑容還能保持不變。

「五弟妹，瞧妳這話說的，誰會故意算計妳呢？這不是妳大姪子正有難處嗎？這樣吧，這塊長命鎖就當是借的，以後一定用十倍的還給妳。」

湯玉娥冷笑一聲，她對這種套路已經麻木了。「借？每一次你們從我這裡拿東西都說是借，可又有哪一次還過呢？什麼東西我都可以給你們，只有這把長命鎖不行，那是我娘請高僧開過光的，能保佑靜姝一生平安。」

姚老太太終於沈不住氣了，她皺著眉，很是不悅地開口道：「哪裡有這麼多窮講究，福氣太大還怕她一個小丫頭片子承受不住呢！妳趕緊把它拿出來，子儒那邊還急等著錢用呢！」

湯玉娥再也忍受不了這些人醜惡的嘴臉，她一下子從床上坐了起來，大聲吼道：「他要錢關我什麼事？你們無憑無據地往我小弟身上扣屎盆子，還想讓我出錢，你們真當我是個傻子嗎？我告訴你們，這長命鎖我是絕對不會給你們的，你們還是省省力氣，趕緊回去吧！」

姚老太太頓時變了臉色，她並不認為自己有什麼錯，湯玉娥既然已經和她兒子成親，那湯玉娥的東西就是她兒子的東西，母親拿自己兒子的東西不是天經地義嗎？再說了，百善孝為先，湯玉娥這樣對她大吼大叫，那就是不孝，就是忤逆，她作為婆婆，完全有資格調教不聽話的媳婦。

「老五，你就這樣看著你媳婦在你親娘面前撒野？剛才我是怎麼跟你說的，這件事關係到子儒的前途，關係到姚家的未來，你趕緊讓她把東西拿出來。」

姚五郎現在想死的心都有了，他知道母親這樣逼迫自己的媳婦是不對的，可這件事的確事關重大，讓他不敢輕易做出決斷。

姚老太太還在一旁不斷地逼迫自己的兒子。「還磨蹭什麼，一個男人連自己的婆娘都管不住，真是丟死人了。」

「玉娥，要不，咱們先幫子儒一把吧？」

此話一出，湯玉娥臉上突然露出一種痛苦的表情，連聲音都帶著哭腔。「連你也和他們一起逼我？我說致遠是清白的你根本就沒有相信，姚明軒，你太讓我失望了。」

姚五郎一下子慌了，伸手想去拉湯玉娥的胳膊。「不是，玉娥，我相信妳，也相信致遠，只是……」

「滾！」湯玉娥推開姚五郎，伸手從床頭的櫃子上拿起一把剪刀，架在了自己的脖子上。

眾人都被這突如其來的變化嚇了一跳。

姚五郎更是急得眼淚都快流出來了。「玉娥，妳幹什麼？有話好好說，千萬別衝動，趕快把剪刀放下。」

湯玉娥的手反而握得更緊了，臉上的表情也有些瘋狂。「我告訴你們，反正我也不想活了，你們誰要是再逼我，我就死給你們看。」

「沒人逼妳，妳不想給咱們就不給，玉娥，妳把剪刀放下，我求求妳了。」姚五郎此時突然意識到自己的行為實在是太過分了，之前他口口聲聲說要保護她們娘兒倆，可卻在最關鍵的時候背叛了她。

「哇。」搖籃裡的小靜姝彷彿意識到母親深處危險之中，突然大哭起來。

「五嬸，妳看看靜姝她哭得多可憐啊！想想我之前跟妳說過的，妳連死都不怕，還怕什麼呢？」姚婧婧知道，患有產後憂鬱症的人都有自殘傾向，再受到強烈的刺激就很可能釀成悲劇。

賀穎也急得不行，在一旁幫忙勸道：「就是，玉娥，這剪刀可鋒利著呢，妳趕緊放下吧！」

姚老太太對此卻無動於衷，反而在一旁火上澆油。「老五，她就是故意嚇唬你的，你可別上當啊！」

湯玉娥手上一顫，頸上的皮膚劃破了一個口子，一滴滴鮮紅的血珠直往外冒。

「閉嘴！」姚五郎嚇得魂飛魄散，對著眾人大聲喝道：「出去！你們都給我出去！」

姚老太太依舊站在那裡不動。

姚婧婧也顧不上別的了，拉了一把姚老太太的衣袖。「奶奶，您非要鬧出人命不可嗎？」

「這件事還沒完。」事已至此，姚老太太也沒有辦法，只能惡狠狠地丟下一句話，轉身出了門。

「你也出去。」湯玉娥指著姚五郎冷冷道。

「玉娥，我——」姚五郎還想為自己辯解兩句。

「出去。」

「好，我出去。三嫂，幫我照顧好玉娥。」

姚五郎眼中含淚，一臉痛心地走了出去。

趁著湯玉娥鬆懈下來的時刻，姚婧婧眼疾手快，一下子把剪刀奪了下來。

湯玉娥慢慢蹲下身子，抱著自己的肩膀哭了起來。

姚婧婧也不知說什麼好，她知道湯玉娥這次是真的傷了心。

姚婧婧在母親的幫助下，將湯玉娥脖子上的傷口清理乾淨。

雖然沒有找到金創藥，但好在傷口並不深，用乾淨的紗布止血包好就沒有什麼大礙。

湯玉娥像是累極了，一句話也不說，閉著眼睛倒在床上，很快就睡著了。

夜已深，賀穎將小靜姝哄睡之後，就帶著姚婧婧回房了。

第十章　愚孝的爹

第二天一大早，依舊不死心的姚老太太帶著姚老大夫妻倆又來到湯玉娥的房裡。

誰知房裡竟然一個人都沒有，湯玉娥帶著孩子消失了，只有姚五郎一個人失魂落魄地坐在門口。

姚老太太急道：「老五，你坐在這裡幹什麼？你媳婦和孩子去哪兒了？」

「走了。」

等了半天，姚五郎才從嘴裡擠出兩個字。

姚老太太奇道：「走了？去哪兒了？」

姚五郎沒有吱聲。

姚老大猛地一跺腳，急得像熱鍋上的螞蟻。「去哪兒？還能去哪兒？肯定是回娘家了。我說五弟，你怎麼不攔著她？那長命鎖還沒要到手呢，她怎麼能就這樣走了。」

沒有經過她的允許，湯玉娥就這樣悶不吭聲地走了，擺明了是沒把她放在眼裡，姚老太太快氣炸了。「月子裡的女人竟然敢往娘家跑，這湯家的閨女真是一點教養都沒有。老五，你現在就去湯家把她給我找回來，快去。」

「夠了！」姚五郎憤怒地從地上跳起來，瞪著眼睛與母親對峙。「回來幹什麼？讓你們繼續欺負嗎？娘，我不明白玉娥她究竟犯了什麼錯，為什麼妳一直容不下她？現在好了，她連我也一併恨上了，她是不會再回來的，我也沒臉去找她，你們愛怎麼樣就怎麼樣吧！不要再來煩我。」姚五郎說完便轉頭回到房間將門鎖住，任憑姚老太太在外面如何叫喚也沒有一點動靜。

一直到吃早飯時，姚五郎也沒有出來，雖然姚老太太一直絮絮叨叨地罵個不停，但一時半刻也拿他沒有辦法。

姚老大根本沒心思吃飯，非常煩躁地衝著母親揮了揮手。「好了，娘，現在最重要的是趕緊弄到錢。老五媳婦還不知道什麼時候能回來，子儒可沒有時間等了啊！實在不行，我就去鎮上的交子鋪借一點。」

聽到這話，姚老二的臉色頓時變了，皺著眉頭看著姚老大。「交子鋪？那可是吃人的地方啊！你去那裡借錢，到時候利滾利還的十倍都不止；況且人家也要有東西抵押，你看咱們家現在還有什麼是能拿得出手的？」

「沒東西那就拿房契，咱們這老宅子雖然破舊，但面積不小，再怎麼說也能值一、二十兩銀子。」

「不行。」姚老二平時對誰都是一副嘻嘻哈哈、老好人的模樣，但實際上算得比誰都精。這個家裡雖然看似是大房最得勢，但姚老大只有一個兒子，他卻有兩個，真正分起家來二房應該是分得最多的；如果老三和老五不再生出兒子來，那這個家裡一大半的財產就應該屬於他，姚老大如此作法顯然嚴重侵害了他的利益。「大哥，這房子是太爺爺留下來的祖產，要是沒有了，咱們這一大家子人住哪裡？」

姚老太太對此也不太贊同。「老大，你二弟說得對，抵押房子可是大事，萬一要是沒了，多少年咱們也掙不回來呀！」

「娘，你們目光不能這麼短淺，只要子儒能夠考中，到時候咱們就可以跟著他一起去城裡住了，還要這破房子幹什麼？」

姚老二眼裡露出譏諷的神色。「哼，這都多少年了，他要是能考中早就考中了，還用等到今天？我看也別白費力氣了，早點讓他回來，換小龍去唸書吧！」

姚老大神色突變，指著姚老二的鼻子罵道：「好你個姚老二，怪不得你一直反對我，原來你肚子裡還藏著這麼多彎彎曲曲呢！就你屋裡那兩個整天上竄下跳的潑皮猴還想去唸書？簡直是白日作夢。」

朱氏也急著在一旁搭腔。「二弟，子儒沒考上也不是他的錯，只要這次咱們把禮給送了，他一定能考上的。」

姚老大接著說：「就是，我告訴你們，現在你們要是不願意幫忙，以後就別想跟著沾光。這就像做生意一樣，有付出才有回報，你們可考慮清楚了。」

姚老大夫妻倆一唱一和，說得姚老太太的表情都有些鬆動了。

姚老二急得不得了，指著姚老三催道：「三弟，你倒是說句話呀！再這樣下去，咱們就都得睡到野地裡去了。」

「我、我……」姚老三的手攥得緊緊的，臉上的表情也很是掙扎。

姚老太太被兩個兒子吵得頭暈，見到姚老三這個模樣更是嫌棄得不得了。「你什麼你？

我怎麼生出你這麼一個沒用的東西，八棍子打不出一個屁來。這裡沒你說話的分，趕緊帶著你的媳婦、閨女都給我滾出去。」

「我有銀子。」

姚老三這句話猶如晴天裡的一個響雷，所有人的目光頓時都聚集在了他身上。

姚婧婧驚得手上的筷子都掉了，她轉頭看見賀穎那急促又慌亂的表情，心裡瞬間一涼完了！

姚老太太皺著眉，一臉的不相信。「你有銀子？」

「嗯。」

「你有多少銀子？」

姚老三一直低著頭，完全不敢看身邊妻子、閨女的眼睛，他沈默了一會兒，咬牙說道：「三兩。」

「三兩?!」所有人都發出了一聲難以置信的驚呼。

姚老太太迫不及待地問道：「老三，你知不知道你在說什麼?你怎麼會有這麼多銀子?」

姚老三顯得非常緊張，一邊搓著手，一邊吞吞吐吐地說：「銀子、不是我的，我……」

「銀子是我掙的。」姚婧婧嘆了一口氣，從椅子上站了起來，事已至此，躲是躲不過去了，還不如先主動承認，掌握話權。

姚老太太的眼神像是在看一個莫名其妙的怪物。「妳掙的?」

姚婧婧點點頭，用不著眾人再逼問，非常配合地將她怎麼掙錢的經過講了一遍。

「挖草藥？」姚老太太以前是見過一些人揹著竹簍在深山老林裡採藥，可在一般人眼裡，要記住那些稀奇古怪的草藥材並且知道它們的位置實在是一項不可能完成的任務。她不相信這個跟她爹娘一樣蠢如一頭豬的小丫頭片子，能夠在一個莫名其妙的郎中的指點下迅速地掌握這門技能。

「我說的都是真的，這幾天四叔也在幫我一起採，不信你們問他。」

姚老太太一臉狐疑地望著姚老四。「她說的都是真的嗎？你也跟著一起去了？」

姚老四點了點頭，臉上依舊掛著憨憨的笑容。

「太好了，真是天助我也。」姚老大高興地跳起來，他並不像母親那樣有那麼多疑慮，只要有錢，管它從哪裡來的呢？「三弟，銀子在哪裡？你快去把它拿來。」

「錢是我掙的，為什麼要給你？」姚婧婧仰著頭，瞪著一雙無辜的大眼睛盯著姚老大。

「什麼？」姚老大愣了一下，轉身換了一張慈愛的笑臉。「二妮，妳還小，大人的事妳不懂，妳現在把這三兩銀子拿出來給妳大哥，用不了多久妳就可以去城裡當官家小姐了，到時候想要什麼、就有什麼，不僅什麼活兒也不用幹，還能有小丫頭伺候妳呢！」

姚婧婧嘛著嘴搖了搖頭，她對姚老大畫的這個餅不感興趣。

姚老太太看不下去了，黑著臉斥道：「你和她說這麼多幹什麼？死丫頭，掙了錢不知道早早地拿出來，今天若不是妳爹說起，難道妳打算一個人都私吞了嗎？」

「娘，您別這樣說，二妮她老早就準備把錢上交給您的，又怕您罵她姑娘家不老老實實待在家裡，整天瞎胡跑。」姚老三急忙替閨女辯解道。

姚老太太翻了一個白眼。「哼，那還不趕緊把錢拿出來，難道還要我們這些長輩低聲下氣求妳嗎？」

「我不拿，這錢是我自己掙的，我有權利支配它們。」姚婧婧對姚子儒那套說辭根本一個字也不信，她那三兩銀子得來不易，可不想就這樣白白打了水漂兒。

「死丫頭，妳說什麼？我告訴妳，別說這點錢了，就連妳這條小命都攥在我手裡。妳到底拿不拿？看我今天不打得妳認識我。」姚老太太氣急敗壞，揚起巴掌想要教訓這個不知天高地厚的臭丫頭。

「娘。」賀穎衝上前一把抱住姚老太太的胳膊，連聲替自己的閨女求饒。「娘，您別生氣，二妮她不懂事，您別跟她計較，我這就帶她去把銀子拿來。」說完不顧姚婧婧的反抗，拉著她走出了堂屋。

一走進自己房裡，姚婧婧就賭氣般使勁甩開賀穎的手。「妳明明答應過我，不告訴爹我採藥的事，為什麼說話不算數？現在好了，我辛辛苦苦掙了銀子，自己還沒捨得花呢，就都要拿去填給大哥那個無底洞了。」

答應閨女的事卻沒有做到，賀穎也感到很羞愧。「二妮，這件事是娘對不住妳，可再怎麼說他也是妳爹啊！妳每天給我帶回來那麼多好吃的，我總一個人吃實在不是滋味，我想讓妳爹也知道咱們閨女真能幹，不比別家的兒子差。」

「哼，妳事事想著他，那他呢？轉過身就把我們給賣了，他的心裡只有奶奶，根本就沒有我們娘兒倆，我才不要這樣的爹。」放到現代，這樣的男人絕對會被扣一頂「媽寶男」的帽子，被廣大女性同胞們噴成篩子。

「二妮，妳別這樣說，妳爹他心裡苦啊！這麼多年來，他就是想讓妳奶奶能正眼看他一眼，可是……唉，怪我肚子不爭氣。」

姚婧婧感覺自己的腦袋快要炸了，為什麼什麼事都能跟生不出兒子扯上關係？「娘，爹糊塗就算了，妳心裡可要想明白，咱們總該要為自己打算打算。奶奶她偏心到如此地步，這種既受氣、又受累、吃了上頓沒下頓的日子什麼時候能是個頭啊！」

「二妮。」姚婧婧正說得義憤填膺時，姚老三猛地推開門走了進來。「二妮，我知道這麼多年來妳和妳娘受了很多委屈，都怪爹沒用；可現在正是一個機會，妳幫了妳大哥的忙，所有人都會記住妳的好，妳奶奶也不會再像以前一樣對待妳和妳娘，等到妳大哥高中了，咱們就都能過上好日子了。」

姚婧婧忍不住翻了個白眼，對她這個很傻、很天真的爹相當無語。「你不會真的相信送了這點錢大哥就能考中吧？再說了，就算大哥真的考中了，你覺得他真的會帶我們去享福嗎？別作夢了。」

姚老三很驚訝地說：「二妮，妳怎麼能這麼說？妳大哥他向來孝順，況且咱們都是一家人，他肯定不會扔下咱們的。」

姚婧婧擺了擺手，一臉的無奈。「好了，我知道我怎麼說你都不會相信的。這樣吧，我可以把銀子拿出來，如果事情都像你想得那樣，那我今後什麼都聽你的，如果不是的話……」

姚老三一臉自信地接過話。「如果不是，那以後爹都聽妳的。」

「爹，這可是你自己說的，娘，妳可要給我當證人。」姚婧婧一下子跳起來，如果能讓姚老三認清楚現實，那這三兩銀子花得還算是值得。

之後，姚老大立刻就把十兩銀子給姚子儒送到鎮上去了。

「二妮，妳過來。」

姚老太太破天荒地把姚婧婧叫到身旁，臉上還帶著幾分慈祥的笑容，看得姚婧婧毛骨悚然，感覺自己像是一頭被宰的羔羊。

姚老三對此卻很是高興，看來被自己說中，母親她終於要對他們一家三口改觀了。

「沒想到咱們二妮還真有本事，以後妳就不用去打豬草了，每天就帶著妳四叔去採藥吧！把大妮也叫上，反正她整天待在家裡沒事幹，正好讓她給妳搭把手。」

姚婧婧心裡一沈，這是要把自己當成搖錢樹啊！還特地派個監工，生怕自己私吞了。

姚大妮對此卻很不情願，她雖然是一個農家女，但卻把自己看得很嬌貴，粗活、重活向來是能躲就躲。在山裡採草藥，天啊，那會弄壞她養了很久的長指甲。

沒辦法，姚老太太的話在這個家裡就是聖旨，原本歡樂的採藥兩人組就變成了互相嫌棄的三人行。

姚大妮自己不動手，還一直抱怨他們兩個人進度太慢。

「我說二妮，妳別以為自己認識幾個草藥就了不起，妳要是敢故意偷懶，我就回去告訴奶奶，到時候保證妳跟妳娘吃不了兜著走。」

可惡，姚老太太和姚老大他們這是打算拿賀穎當人質，逼迫自己為他們賣命掙錢。

於是姚婧婧故意帶著姚大妮往深山老林裡鑽，害得她第一天就扯破了衣裳、刮花了臉。

看著她滿身狼狽、叫苦不迭的樣子，姚婧婧終於覺得出了一口惡氣。

採完了藥，三人一起去鎮上賣，姚婧婧趁姚大妮不注意，偷偷塞了一張紙條給姚老四，示意他先行一步。

姚老四和姚婧婧在一起相處久了，已經有了默契，他揹著竹筐大踏步地往前飛奔，任憑姚大妮在後面如何叫喊也不回頭。

等姚婧婧和姚大妮來到杏林堂時，姚老四早已坐在那裡喝了半天茶。

「四叔，又沒有鬼追你，你跑這麼快幹什麼？」姚大妮一邊喘著粗氣，一邊皺著眉頭質問道。

姚老四倒也不惱，笑咪咪地回了一句。「我、樂意。」

姚大妮氣了個半死，卻沒辦法和一個傻子計較，只能轉身指著地上的背簍，和胡掌櫃打招呼。「掌櫃的，我們來送藥了，這些能賣多少錢？」

胡掌櫃正站在櫃檯後面算帳，聽到聲音之後伸頭看了一眼，懶洋洋地從牙縫裡擠出兩個字。「十文。」

「十文?!」原本一臉期待的姚大妮瞬間瞪大眼睛，轉頭衝著姚婧婧大喊。「妳不是說這些能值不少錢嗎？怎麼才這麼一點？」

姚婧婧攤了攤手，一臉的無辜。「我怎麼知道？之前是很值錢的。」

胡掌櫃放下算盤，斜著眼瞅著姚大妮，一臉的不耐煩。「我說這位姑娘，妳到底懂不懂行情呢？這藥材的價格本來就有很大的變化，妳看看你們採的這些半枝蓮，前一陣子還很少，價格自然高些，現在漫山遍野都是了當然就賣不起價了。還有啊，你們今天採的這些品相也不行，看著又乾又瘦的模樣，我能給你們十文就不錯了。」

姚大妮完全聽不懂胡掌櫃在說什麼，只能皺著眉頭盯著姚婧婧。

姚婧婧坐在門檻上，一臉的事不關己。「妳別看我啊，我之前可是說過了，除了採藥，別的我什麼都不懂，賣不賣都由妳作主。」

姚大妮想了想，猛地一跺腳，咬牙切齒地說了一句。「賣。」

開玩笑，折騰了一天，要是一文錢都沒拿回去，那倒楣的可不只姚婧婧一個人。

第十一章 孫大少爺

一連好幾天，胡掌櫃開的價從來沒有超過二十文，這顯然沒有達到姚老太太心裡的預期。她想來想去，只當是之前被姚婧婧瞎貓逮住死耗子。她就說嘛，怎麼可能讓那個死丫頭片子這麼輕鬆地就掙了大錢。

不過她依然每天早早地就催促姚婧婧他們出門採藥，這錢雖少，但對姚家來說卻很重要，畢竟現在姚家的家底兒算是徹底被掏空了，姚老大未來兩、三年都沒有工錢可領，眼看就快要入不敷出。

這一天早上，姚婧婧和姚老四在門口等了許久都不見大妮的人影，兩人正等得不耐煩，卻見朱氏匆匆忙忙地走出來。

「二妮，妳大姊她不知怎麼竟壞了肚子，昨天夜裡拉了有七、八次，現在連站都站不起來了。剛才我去跟娘說過了，今天你們就自己去吧！對了，你們去藥鋪時記得看看有什麼治拉肚子的藥，帶一些回來啊！」朱氏說完便愁眉苦臉地轉身回去了。

姚婧婧卻忍不住噗哧一笑。

姚老四看著她一副陰謀得逞的模樣，好像明白了什麼。「妳、妳幹了……什、什麼？」

姚婧婧扯著姚老四的胳膊就往外跑，一直跑出去好遠，才停下腳步開始哈哈大笑。

好不容易笑累了，她才上氣不接下氣地對姚老四說道：「我可什麼都沒做，只不過昨天在山上看到一種叫『番瀉葉』的草藥，我便說了一句用這種草藥泡水喝，可以消除水腫，使身體變得纖細。」

姚老四抓著腦袋回憶了一下，有些不敢相信地問道：「妳、妳是說，她喝、喝了？」

姚婧婧點點頭。「她趁咱們不注意，偷偷摘了很多藏在袖子裡呢！這下我保證她三天都下不了床了。」

姚老四也覺得有些好笑，他那個大姪女心眼多、嘴又壞，的確很討人厭，但他畢竟是長輩，心裡還是覺得有些不太放心。

姚婧婧看出了他的顧慮，揮了揮手解釋道：「沒事，這玩意兒只是讓她吃點苦頭，傷不了身子。」

少了姚大妮這個煩人的跟屁蟲，姚婧婧和姚老四這一天幹得格外帶勁，還不到中午便採了滿滿一大筐草藥，進了杏林堂的大門。

胡掌櫃朝門外瞅了半天都沒有看到姚大妮的身影，立馬換上了一張慈愛和氣的笑臉。「怎麼今天就你們兩個?那位嗓門特別尖的姑娘呢？」

姚婧婧微微一笑。「我大姊病了，胡掌櫃，您的耳根子也可以清靜幾天了。」

胡掌櫃哭笑不得。「妳這個丫頭，明明是自己不想被人跟著，非要拿我做幌子。」

三人又閒聊了幾句，胡掌櫃把藥材秤好收到了後堂，拿起算盤開始為姚婧婧算帳。

「今天這些算妳五百文，再加上前幾天你們送來的那些藥材，總共差不多有四兩銀子。」

姚婧婧眼珠子一轉。「有這麼多？您每天不是還給了一些，都扣掉了嗎？您幫了我這麼大的忙，可不能再讓您吃虧了。」

原來之前姚婧婧讓姚老四趕在大妮來之前帶給胡掌櫃一張紙條，就是為了讓他配合自己在大妮面前演一齣戲，每天十文、二十文地給，其實真正的藥錢胡掌櫃都替姚婧婧存著呢！

「那加起來一共才幾文錢，就當給姚姑娘妳買糖吃了，有妳這個丫頭每天來陪我聊聊天，感覺整個藥堂的氣氛都變得活潑了。」胡掌櫃笑盈盈地看著姚婧婧，經過這些日子的相處，他是打心眼裡越來越喜歡這個丫頭了。

「那我就不客氣了，謝謝胡掌櫃。」姚婧婧接過錢，和胡掌櫃道別，帶著姚老四一起離開了。

「這段時間咱們幹得比牛還多，吃得比豬還差，今天咱們一定要吃頓好的補回來。四叔，你知道這鎮上哪裡有大一點的酒樓嗎？」

姚老四一聽有好吃的，眼睛也開始發光，他想了想，衝著姚婧婧勾勾手，示意她跟著他走。

兩人穿過了大半條街，來到了一座名叫「醉仙樓」的酒樓，這家酒樓面積不小，看樣子是一家老字號，此時正當飯點，前來吃飯的人絡繹不絕。

姚婧婧和姚老四剛一進門，就有一個端著茶壺的小二熱情地迎了上來。

「兩位客官裡面請。」

姚婧婧選了一個靠窗戶的位置，她對這個朝代的餐廳非常好奇，而姚老四這輩子也是第一次進館子，因此兩個人都不約而同地往四處張望。

「客官，你們想吃點什麼？」

因為這個鎮上的居民大部分都不識字，所以店裡沒有特意準備菜單，店小二一邊倒水、一邊殷勤地為兩人介紹店裡的特色菜。

「我們醉仙樓的紅燒獅子頭和燜鴨掌都是遠近聞名的招牌菜，吃過的人都說好。」

「那就一樣來一個吧，再來一盤醬肘子、一盤炸豆腐。四叔，你還有什麼想吃的嗎？」

姚老四搖了搖頭，光聽這些菜名，他就想流口水了。

「那就先這樣吧，再上一盆米飯，速度要快。」姚婧婧感覺自己已經餓得連思考的能力都沒有了。

這家飯館的效率倒是很高，不一會兒小二就把他們要的菜上齊了。

兩人就像剛從餓牢裡放出來一樣，好一頓狼吞虎嚥，直到桌上的食物已經吃了大半，姚婧婧才終於喘了一口氣，停下來慢慢品嚐菜品的味道。

說實話，這家酒樓的菜做得並不太精細，但好在每一盤都濃油赤醬，味道非常豐富，對於很少在飯館吃飯的小鎮居民來說，吃一頓就會感到格外滿足。

姚婧婧感覺吃得差不多了，又伸手招來了店小二。

這個店小二長得瘦削，眼珠子滴溜溜地轉，看起來分外機靈。

「客官，您還有什麼吩咐？」

姚婧婧從口袋裡拿出一封信，對店小二交代道：「我給你二十文錢，麻煩你把這封信送到斜對面巷子裡那家店裡去。」

店小二接過信，朝對面看了一眼，不由得愣住了。「姑娘，您確定沒送錯？那可是青——」

姚婧婧搖了搖頭，打斷他的話。「沒錯，就是那裡，你快去快回，我在這裡等你。」

店小二不再猶豫，轉身朝外跑去，抬腳就能賺到錢，這樣的好事誰會拒絕？

奇怪的是，店小二還沒有跑到門口就被一個年輕的男子攔了下來，那名男子不知對店小二說了什麼，店小二竟然恭恭敬敬地將那封信遞給了他。

姚婧婧頓時火冒三丈，她正準備站起身去理論一番，那名男子竟然緩緩地朝她這裡走過來。姚婧婧瞬間頓住了，因為這個男人長得實在是……太帥了！

他大概二十出頭的年紀，身上穿著一襲青色長袍，看起來優雅而飄逸。

他的臉龐光潔白皙，五官俊美而分明，眼角好像一直帶著一層淡淡的笑意，那模樣像極了以前她在電視上看到過的翩翩貴公子。

姚婧婧掐了自己一把，提醒自己現在可不是犯花癡的時候。

她蹙著眉，板起臉，氣勢十足地質問道：「你是誰？你幹麼拿我的東西？」

「因為我想看看裡面寫的是什麼。」

這名男子回答得理直氣壯，更可氣的是，他竟然真的當著她的面把那封信打開，津津有味地看了起來。

「你有病啊，偷看別人的信件是可恥的，快點還給我。」姚婧婧衝過去，想要把信搶回來，卻被那名男子巧妙地躲開了。

「嘖嘖，原來姚子儒竟然是這種人，一肚子書怕是讀到狗肚子裡去了吧！」

姚婧婧心裡一驚，瞪著眼睛問道：「你認識姚子儒？」

男子嘆了一口氣，有些不情不願地說：「他是我未來的大舅子，妳說我能不認識嗎？」

「你是孫大少爺?!」

姚婧婧嚇了一跳，她完全沒有想到這個看起來文質彬彬、比書生還要書生的男子，竟然是一位商人之子，而且還是姚大妮的未婚夫。

孫大少爺眼中浮起一股譏誚之色。「這位姑娘，如果我沒有記錯的話，不久之前妳可是大半夜偷偷爬到我的床上去了，怎麼這麼快就不記得我了？」

「孫大少爺，你不會真的以為是我主動爬到你床上去的吧？」姚婧婧想起那天晚上的事情，突然有些不解，姚大妮放著這麼極品的未婚夫不要，竟然和別的男人偷情，她的腦子是不是壞掉了？

孫大少爺瞅著她看了半天，突然露出一個讓姚婧婧看不懂的笑容，有些無奈，又有些苦澀。「算了，到底是怎麼回事我不是最清楚嗎，怎麼在這裡和妳一個小丫頭置氣了？妳叫二妮是吧？吃飽了嗎？要不要我讓廚房再給你們上幾道菜？」

姚婧婧搖了搖頭，表情也變得嚴肅。「第一，只有家人才可以叫我二妮，在你還沒有正式成為我姊夫之前，請叫我姚婧婧。第二，我知道這家酒樓是你們家開的，不過我既然進來吃飯就付得起錢，用不著孫大少爺操心。第三，趕緊把我的信還給我。」

孫大少爺顯然沒有料到這個小丫頭會這樣對他說話，呆立了片刻才回過神來，看著姚婧婧的眼睛裡笑意更濃了。「妳這個小丫頭還真有趣。」

「請叫我姚婧婧。」

「姚婧婧？名字起得不錯，但是妳卻一點都不像姚家的人。」

姚婧婧還有正事要辦，不想再和他在這裡磨嘴皮子，不由得加重了說話的語氣。「我像不像姚家的人不關你的事，趕緊把信還給我。」

孫大少爺卻完全沒有把信還給她的意思，反而往前走了兩步。「姚姑娘，或許咱們可以好好談談。」

姚婧婧沒好氣地說：「談什麼？談生意啊？」

「沒錯。」孫大少爺竟然點了點頭。「別的不說，就這封信上的事，我保證給妳辦得妥妥的。」

「哦？」姚婧婧頓時起了防備之心，她和這個孫大少爺第一次對話，他這樣做肯定是別有目的。「你想讓我為你做什麼呢？」

孫大少爺淡淡一笑。「姚姑娘如此聰慧，妳既然知道妳為什麼會莫名其妙出現在我的床上，那我想做什麼妳應該十分清楚了。」

回去的路上，姚老四越想越覺得鬱悶，他和二妮明明只是去吃一頓飯，卻不知突然從哪兒跳出來一個男人，跑過來和二妮說了半天他一句都聽不懂的話。

他本來想找二妮問個清楚，可看著她一副若有所思的樣子，他又不忍心去打擾她。不知道從什麼時候起，他對這個小姪女充滿了信任，只要是她做的事，那就一定有她的道理，他都會無條件的支援她。

三天之後的一個下午，姚婧婧和姚老四剛從鎮上賣藥回來，姚老大便慌慌張張地從外面跑了進來。

姚老二和姚老三正在院子裡砍柴，看見他有些奇怪地問道：「大哥，你不是說村裡有事嗎？怎麼這麼早就回來了？」

姚老大根本沒來得及搭理他們，只是一邊哭喊著、一邊朝老太太房裡奔去。「娘，不好了、不好了！子儒出事了！」

眾人聽了這話都嚇了一跳，紛紛放下手中的活計，跟著他來到姚老太太房裡。

姚老太太正在清點姚婧婧剛才交給她的賣藥錢，看見姚老大鬼哭狼嚎地衝進來，不由得皺了皺眉斥道：「你也是快四十歲的人了，做什麼事還這麼冒冒失失，一點樣子都沒有，有什麼話把舌頭伸直了好好說。」

姚老大不僅沒聽姚老太太的話，反而一下子撲倒在她面前，放聲大哭起來。「娘，不好了！子儒出事了！」

姚老太太看他這個樣子，一下子慌了。「究竟怎麼了？你快說呀，你要把人急死啊？」

姚老大一邊嚎、一邊哭訴。「剛才在路上，有兩個人高馬大的壯漢攔住了我，他們說他們是麗春院的打手。」

姚老太太完全沒聽明白。「什麼打手？麗春院？那又是什麼地方？」

「麗春院是、是鎮上的一處青樓。」

「青樓？」

眾人的眼睛一下子瞪得老大，青樓這個詞對於這些農家子弟來說太過陌生，不出意外的話，他們一輩子也不可能和那個地方扯上什麼關係。

姚老太太更糊塗了。「他們找你幹什麼？」

「他們說，子儒把他們那裡的頭牌姑娘牡丹的臉給劃傷了，他們的老闆已經把子儒給扣下了，要我們拿銀子去贖。」

「什麼?!」姚老太太一個踉蹌，差點摔倒在地。

姚老二趕緊上前扶住了她。

「子儒不是在學堂裡唸書嗎？怎麼會和這些妓女糾纏在一起，還、還把人家打傷了？」

姚老大使勁一跺腳，摀著臉說：「我也不知道啊！」

這邊正亂成一團，姚老大口中那兩個打手竟然穿門過院，自己走了進來。

姚老大臉色遽變，有些驚恐地問：「你們怎麼跑到這裡來了？我剛才不是說了讓你們先回去，我會想辦法盡快去贖人嗎？」

兩個打手中年齡較大的那個繞著房間四處看了看，又用審視的目光在每個人身上都打量了一番。「沒想到你們家竟窮成這樣，你兒子可是我們麗春院的老主顧了，他一直騙牡丹姑娘，說他老子是一個大地主，屋裡光是田產就有上千畝，還說等他考中了秀才就要為牡丹姑娘贖身，風風光光地把她娶進家裡做少奶奶。真不愧是讀書人，這牛皮啊都快被他吹上天了。」

這話一出，姚家人都驚呆了。

尤其是姚老太太，臉上慘白慘白的，一點血色都沒有。「怎麼可能？子儒怎麼可能去那種地方鬼混？不可能、不可能。」

那名年長的打手翻了一個白眼，不耐煩地說：「我騙你們幹什麼？前幾天不知怎麼回事，牡丹姑娘突然知道了姚子儒的家世，兩人便起了衝突。姚子儒惱羞成怒，拿著一把尖刀就往牡丹姑娘的臉上劃。這小子心也夠狠的，兩人好歹相好一場，他怎麼下的去手哦！」

朱氏原本一直呆立在一旁，這時才回過神來，發出一聲尖叫。「子儒怎麼可能做出這種事，一定是那個牡丹，是那個不要臉的臭婊子勾引他、陷害他，一定是這樣。」

「嗤，嘴長在妳身上，妳怎麼說都行，可是你們家兒子把我們院裡姑娘的臉劃傷了是事實。妳知道，對幹這行的姑娘來說，毀容等於要命，這一輩子就算是廢了。我們老闆培養一個姑娘花費龐大，這些都要算到你們頭上。」

姚老二還算清醒，他咬了咬牙問道：「你們打算要讓我們賠多少？」

「至少一百兩，少一個子兒都不行。」

整個房間瞬間安靜下來，連原本呼天搶地的朱氏都嚇得張大嘴巴，一臉驚恐地看著來人。

姚老二嚥了嚥口水。「兩位大爺也看見了，我們就算把這個家全都賣光，也值不了那麼多銀子。」

「怎麼，想賴帳？我告訴你，我們老闆在長樂鎮那可是黑白兩道通吃的，他已經發下話了，如果今天之內賠不上銀子，他就要原模原樣地把那小子的臉給劃花，再剁掉他的一隻手，當作利息。」

朱氏哪裡聽得了這種話，當下慘叫一聲，一下子癱軟在地上。

姚老大也撲倒在那名打手的腳下，不停地磕頭求饒。「兩位大爺行行好，不是我們不給，而是家裡實在拿不出這麼多銀子啊！我就這麼一個兒子，我求求你們，千萬不要傷害他。」

打手低頭想了想，突然說：「你們要是實在拿不出錢，我倒有一個其他的辦法。」

姚老大眼睛一亮。「什麼辦法？」

「你兒子說，他家裡還有兩個妹妹，既然你們賠不出錢，那就賠人吧！我們老闆交代過，只要你們願意交出一個姑娘頂替牡丹姑娘的位置，那他即刻就可以把那小子給放了。」

眼看眾人還是一副魂不附體的樣子，兩名打手互相看了一眼。

「一個丫頭換回一個兒子，這買賣可划算了，你們自己好好商量商量，我們在外面等著。最好快一點，我們等得起，你兒子可等不起。」說完，轉身朝門外走去。

第十二章　陸小姐

兩人走後，姚老大轉身跪在自己母親腳下。「娘，現在該怎麼辦啊？」

姚老太太直到這時身體還在不停地發抖，也不知是氣的還是嚇的，整個人趴坐在炕上，兩隻手按著自己的額頭，大呼一聲。「我這是作了什麼孽喲！」

姚老二氣呼呼地說：「娘，我之前提醒您找個人打聽打聽子儒究竟有沒有在學堂裡好好唸書，為什麼每個月開銷那麼大，您還總是怪我多嘴，這下好了，闖了這麼大的禍，我看要如何收場。」

姚老太太氣歸氣，但卻沒辦法放著姚子儒不管，再怎麼說他也是姚家的長孫。「沒辦法，只能按著他們說的去辦了。」姚老太太的目光在姚婧婧和姚大妮的身上不停地盤桓。

朱氏一下子從地上跳起來，將姚大妮擋在身後。「娘，大妮不行，她早已許給了孫家，再過半年就要成親了，到時孫家來要人，咱們拿什麼給啊？」

姚老太太心裡在飛快地打著算盤，按說大妮作為子儒的親妹妹，這件事她是責無旁貸，可正如朱氏所說，孫家這門姻親能給姚家帶來的好處讓人無法抗拒；再者，姚老太太本來就不喜歡姚二妮，兩者相比較，該要捨棄誰，看來是一清二楚了。

姚婧婧冷眼看著這一切，簡直氣到想笑。這一家子的厚顏無恥實在讓她嘆為觀止，為了救自己的兒子，卻把別人的閨女往火坑裡推。

賀穎明顯也看出了姚老太太的想法，一把將姚婧婧給抱在懷裡，眼神裡充滿了戒備。

「娘，二妮是您的親孫女，您可不能這麼做，那種地方，一旦進去就是生不如死啊！」

姚老太太嘆了一口氣。「我也不想這樣，可是事到如今，這是唯一的辦法了。子儒是姚家的長孫，是姚家的希望，無論如何不能折在那裡。」

「不行，您的孫子寶貴，我的閨女也不是一根沒人要的野草，今天除非我死，否則誰也別想把她從我身邊帶走。」賀穎就像一隻隨時準備戰鬥的母雞一般，將姚婧婧護在羽翼之下。

「老三家的，我知道妳捨不得，妳放心，娘一定會補償妳的。」

賀穎瘋狂地大叫道：「我不要妳的補償，我只要我的二妮。當家的，你倒是說句話呀！」

姚老三好像沒聽見一般，只是呆呆地站在那裡看著自己的母親。

姚老太太閉著眼揮了揮手。「老大，你把二妮帶出去吧，那些人還在外面等著呢！」

「欸。」一眼看自己兒子的危機就要解除，也不用搭上自己的閨女，姚老大心裡總算是鬆了一口氣。他從地上爬起來，臉上依舊帶著悲愴的表情，走到賀穎面前。「三弟妹，這回二妮是我們姚家的恩人，以後子儒就是妳的兒子，我一定會讓他孝敬妳的。」

「走開！」賀穎知道誰也靠不住，拉著姚婧婧準備向外衝。

她的女兒別人不心疼，她自己心疼，她就算去流浪、去乞討，也不能讓閨女落到那種地方。

姚老大看到兩人想逃，連忙伸手抓住姚婧婧的胳膊，死死地拖住她。

朱氏見狀，也跑過來幫忙，只要能救她的兒子，別人的死活與她毫不相干。

「住手。」從頭到尾如同一根木樁定在那裡一言不發的姚老三，突然發出一聲震耳欲聾的暴喝聲。他梗著脖子走到門口，從牆角拿起一把砍柴的斧頭，使勁一揮，一斧頭劈在了門框上。「不管是誰，今天只要敢動穎兒和二妮一根汗毛，就別怪我手裡的斧頭不長眼。」

眾人一下子驚呆了，這哪裡是原來那個唯唯諾諾、沒有主見的姚老三，分明是一頭暴走的野牛。

「當家的，你……」賀穎看著這個終於能挺身而出、保護她們母女倆的男人，一時竟忘了眼前的處境，高興地淌下淚來。

姚婧婧也忍不住暗自讚嘆，姚老三現在這副模樣真是太Man了，這才是她想要的爹。

「老三，你在幹什麼？你是不是瘋了？」最卑微的兒子竟然開始反抗她，這讓姚老太太如何受得了？她一邊罵、一邊跳下床，怒氣沖沖地衝到姚老三面前。「滾開！」姚老太太大吼一聲，眼見姚老三沒有任何反應，便伸手想要將他推走；可她用盡力氣，卻像是推到了一堵牆上，姚老三依舊紋絲不動。「我讓你滾開，你聽到沒有？」姚老太太突然像一條發了瘋的野狗似的，伸出十指對著姚老三的臉龐又打又撓，不一會兒他的臉上就布滿了血痕，看起來十分可怖。

「當家的。」眼見丈夫被打成這樣，賀穎心疼得快要死去。

姚老三卻像是沒有感覺一般，站在那裡一動不動地任憑母親撕打，只是手裡的斧頭仍然緊握著。

姚老太太打著打著就沒了力氣，眼看拿姚老三沒辦法，她轉過頭衝著姚老二吼道：「你死在那裡看戲呢，還不過來給你娘幫忙。」

不知為何，姚老二聽到母親的呼喊卻是眼神閃爍，雖然嘴上答應著，但卻並沒有立刻趕來。

場面頓時僵持住了。

姚婧婧的腦子飛快地轉著，這樣下去不是辦法，一會兒外面那兩名打手進來，他們一家三口根本就不是對手，到時候她仍舊逃脫不了被綁走的命運。

「娘、大哥，里正大人來家裡了。」

由於媳婦回了娘家，姚五郎這些日子根本就沒心思幹活，整天像個遊魂一樣走來走去，姚老太太也懶得管他。

他們在這邊鬧了半天都沒有看到他，大家還以為他在房裡睡覺，沒想到他卻從外面回來了，還帶著里正。

姚老大一下子慌了，這位里正姓陸，人稱陸老爺，不僅是他的上司，還是清平村最德高望重的人。要是被里正看到自己家裡這個樣子，那他以後還有什麼臉在村裡混？無奈之下，只有先把姚婧婧放開，匆匆忙忙地迎了出去。

姚老太太原本也想出去看看，但又怕姚老三他們鬧出什麼么蛾子，只能心急火燎地守在這裡。

誰知過沒多久，姚老大又黑著臉回來了。

姚老太太趕忙問：「里正呢？這麼快就走了？」

姚老大搖了搖頭，盯著姚婧婧看了半天才說出一句。「里正大人要見妳。」

「見我？」姚婧婧有些莫名其妙，在二妮的記憶裡，這個里正大人可是一個高高在上的人物，根本就不可能和她這個小丫頭有什麼交集。

一屋子的人都有些傻眼，只有賀穎趕忙拉著姚婧婧往外走，只要不落到這些人手裡，她的女兒就有一線生機。

眾人都跟著姚婧婧來到堂屋，屋裡最上首的位置坐著一個身材魁梧、架勢十足的中年男人，姚五郎站在他的身側陪他說著話。

姚婧婧第一眼看到這位里正，就覺得一股土豪氣息迎面而來。

他身上穿的衣服明顯是由最上等的絲綢製成，還鑲了一層閃閃發亮的金邊；他的手掌又大又厚，十根手指竟然有一大半都戴著金鑲玉的戒指。

看來這個里正不僅有錢，而且還生怕別人不知道他有錢。

姚老大一把將姚婧婧推到前面，一臉諂媚地笑道：「里正大人，我把二妮給您帶來了，不知道您找她一個小丫頭片子有什麼事？二妮，還不給里正大人行禮。」

姚婧婧低下頭，屈身對著里正行了一個福禮，口中喚道：「里正大人好，二妮給您請安。」

里正臉上的表情很奇怪，他抬了抬手示意姚婧婧起身，然後站起身，揹著手繞著她走了一圈。「看起來也沒什麼特別的嘛。」

姚老太太湊過來陪笑道：「里正大人您說笑了，我這個孫女天生愚笨，又不愛說話，哪會有什麼特別的？」

姚老大也在一旁幫腔。「是啊里正大人，您該不會是找錯人了吧？」

里正搖了搖頭，轉身又在椅子上坐下，滿臉的愁雲。「都在一個村子裡住著，想必你們也知道我陸某人這輩子什麼都不缺，唯獨我最喜愛的小女兒患有一種怪病，如今十多歲了卻整日連房門都不敢出。這些年我請了不少名醫來為她診治，可是非但沒有治好，反而越來越嚴重了。我的寶貝女兒因為這個病，整天茶不思、飯不想，前幾日竟然有了輕生的念頭，可把我給嚇得不輕。」

姚老大聽得一頭霧水，忍不住問道：「里正大人，這事我是知道的，我們大家都很同情令嬡的遭遇，可是這跟我們家二妮有什麼關係？」

里正又仔細看了看姚婧婧，想了想，還是道出了自己的來意。「昨日我實在沒辦法了，就去請了劉大仙人來看看，誰知他瞧了半天也沒瞧出個名堂，臨走時卻突然告訴我，讓我來找你們家二妮，說她能治好我閨女的病。」

「什麼？」

姚家人被里正的話說得一愣。

姚老大滿臉愕然地說：「這都哪兒跟哪兒啊？二妮這個小丫頭怎麼可能會治病？您該不會是聽岔了吧？」

姚老太太也連忙解釋道：「我這孫女不知跟誰學的，認識了幾種草藥，可給人看病那是萬萬不能的。里正大人，那劉大仙人肯定是被逼急了信口開河，您怎麼能信這些話呢？」

里正嘆了一口氣。「我也是不敢相信的，可事關女兒的病情，總要親自來看一眼才能夠安心。」

「里正大人，您愛女心切大家都能理解，可診病、抓藥是有關性命的大事，萬萬不可兒戲啊！」姚老大說得情真意摯，句句在理。

「唉，看來真是我急糊塗了。打擾各位，我先回去了。」里正說完站起身準備往外走。

姚婧婧心裡一驚，如果就讓里正這樣走了，那她肯定會被這些黑心爛肝的長輩送到青樓裡去，到時候憑她這瘦弱的身板，便真是永無出頭之日了。

「里正大人。」

姚婧婧的一聲呼喊讓里正一下子停下腳步，轉過頭疑惑地看著她。

「您女兒的病，我能治。」

里正眼裡突然湧出一股狂喜之色，他的聲音有些顫抖。「真的？」

姚婧婧一臉堅定地點點頭。「雖然沒有十足的把握，但我會盡力一試。」

「好！好！好！我就說嘛，那個劉大仙人總不會平白無故地把妳推薦給我。小丫頭，不，姚姑娘，咱們現在就走吧！」里正顯然有些激動過頭，恨不得扛起姚婧婧飛奔回去。

姚婧婧卻突然變了臉色，紅著眼眶抹起淚來。

「怎麼了？姚姑娘，有什麼難處，妳儘管跟我說。」

姚婧婧指著姚老大，抽抽噎噎地哭訴。「我很想跟您回去為陸小姐治病，可是我大伯他、他……」

「他怎麼樣？」

「他正要把我賣到妓院裡去。」姚婧婧一句話說完，便撲倒在母親懷中嚎啕大哭，那傷心欲絕的模樣任誰看了都會感到心酸。

「什麼?!」里正勃然大怒，對著姚老大吼道：「她說的是真的嗎？」

姚老大被這聲怒吼震得頭皮發麻，有些語無倫次地說：「不是、那個、我不知道您要來。」

「好你個姚明遠，你的意思是如果我今天不來，你就要把自己的親姪女賣到妓院裡去？虧你還唸過幾天書，做的這些事簡直連畜牲都不如。」

「不是，里正大人，您聽我解釋。」

「你給我閉嘴。」里正轉頭對著姚老太太憤然說道：「這是你們的家事，按理說我無權干涉，但做為一村之長，我想告訴你們，我們清平村多少年來都是民風純樸，從來沒有出過這種傷天害理的事情，如果你們堅持這樣做，那就請你們搬出清平村，免得壞了咱們村的名聲。」

雖然姚老太太一向都很專橫，但面對霸氣十足的里正她卻不敢放肆，只能低著頭，任人教訓。

里正也不想理她，而是走到姚老三夫妻面前對他倆說：「我現在要請你們的女兒去我們家替小女診病，你們兩位同意嗎？」

姚老三和賀穎自然是點頭如搗蒜，里正現在在他們眼裡就是天降神兵。

「那就走吧！」

在眾人難以置信的目光中，里正帶著姚婧婧揚長而去。

里正家的宅子位於村裡的黃金位置，地形寬廣，視野開闊，房子修建得像他的人一樣非常氣派，在清平村算是數一數二的豪宅了。

兩人一進門，就有一個穿著十分得體的中年婦人帶著兩個丫鬟迎了上來。

「老爺，您回來了。這位姑娘是？」

里正接過丫鬟遞過來的帕子，擦了擦臉上的汗水，對自己的妻子解釋道：「這就是劉大仙人說的姚家二閨女，我把她帶回來幫咱們夢兒瞧瞧。」

里正夫人對著姚婧婧打量一番，一臉的不敢相信。「這能行嗎？」

「行不行先試試看吧！夢兒這會兒在幹什麼？」

「好像還睡著呢，我過去跟她說一聲，姚姑娘請妳先在這裡歇一歇。」里正夫人一邊招呼姚婧婧落坐，一邊吩咐丫鬟端茶倒水。

「多謝夫人。」姚婧婧恭恭敬敬地行了一個禮。

里正夫人點點頭，臉上露出讚許的微笑，轉身去了後院。

如今天氣已經有些炎熱，姚婧婧走了一路的確是有些累，便不再客氣，一口氣喝了兩碗涼茶才覺得舒爽一些。

里正看著她的模樣，忍不住露出一絲笑容。「姚姑娘，有件事我想提前跟妳說一下。」

姚婧婧揚眉問道：「什麼事？」

「我的小女兒名叫陸倚夢，年紀和妳差不多大，姑娘家都好面子，所以不管妳能不能治好她的病，出了這個大門後，有關她病情的事請不要向任何人提起。」

「里正大人請放心。」姚婧婧鄭重地點了點頭，保護病人的隱私是醫生最基本的職業操守，這一點她還是懂得的。

兩人又說了幾句閒話後，里正夫人身邊的一個丫鬟推開門走了進來。

「老爺，小姐已經醒了，夫人說可以帶姚姑娘過去了。」

里正帶著姚婧婧往後院走，這座宅子的面積比她想像中還要大很多，一路東折西繞，終於在繞過一片竹林之後看到了一座修建得非常精美的兩層小樓。

剛一靠近這座小樓，姚婧婧就聞到了一股撲鼻的香料味，越往前走香味就越發濃重，一走進門，姚婧婧已經忍不住打了幾個大大的噴嚏；她還沒有來得及詢問，就聽見二樓響起一陣噼哩啪啦的聲響，夾雜著一名女子的尖叫聲。

「我不看，讓她滾。一個個都是廢物、害人的庸醫，不准進我的房。」

里正感覺有些尷尬，又有些心痛。

「姚姑娘，妳別見怪，我這閨女這兩年不停地看病吃藥都搞怕了，唉。」

姚婧婧淡然一笑。「沒關係的，我上去瞧瞧。」

姚婧婧一上樓，看到的就是滿地摔碎的擺件，發脾氣的小姐此刻已經整個人鑽到了被子裡，里正夫人站在一邊無可奈何地抹著眼淚。

姚婧婧四處打量了一下，從這間閨閣裡擺放的各種名貴器具和屋裡一大堆伺候的丫鬟可以看出，里正夫婦對這個患病的閨女的確是疼愛有加。

房屋的角落裡擺了好幾個大大小小的香爐，裡面插滿了各式各樣猛烈燃燒的熏香，煙霧繚繞之間使人彷彿置身道觀。

姚婧婧故意踩著重重的步子來到了床邊，包裹在被子裡的人明顯緊張了一下，身子猛地往後一縮。

里正站在床邊苦口婆心地勸自己的女兒。「夢兒，妳別這樣，讓姚姑娘給妳瞧一瞧，說不定就治好了呢！」

「不要、不要、就不要，你們都當我是傻子呢，找一個比我還小的臭丫頭來糊弄我。我不讓她看，讓她趕緊給我滾。」

姚婧婧聽著這個滿是孩子氣的聲音，突然感覺很有趣，忍不住出聲調笑道：「妳真的不出來？這麼熱的天，妳也不怕摀出痱子？」

被子裡的人顯然更加生氣了，扯著嗓子厲聲叫道：「不要妳管，妳這個騙子，趕緊給我滾。」

「姚姑娘，這……」里正夫人一臉的為難，女兒這樣不配合，實在讓人頭疼不已。

姚婧婧想了想，轉過頭說：「里正大人、夫人，要不您兩位帶著丫鬟到樓下去等一等，讓我和夢兒小姐單獨聊一聊？」

「這……」里正夫人有些放心不下，自己閨女的脾氣一般人真的招架不住。

里正卻很爽快地答應了。「那就有勞姚姑娘了。」

里正夫人被自己的丈夫強行拉到了一樓，但依舊是坐立不安。「老爺，這能行嗎？」

里正若有所思地說：「我看這個姚姑娘的確不是一般人，讓她試試吧！就算治不好病，咱們夢兒能交上一個這樣的朋友也是好的。」

「不准走，都給我回來。」被子裡的人聽到自己的爹娘真的走了，急得一下子掀開被子，猛然坐了起來。「啊！」她看見站在自己面前的姚婧婧就像見了鬼一般，發出了一聲能刺破耳膜的尖叫，然後又迅速躺回床上將被子蒙過頭頂。

她的動作很快，前前後後只怕還不到一秒鐘，姚婧婧甚至沒有來得及看清楚這位小姐的長相，可她卻突然聞到空氣中有一股非常刺鼻的惡臭味。

姚婧婧愣了一下，心裡即刻明白了，怪不得這位陸小姐從來不在人前出現，幾乎活成了清平村裡的一個傳說。

陸小姐得的並不是什麼不治之症，而是非常常見的狐臭。

第十三章　閨密

「陸小姐，我很忙的，妳到底出不出來？」

「不出、不出、就是不出。」

姚婧婧決定下一劑猛料。「妳以為妳不出來我就聞不到妳身上的味道了嗎？不要自欺欺人了。」

被子裡的人瞬間石化了，她沒想到姚婧婧會說出這種話，事實上這幾年來她身邊的人都戰戰兢兢，從來不敢主動提她身上的異味；可旁人越是逃避，她的心裡就越是在意，彷彿世界上所有的人都在嘲笑她、嫌棄她。

姚婧婧一把將她身上的被子扯下，扔到了一旁。

「妳、妳要幹什麼？」也許是姚婧婧臉上的淡定與從容，讓這位敏感易怒的陸小姐都有些愣神了。

「給妳治病啊，還能幹什麼？」

「妳真的能治好我的病？」

眼前這個本該天真爛漫的小姑娘，眼神裡卻寫滿了防備與不安，姚婧婧突然感到有些心疼。在最愛美的年紀卻只能把自己藏起來，這個看似刁蠻，實際卻很脆弱的小姑娘心裡承受了多少煎熬，身病已經不知不覺變成了心病。

「只是狐臭而已，不是什麼治不好的絕症。」姚婧婧儘量讓自己的語氣顯得鎮定而平靜。

「可是為什麼我吃了這麼多藥都不見好，反而越來越嚴重？妳聞聞這味道，連我自己都想吐。」

姚婧婧非常耐心地解釋道：「狐臭雖然是種小病，但卻極易復發，妳患病的程度的確比一般人要嚴重很多，再加上沒有對症的治療和正確的生活習慣，所以才久拖而不癒。」

陸倚夢的眼睛瞪得老大，顯然這麼長時間根本沒有人認認真真地向她解釋過她的病情。

「那我該怎麼辦？」

「想治病就得配合我，妳做得到嗎？」

明明是一個比她還要瘦小的丫頭，身上卻散發出一種與生俱來的自信，陸倚夢不由自主地點了點頭。

姚婧婧笑了笑，伸手把她從床上扶了起來。「把手給我。」

「幹麼？」

「把脈。」

「妳真的會看病啊？」陸倚夢驚嘆道。

姚婧婧眼睛一翻，鬧了半天，這小丫頭還是不相信自己能夠治好她。姚婧婧懶得多說，拉過她的手腕放在自己的大腿上開始切脈。

「妳的病是由濕熱內積，陰虛火旺導致氣血不和，反覆受濕熱之邪毒而鬱結於肌膚之中所發。我給妳開兩副方子，一副內服，一副外洗，兩者結合，三日之內必可見效。」姚婧婧診完脈便把里正夫婦叫了上來，將方子交給他們。「我畢竟年幼，這方子你們可以找一個坐堂的大夫先看過，確認無礙了即可抓藥。」

里正點了點頭，吩咐家中的奴僕趕緊去鎮上抓藥。

「把這些焚香全部都熄滅，搬到院子裡去。」姚婧婧只在屋子裡待了一會兒，就被熏得腦子疼，也不知這個陸姑娘整天待著如何忍受得了。

陸倚夢一下子從床上跳起來阻止道：「不行。」

「妳想用這些粉香來掩蓋妳身上的味道，根本就是自欺欺人；更何況這些香料每一種的用途都不同，有一些還帶有一定的毒性，妳這樣不分青紅皂白地點了一屋子，對妳的身體只會有害無益。」

里正夫人聽說這些香有毒，嚇得連忙吩咐丫鬟把那些香爐都搬了出去。

沒有了濃重的香料味，陸倚夢顯得更加不自在，總想把身子往人後鑽。

「如果妳真喜歡那些香味，就多擺些鮮花、鮮果在屋子裡，還能提神醒腦。」姚婧婧一邊說，一邊在屋子裡四處檢查。「把窗戶打開，保持通風，這床上的被褥也該換了，這個季節可以鋪上涼蓆，免得積汗；還有妳身上的衣服，妳是真不覺得熱嗎？」

陸倚夢有些不好意思，其實每年一入春她就開始頭痛，因為天氣越熱她身上那難聞的味道就越明顯，她只能盡可能地多穿幾件，好像這樣這些味道就能禁錮在她的身體裡。「妳不怕被我熏著嗎？」

姚婧婧眨了眨眼，一本正經地回答。「不怕，因為我比較能夠憋氣。」

「噗哧。」陸倚夢臉上終於露出了一個久違的笑容。

這讓站在一旁的里正夫婦感到無比的欣慰。

等到下人把藥抓回來，姚婧婧親自熬了餵陸倚夢喝下，還用藥水給她泡了一個澡，之後換上清爽的衣衫。

也不知是不是心理作用，陸倚夢果真覺得自己身上的味道變淡了一點。

女兒高興，里正夫婦更加高興，便張羅著留姚婧婧在家裡吃晚飯。

姚婧婧也不客氣，折騰了一天肚子的確餓了，何況她這個時候回去肯定是沒有飯吃的。

里正夫妻倆為了表示對姚婧婧的感謝，特意安排了一桌豐盛的宴席，各種雞鴨魚肉、乾果點心擺滿了一桌子，他們家裡有專門的廚娘，做出來的飯菜是色香味俱全。

美食當前，再加上三人不停地為她挾菜盛飯，不一會兒姚婧婧就吃了一個肚兒圓。

席上，里正把姚婧婧險被賣掉的遭遇告訴了妻子和女兒，她們都為此氣憤不已。

「妳乾脆別回去了，先在我們家裡住幾天，免得妳奶奶和妳大伯又要找妳麻煩。」陸倚夢拉著她的手不停地勸說。

只是半天的工夫，陸倚夢就已經把姚婧婧當成了自己的好朋友。這些年陪伴她的除了父母就是幾個丫鬟，她太渴望有一個年齡相仿的閨中密友。

里正夫人也幫忙女兒留人。「是啊，妳就在咱們家住幾天，也好替夢兒多診治，如果妳真能把她的病給治好，伯母一定不會虧待妳的。」

姚婧婧有些猶豫，此刻她的確不想回到那個雞毛子亂叫的家，可她又有些擔心，如果姚子儒真有什麼好歹，姚老太太絕對不會放過她的爹娘。

里正好像看出了她的顧慮，拍了拍她的肩膀說：「姚姑娘妳不用擔心，我現在就派人去告訴妳的家人，說我留妳在這裡住幾天，順便幫妳打聽打聽妳大哥的事到底怎麼樣了。」

姚婧婧露出了感激的笑容，這個里正陸老爺看似五大三粗，但心思卻很細膩，從他對妻子和女兒的態度便可以斷定，他是這個時代不可多得的好男人。

吃完晚飯，里正夫人開始為姚婧婧安排房間。

「客房的條件比較簡陋，姚姑娘，我看妳就住我大女兒出嫁之前住的房間吧！那裡我每天都有安排人打掃，非常乾淨。」

陸倚夢張了張嘴好像要說什麼，但最終卻黯然地低下頭，什麼都沒說。

「不用這麼麻煩了，我看陸小姐的房間挺大的，如果她不嫌棄，我可以和她一起住。」

姚婧婧的話音剛落，陸倚夢就高興得一下子從凳子上跳起來。

「妳說的是真的嗎？妳真的願意和我住一個房間？」

姚婧婧點了點頭。其實從小到大她都習慣一個人住，有個人在身邊她肯定睡不著覺，但她已經發現陸小姐有一定的心理問題，她既然已經答應幫忙治病，索性就好人做到底吧。

天氣太熱，吃頓飯又是一身汗，姚婧婧讓丫鬟煮了一大桶藥水給陸倚夢泡澡。

藥水的味道不太好聞，但陸倚夢卻一點也不抗拒，恨不得一直待在裡面不起來。

姚婧婧也洗了澡，換上了里正夫人為她準備的衣服，這件衣服雖然不是全新的，但樣式很好，摸起來也很舒服，她穿起來非常合身。這算是她來到這個世界後穿得最好的一件衣服了，雖然姚二妮的皮膚很粗糙，但她每天還是能感覺到身上那些打滿補丁的土麻布硌得肉疼。

看到姚婧婧這身打扮，陸倚夢眼睛一亮。「婧婧，妳今年多大？」自從剛才姚婧婧告訴她自己的名字之後，陸倚夢便「婧婧」、「婧婧」地叫個不停。

「十三。」每當想起現在的年紀，姚婧婧就覺得自己像天山童姥。

「我比妳大一歲，妳這身衣服還是我十歲那年做的呢，妳真的是太瘦了。」

姚婧婧對自己的身材也很不滿意，可依照現在的伙食標準，想要改變怕是不可能了。

「婧婧，妳這給人治病的本事是從哪裡學的？」

「跟一個郎中學的，說了妳也不認識。」姚婧婧漫不經心地回答道，她的眼睛早已被陸倚夢房裡那滿滿兩面牆的藏書給吸引。「這些書都是妳讀的？」

「是啊！」陸倚夢一掃之前的消極與自卑，用驕傲的語氣向姚婧婧介紹。「我從五歲就開始識字讀書，這些年我不敢出去玩，每天待在房裡與這些書籍做伴。妳別小看這些書，都是我讓我爹從各地的書局裡淘來的，有很多都是孤本呢！」

姚婧婧忍不住打趣道：「妳打算要去考秀才？」

陸倚夢噘了噘嘴。「如果女子也可以參加科考，別說是秀才了，就是那些金榜題名的狀元也未必考得過我。」

姚婧婧臉上憋著笑，伸出大拇指讚道：「陸小姐好志氣。」姚婧婧一本本地看過去，突然在書架的最角落發現了幾本寶貝。「妳還看醫書？」

「呵呵。」陸倚夢不好意思地撓撓頭。「我這病總是不好，之前我覺得是給我看病的那些大夫太無用，便想著自己看看醫書給自己開方，可這些東西實在是太晦澀難懂，我只看了幾頁就丟在那裡了。」

姚婧婧拿起那幾本書翻了翻，發現書上記載的病例和用藥有些神奇，有一些連她都沒有聽說過。

「這些書放在我這裡也沒用，如果妳想要，就都送給妳吧！」

姚婧婧欣喜地問道：「真的？」

陸倚夢的眼珠轉了轉，回答道：「嗯，不過我有一個條件。」

「什麼條件？」

「妳看我都叫妳婧婧了，妳卻總是一口一個陸小姐，聽著多彆扭，要不妳就叫我倚夢吧，或者和我爹娘一樣叫我夢兒，怎麼樣？」陸倚夢一臉期待地望著她。

姚婧婧突然覺得這個姑娘很可愛，雖然她一個三十歲的老女人和一個小丫頭交朋友看起來有些傻，但她還是點了點頭。

「婧婧，妳真的願意和我睡在一張床上？我長這麼大除了我娘，從來沒和別人一起睡過。以前我大姊還沒出嫁時，我想和她一起睡，但她卻嫌棄我身上的味道，不願意讓我靠近她。」

陸倚夢每回說起從前的事時語氣都有些沮喪，看來這個病的確給她留下了不少心理創傷。

「我是大夫，妳是病人，別說這點味道，就算妳尿床了我也不會皺一下眉頭。好了，妳坐到椅子上，把手舉過頭頂，我給妳按摩一下。」

「按摩？也能治我這病嗎？」陸倚夢有些狐疑。

「當然，腋窩下有一處極泉穴，穴下的淋巴結和淋巴管非常豐富，皮膚汗腺發達，常按此處可以舒緩異味產生。」姚婧婧一邊說、一邊動手替她按摩，可剛一碰到她，陸倚夢便開始格格地笑個不停，身子也七歪八扭地坐不安穩。「坐好，妳到底想不想治病？」

「不是，太癢了，妳這哪是治病，分明是在撓我癢癢，不信我來給妳按摩按摩試試。」陸倚夢一邊笑，一邊撲向姚婧婧。

兩個小姑娘頓時鬧成一團，都說小姑娘交朋友很簡單，在這種輕鬆的氛圍下，她們之間的友誼也在生根發芽。

兩人鬧也鬧夠，笑也笑夠了，正準備睡覺時，里正帶著夫人走了進來。

里正夫人將手中的果盤放在桌子上，溫柔地看著自己的女兒。「妳們兩個玩得還挺開心的，老遠都能聽到妳們的笑聲。」

「娘，我們正準備睡了，您和爹是不是怕我欺負婧婧，所以才趕過來看看呀？你們放心，我們好著呢！」陸倚夢一邊說，一邊用勺子挖了一大塊甜瓜塞到姚婧婧嘴裡。

里正笑著說：「我們家夢兒這麼乖巧懂事，怎麼會欺負客人呢？我們是來告訴姚姑娘，她家裡的事已經妥當了，讓她不用擔心。」

姚婧婧有些驚訝。「哦？到底怎麼回事？」

「姚老大籌到了錢，已經把妳大哥姚子儒贖回來了，就是受了一點皮外傷，已經回家休養了。」

「他從哪裡弄來這麼多錢？」一百兩對於姚家來說可是天文數字，姚老大竟然有本事在短短半天之內就全部湊齊，的確讓人不敢相信。

里正想了想，說：「好像是你們家在鎮上有一個有錢的親戚，姚老大去他們那裡借的，具體的我也不太清楚。」

有錢的親戚？還願意隨隨便便就借一百兩？「那就一定是孫家了。」

「妳說什麼？」陸倚夢睜著大眼睛仔細地聽著，她現在對姚婧婧的任何事都充滿好奇。

「沒什麼。謝謝里正大人，讓您費心了。」

「謝什麼，只要家裡沒事就好。妳安心睡吧，我們走了。」里正說完便拉著夫人回自己房間了。

姚婧婧和陸倚夢也熄了燈上床睡覺，可在床上躺了半天，兩人都沒有什麼睏意，陸倚夢便吵著讓姚婧婧給她講故事。

姚婧婧被鬧得沒脾氣了，便開始給她講「粉紅豬小妹」的故事，她講得很無聊，陸倚夢卻聽得很帶勁，直到下半夜兩人才漸漸合上眼。

第十四章 歸家

第二天一早，姚婧婧生無可戀地看著四仰八叉占據著一整張床的陸倚夢，耳邊是一聲聲震耳欲聾的呼嚕聲，等她一切收拾妥當，陸小姐才睡眼惺忪地起床。

「婧婧，妳怎麼這麼早就起來了？」

姚婧婧翻了個白眼。大姊，我明明是被妳踹下來的好嗎？

「妳是不是餓了？妳等等我，我洗把臉，咱們就去吃早飯。」

等兩人來到前廳時，只有里正夫人笑盈盈地等著她們，里正一大早就去處理村裡的事情了。

「夢兒，看來姚姑娘給妳開的方子真的很管用，妳身上的味道小了許多呢！」

「真的嗎？娘，妳沒有騙我？」這話讓陸倚夢開心不已。

「當然是真的了，妳自己沒有感覺到嗎？」

「我也覺得好了很多，但是我不敢相信，我怕一覺醒來又變回從前的樣子。」陸倚夢睜著水汪汪的大眼睛，可憐兮兮地看著姚婧婧。

姚婧婧一口氣吃了兩個大肉包，才抽空對著陸倚夢搖搖頭。「不會的，只要妳持續用我給妳配的藥水沐浴，勤換衣物，少吃辛辣刺激的食物，妳身上的味道會越來越淡的。」

「太好了！」

姚婧婧的話就像給陸倚夢吃了一顆定心丸，她高興得一下子撲了上來，在姚婧婧的臉上親了一口。

「妳這個瘋丫頭在幹什麼？別把人家姚姑娘給嚇著了。」里正夫人連忙把自己的閨女拉開，一臉抱歉地衝著姚婧婧笑。

姚婧婧倒是無所謂，與昨天晚上流了她滿身的口水相比，這實在算不了什麼。

下午的時候，姚婧婧想要出門去轉一轉，陸倚夢猶豫了許久，還是決定和她一起去。她們爬到了後山的一座山坡上，這裡視野很好，整個村莊的景色盡收眼底。

陸倚夢指著一大塊平坦開闊的向日葵花田告訴姚婧婧。「這些向日葵都是我們家的，每年種子成熟了，爹爹就會把它們運到臨安城裡賣，比種糧食值錢多了。」

「這塊地至少有上百畝吧？你們家也算是個地主了。」姚婧婧看得出這是一塊良田。

陸倚夢一臉得意地說：「這算什麼？我告訴妳吧，整個清平村一大半的土地都屬於我們家。我爺爺的爺爺是開國將軍，當年他告老還鄉時，皇帝賜給了他許多金銀財寶，他把它們全部都換成土地分給了子孫後代，這樣即使子孫們沒什麼大出息，至少也不會餓肚子。」

姚婧婧驚嘆道：「我的天，怪不得妳爹能當里正，這整個村子就相當於你們家的後花園啊！那我們家種的地也是從你們家租來的嗎？」

「也許吧，不過和別人相比，我爹要的租金已經算很少了。」陸倚夢生怕姚婧婧有所誤會，急忙解釋道。

「妳放心，我可沒有仇富心理，只不過妳爹擁有這麼多資源，以後有機會我可以找他當我的合夥人。」

陸倚夢聽得一頭霧水，問：「合夥人？什麼叫做合夥人？」

「以後妳自然就明白了，現在我還有一件很重要的事要做，麻煩妳讓妳身後的那位小姊姊告訴我，湯家在哪裡？」陸倚夢的貼身丫鬟小青也是清平村的人，對村子裡的情況非常熟悉。

「不遠，翻過這座山頭就能看見。姚姑娘，您是要去看您五嬸嗎？」

姚婧婧有些驚訝。「這妳也知道？」

「姚老太太逼走坐月子的媳婦，這件事如今是村裡最被人談論的事，那是無人不知、無人不曉的。」

姚婧婧滿頭黑線，看來無論什麼時候，討論別人家的八卦都是人們最熱衷的消遣方式。

眼看就快到湯家大門口了，陸倚夢卻突然停下了腳步。

「婧婧，我感覺出了汗，身上的氣味又變重了，不行，我要趕緊回去洗個澡，妳自己先進去吧，一會兒我派人來接妳。」陸倚夢說完這話就急急忙忙地帶著丫鬟轉身往回跑。

姚婧婧搖了搖頭，只能自己一個人繼續往前走。

湯家也是清平村排得上名的富裕戶，湯家的宅子雖然沒有里正家的看起來有氣勢，但足夠寬敞。大門是開著的，姚婧婧伸頭進去瞅了瞅，院子收拾得乾淨而整齊，卻不見一個人影。「有人在家嗎？」姚婧婧扯著嗓子喊了一句。

「誰啊？」

很快地，一個非常悅耳的女聲就從正房旁邊的一間小廚房裡傳來，緊接著湯家大嫂穿著一件圍裙，從裡面走了出來。

姚婧婧連忙喊道：「大舅母，是我啊！」

「咦？二妮，妳怎麼來了？」湯家大嫂看到她非常驚訝，連忙迎了過來。「妳是來看妳嬸子的吧？她在房裡哄孩子呢，我領妳過去。」湯家大嫂一邊說，一邊親熱地拉著姚婧婧的手往裡面走。

湯玉娥回娘家住的依然是她以前的閨房，看到姚婧婧進來，讓她又驚又喜。

「二妮，妳怎麼來了？是妳一個人來的嗎？」

姚婧婧眨著眼笑道：「五嬸還想要誰來呢？有一個人倒是想來得緊，可就怕妳不願意見他。」

湯玉娥一跺腳，假裝嗔怒道：「妳這個小丫頭，倒打趣起我來了，妳到底是來幹什麼的？」

湯家大嫂也跟著笑道：「玉娥妹妹這是明知故問，不過姚五郎竟然找這麼個小人兒來當說客，實在是有趣得緊。二妮，妳先和妳五嬸說話，我去給妳弄點茶點來。」

待湯家大嫂走後，湯玉娥實在憋不住，急忙問道：「真是妳五叔讓妳來的？」

姚婧婧點了點頭。「他讓我來看看妳是不是還在生氣，要是妳的氣消了，他就來接妳和小靜姝回家。」

湯玉娥黑著臉哼了一聲。「妳回去告訴他，我這氣永遠都消不了，他這輩子都別想見他的閨女。」

姚婧婧坐在湯玉娥身邊苦口婆心地說：「五嬸，想必妳也知道，五叔天天都蹲在妳家對面的山坡上等著妳回心轉意，其實他對妳的心思妳比誰都清楚，只是我奶奶和大伯他們。唉，的確是讓妳受委屈了。」

湯玉娥的眼眶有些發紅，那天晚上她被姚老太太逼得沒辦法，再加上之前積攢的一肚子冤枉氣，她一怒之下便抱著孩子回了娘家。

這些天她心裡也不好過，她知道這些事並不能怪姚五郎，在他們成親之前她就很清楚姚家的情況，她以為自己能夠應對。

可有了孩子以後她才發現，這些雞毛蒜皮的小事就像一根根壓死駱駝的稻草，總有一天會把他們夫妻之間的感情消磨殆盡。

湯玉娥摸了摸姚婧婧的小臉，心疼地說：「別光說我了，二妮，我聽說這些天家裡又發生了很多事，妳還差點被賣掉，這到底是怎麼回事？」

姚婧婧搖搖頭。「唉，別提了，咱們家的情況妳又不是不知道，我們還是想辦法分家吧，否則誰都沒有好日子過。」

湯玉娥嘆了一口氣。「要是有這麼容易就好了，我剛嫁過來那會兒就和妳五叔說過這件事，結果差點沒被妳奶奶的唾沫星子給淹死，我看無論如何，她是不會同意分家的。」

「那也不一定，事在人為。五嬸，我知道妳捨不得五叔，那就趕緊回去，咱們一起好好謀劃。小靜姝一天一天地長大，妳應該不想讓她像我這麼悲慘吧？」

姚婧婧話音剛落，原本在搖床裡睡得很熟的小靜姝突然大哭起來，把兩人嚇了一跳。

「妳看看，小靜姝也覺得我說得有理呢！」姚婧婧起身把她抱了起來，幾日不見，這個小傢伙的變化還真大，皮膚變白，臉也長開了，已經可以看出是個小美人胚子。

湯玉娥從屜子裡拿出一個荷包遞給姚婧婧。「二妮，我忘了告訴妳，妳之前畫的那幾張首飾圖被我大哥帶到臨安城裡賣了不少錢呢！」

「真的？」姚婧婧手腕一抖，幾粒碎銀子就從荷包裡掉了出來。她眼睛一亮，忍不住感嘆道：「這麼多。」

湯玉娥也有些激動。「妳總共畫了三幅圖，一幅一兩，總共三兩銀子。我大哥昨日拿回來的時候我也不敢相信，二妮，妳可真是個天才，有了這個手藝，以後妳再也不用受苦了。」

「我就是隨手畫著玩的，這事還多虧了妳和致和舅舅，否則我哪有機會掙這麼多錢。」

姚婧婧伸手拿起一粒碎銀子塞到自己的荷包裡，接著把其他兩粒往湯玉娥面前推了推。

「五嬸，這些錢咱們三個一人一份，一會兒麻煩妳幫我把錢交給致和舅舅。」

湯玉娥連忙擺手。「這怎麼行？我們兩個大人怎麼能占妳一個小孩子的便宜？妳趕緊收起來，回去交給妳娘。」

姚婧婧堅持道：「五嬸，妳聽我說，我雖然年紀小，但最起碼的規矩還是懂的，平日裡請人往城裡帶個什麼東西都要給車馬費，致和舅舅為了把這些圖賣出去肯定費了不少力氣，這些都是他應得的。」

不管姚婧婧怎麼說，湯玉娥依然堅持把剩下的銀子塞回她的手裡。「知道妳是一個懂事的丫頭，這些妳都先拿著，等以後妳發了大財再一併算帳，到時妳想不給都不行。」

姚婧婧拗不過她，只能把銀子都收回來。

「妳致和舅舅過幾日還要去城裡，妳抓緊時間多畫幾幅出來。」

姚婧婧點了點頭，心裡開始謀劃著要畫些什麼樣式。

兩人又說了許多知心話，眼看就快要到晚飯時間，姚婧婧便回了里正家。

她剛一進屋，陸倚夢就像一陣風似地衝了過來，抱住她的胳膊，非常誇張地大叫。

「婧婧，妳可回來了，我想死妳了，妳有沒有想我啊？」

姚婧婧很是無語。大姊，咱們才剛剛分開不到兩個時辰好嗎？

陸倚夢也不管她的反應，自顧自地繼續說道：「婧婧，妳回來得真是時候，爹爹弄了好吃的，咱們今晚都有口福了。」

「哦？」說到美食，姚婧婧頓時來了興趣。

她跟著陸倚夢來到後院一座涼亭，此時太陽已下山，一陣陣小風吹過，顯得格外涼爽。

亭子裡有一張石桌，上面擺滿了瓜果、點心，卻不見什麼菜餚。姚婧婧正覺得奇怪，突然聞到空氣中有一股烤肉的香氣。

陸倚夢笑著拍手道：「快看，他們來了。」

姚婧婧一轉頭，便看見里正夫婦和幾個下人抬著一個大大的烤架走了過來，烤架上是一塊被烤得金黃焦脆的不明物體。

「這是什麼？」聞著那醉人的香氣，姚婧婧忍不住吞了吞口水。

里正大人哈哈一笑。「今天村裡的獵戶在山上打了一頭野鹿，我花錢買下牠，拿回來給大家解解饞。」里正一邊說，一邊用一把尖刀把鐵架子上的鹿肉都切成小塊，分到眾人的盤裡。

陸倚夢最喜歡吃這些野味，此刻早已等不及了，伸手抓了一塊鹿腿肉就要往嘴裡塞。

「等等。」姚婧婧大叫一聲。

陸倚夢張著大嘴，一臉莫名其妙地看著她。

「鹿肉性溫，屬於純陽之物，再加上蔥、蒜、辣椒等刺激性的食物中含有一定的硫，被人體吸收後都會產生異味，所以這道菜非常不適合妳。」姚婧婧說完，把那塊肉從陸倚夢手中奪了過來，一口塞到自己的嘴裡。姚婧婧以前從未吃過鹿肉，此時一嚐之下才覺得肉質細嫩，果然十分鮮美。「嗯，好吃。」姚婧婧吃完一塊後，用不著別人招呼，逕自端起盤子大快朵頤起來。

陸倚夢彷彿石化了一般，眼珠都快要瞪出來了。

里正在一旁看到這一幕，忍不住哈哈大笑。他這個小刺蝟一般見誰扎誰的小女兒，也有被別人吃得死死的時候。

里正夫人對女兒的狀況深表同情，她從丫鬟手裡接過一只大碗遞到她面前。「沒關係，我已經為妳準備好了晚餐，是姚姑娘教我做的蔬菜沙拉。」

陸倚夢低頭看了看碗裡那缺油少鹽的黃瓜、玉米、菠菜葉，忍不住發出一聲哀號。「我要吃肉！」

這頓晚餐姚婧婧吃得很滿意，她本著人道主義原則，最後還是分給了陸倚夢手指大小的一塊肉，氣得陸小姐直接把它丟到池塘裡餵魚。

接下來的兩天，姚婧婧除了替陸倚夢配藥、煎藥，其他的時間都待在房裡畫首飾圖。陸倚夢看到她如此爐火純青的畫技，自然是驚嘆連連。「婧婧，妳身上還隱藏著多少我不知道的本領？我真的是越來越崇拜妳了。」

姚婧婧淡淡一笑，這兩天她過得很自在，至少在陸倚夢面前她不用總想著掩飾自己。

「婧婧，我外祖家有一個表姊，她是臨安城有名的才女，她畫的仕女圖堪稱一絕，不知妳們兩個相比，誰更勝一籌？」

「比什麼？我可不會畫什麼仕女圖。」姚婧婧以前主攻的是素描，水彩畫也畫過一些，但對於中國古代的水墨畫卻很不擅長。

「婧婧，妳去過臨安城嗎？」

姚婧婧搖了搖頭，她去得最遠的地方就是長樂鎮，臨安城離這裡就算是坐馬車也要兩、三天的路程。

陸倚夢一下子來了興致，開始滔滔不絕地為姚婧婧介紹起來。

「我外祖家就住在臨安城，我大哥也在臨安城裡經商。記得小時候我跟我娘去過一次，臨安城很大，好玩的東西很多，要不是怕那些表姊妹們笑話我，我還真想每年都去住一段時間呢！」

姚婧婧一邊聽陸倚夢說話，一邊將畫好的圖包好，請小青幫忙送到湯家。

「等妳病好了，就不用怕她們笑話，到時候妳想去就去，想住多久就住多久。」

「是呢！」陸倚夢一想到這裡就很雀躍。「婧婧，到時候妳就跟我一起去，臨安城裡有許多好吃的，什麼梅花香餅、翡翠蝦餃、掛爐山雞等等一大堆，數都數不盡，咱們挨個兒去吃一遍。」

姚婧婧簡直哭笑不得，看來這位陸小姐已經把她的脾性摸得很清楚，知道要用美食來誘惑她。

一轉眼，姚婧婧已經在里正家裡住了四天，陸倚夢的病情也得到了控制，身上基本已經沒有什麼異味。

這一天吃過早飯，她就和里正一家告別，準備回姚家。

陸倚夢不禁噘著嘴咕噥道：「妳就不能不回去嗎？」

里正夫婦其實也很不想讓姚婧婧走，這幾天有她的陪伴，女兒好像換了一個人似的，變得活潑又開朗，脾氣也小了許多。

可是他們知道姚婧婧畢竟是姚家的姑娘，就算他們再不捨，早晚也都得回到自己家中。

里正夫人摟著自己的女兒勸導。「好了，婧婧和咱們住在一個村裡，以後可以經常請她來咱們家裡，妳要是想她了也可以去找她玩啊！」

「姚姑娘，真的非常感謝妳治好了夢兒的病，我準備了一點診金聊表心意，請妳一定要收下。」里正說完，讓一名下人從他的房間裡拿出一個方方正正的木匣子。

姚婧婧有些好奇地打開了匣子，裡面竟然整整齊齊地擺了兩排銀錠子，每一錠都有二十兩，加起來足足有兩百兩銀子。生平第一次見到這麼多銀兩，姚婧婧眼睛有些發直，她嚥了嚥口水，最終還是把匣子推了回去。

里正以為她嫌少，連忙開口道：「若姚姑娘有什麼別的要求儘管提，我一定想辦法滿足。」

「不。」姚婧婧搖了搖頭，決定明人面前不說暗話。「里正大人，我們家的情況您是知道的，這些銀子我拿回去肯定會被我大哥拿去揮霍，說不定又會生出什麼事端來。」

里正忍不住感嘆道：「唉，妳大哥真的是，竟然做出如此荒唐之事，真是枉為讀書人，你們一大家子真是被他拖累得不輕啊！」

姚婧婧露出一絲苦笑。「沒辦法，誰讓他是長孫，還會討我奶奶的歡心。」

里正想了一下，提議道：「這樣吧，這些錢我先替妳保管著，妳要用時隨時到我這裡來拿。」

姚婧婧點了點頭。

第十五章　爭執

「我的乖女兒，妳總算是回來了。這幾天要不是妳奶奶看得緊，我早就跑到里正家去看妳了；不過妳爹說，里正是個善人，肯定不會為難妳這個小丫頭的。」賀穎摟著自己的閨女親了又親。

「好了，娘。」姚婧婧雖然很享受有親娘疼愛的感覺，但賀穎的表現實在太誇張，她又不是三歲的小孩子。「里正一家人都對我很好，我這幾天不用幹活，還能吃香的、喝辣的，別提有多瀟灑了。」

「真的？那那個陸小姐到底得了什麼病？里正怎麼會來找妳給她治？娘想了幾天也沒想明白這事。」

姚婧婧早已想好了說辭，雖然她並不想對賀穎說謊，但若讓賀穎知道她真正的女兒已經死了，留下來的只是一具軀殼，那她肯定會悲痛欲絕。

「之前我在山上拜了一名郎中為師父，他不僅教我採藥，也教了我一些看病的方子，這事不知怎麼被劉大仙人給知道了。里正那時把他逼急了，他沒辦法，就把我給抬出來，死馬當活馬醫嘛。」

「啊？」賀穎聽得心裡一驚。「那妳一去不就露餡兒了？里正大人沒有生氣嗎？」

姚婧婧搖搖頭，一臉的得意。「其實陸小姐得的根本就不是什麼大病，我按照之前師父教給我的，隨便給她開了個方子，就治得差不多了。娘，我發現給人看病這活兒還真適合我，以後我就當個郎中得了。」

「瞎說。」賀穎雖然很驚喜閨女真的把陸小姐的病治好了，但是當郎中不僅需要拋頭露面，還經常要與病人有一些肌膚接觸，實在不適合女子來做。事實上，除了宮廷之內會專門培養一些女醫來替妃子和公主們做一些事關隱私的治療，其他地方根本就沒有女人從事大夫這個職業。「不過這次還真多虧了妳那個師父，他到底是哪裡人，改天妳帶我和妳爹一起去拜見一下，咱們一定要好好謝謝他。」

「我師父可不是一般人，他立志要走遍華夏，尋找更多能治病救人的藥草，所以他怎麼可能一直待在一個地方？現在連我也不知道他究竟去了哪裡。」

賀穎瞪大眼睛，感覺很可惜。「啊，怎麼會這樣？妳說他教會妳這麼多東西，咱們卻連感謝的機會都沒有，這可真是……」

「沒關係，我師父才不會在乎這些，他心懷天下，一輩子都在研究那些藥草，如果我能夠用他教給我的本事多治幾個病人，才不枉費他教我一場。」姚婧婧說著說著，突然想起了自己的爺爺，心中湧起一股激盪。

賀穎原本想替閨女把衣服收起來，卻看到那兩本醫書。

「之前聽妳五嬸說妳在學習認字，娘還不大相信，現在看來倒像是真的。」

姚婧婧把那兩本醫書拿起來放到枕頭底下，像寶貝一般藏好。「我師父畢竟只教了我短短幾天，要想真正學會給人看病可不得靠這些醫書嗎？娘，其實認字很簡單的，之前致遠舅舅送給我的那些認字書我都留著呢，等有空了我教妳。」
「光教妳娘可不行，爹也要學。」
母女倆正聊得歡，房門突然被打開。
姚老三穿著一件沾滿泥土的無袖粗麻短衫走了進來，賀穎連忙站起來迎了上去。
「瞧你這一頭汗，怎麼弄得這麼髒？」
姚老三一邊擦汗，一邊衝著妻子嘿嘿一笑。「今日在包穀地裡拔草，就我和四弟兩個人從早上幹到現在，一刻也沒閒著。」
賀穎皺著眉頭說：「五弟整天往湯家跑就算了，二哥這幾日不知為何也不上工，地裡那麼多活，光指望你和四弟怎麼做得過來？乾脆明日讓大嫂在家裡做飯，我去地裡給你們幫忙。」
其實在村裡，女人下地是常事，只是因為姚家男丁多，勞動力充足，所以姚老太太才允許幾個媳婦待在家裡料理菜園、做家務。
姚老三自然不肯。「我們倆趕緊一點便是，哪需要妳？」
「算了，你們兄弟的事我也懶得管，我去做午飯了，你自己洗把臉，把衣服換了。」賀穎說完，匆匆忙忙地趕去廚房。
姚婧婧不想和這個爹單獨待在一起，便站起身準備去廚房給賀穎搭把手。
「二妮，妳等等，爹有些話想跟妳說。」
姚婧婧有些莫名其妙地看著姚老三，雖然那天他挺身相救的行為讓自己對這個爹的印象有些改觀，但一個人從小到大的習慣是很可怕的，她不敢奢望姚老三會因此全部改變。

「二妮，對不起。這幾天妳娘跟我說了很多，從小到大妳就跟爹不親近，我一直以為天底下所有的爹和閨女都是這樣相處的，其實是我自己根本就沒有盡到一個當爹的責任，藉著這次的事我算是徹底明白了，妳和妳娘才是我最應該好好對待的人，以後我絕對不會再為了別的原因委屈妳們，妳能原諒爹嗎？」

姚婧婧一下子驚呆了，從前她一直以為姚老三是一個木訥、不善於表達自己的人，在姚二妮的記憶裡，他也從來沒有對自己的閨女說過這麼多話；不管為了什麼原因，一個父親能主動向女兒認錯，這在任何時代都是一件非常難得的事情。

「你說的都是真的？」

姚老三點頭如搗蒜。「二妮，我和妳娘都覺得妳長大了，比我們都有出息，以後咱們一家三口有什麼事都聽妳的。」

「太好了，謝謝爹。」姚婧婧雀躍之下，撲上去給了姚老三一個大大的擁抱。

父女之間從未有過如此親密的接觸，姚老三有些害羞，但心裡卻感到從未有過的滿足與幸福。

姚婧婧原本聽賀穎說姚老二突然罷工，還覺得有些奇怪，但等到吃午飯的時候，她就看明白了。

姚子儒和妓女牡丹發生衝突的時候，自己也受了一些皮外傷，他怕此事被學堂的先生和同窗知道，便編了個理由請了半個月的假，回到家裡休養。
這次捅了這麼大的樓子，不知是心存愧疚，還是怕家人責難，姚子儒除了剛回來時與大家打了一個照面，其他時間都躲在自己房裡足不出戶，每每到了吃飯時間，朱氏便將飯菜給他端進房裡。姚老太太雖然擺著一張臭臉，但也沒有出言阻止過。
可有一個人卻對此耿耿於懷，那就是姚老二。
之前他的兩個兒子年紀都還小，他也希望姚子儒能夠考取功名，他們父子三人都能跟著沾光，所以對於姚老太太舉全家之力供養姚子儒的行為，他便默認了。
可如今情況卻發生了變化，姚子儒鬧出了這麼大的醜事，姚老二認為他壓根兒就沒有把心思放在唸書上，根本就不可能帶領姚家過上好日子。
既然如此，那他們肯定不能再養著這隻大蛀蟲。
大兒子小龍今年已經八歲了，早已到了開蒙的年紀，要是換他去鎮上唸書，肯定比他那個滿肚子男盜女娼的大哥靠譜得多。
姚老太太這幾天本來就一肚子糟心事，姚老二還整天賴在家裡給她添堵，讓她簡直不勝其煩。「你在屋裡挺了這幾天屍還沒挺夠嗎？地裡一堆活不幹，還有臉吃飯。」
姚老二卻是一臉的不在乎。「我這算什麼？咱們家有位少爺吃了這麼多年的閒飯不說，還有錢去嫖女人呢！老三、老四，你們明天也都別下地了，累死累活還不知為了誰。」
這幾天一到吃飯的時候，姚老二就要含沙射影地指責姚子儒一番。
姚老大因為理虧，只能忍了又忍，這回實在忍不住了。「老二，你到底有完沒完？哪個年輕人不犯點錯，你忘了你十五、六歲的時候就翻牆頭偷看鄰居二嬸子洗澡呢！」

這幾天姚老大心情不好，便將火都撒在自己媳婦身上，每晚都折磨朱氏到半夜，她心裡也一直憋著氣，眼看自己丈夫出聲了，她也趕忙在一邊幫腔。「二弟，子儒那天不是已經給娘磕頭認錯了嗎？你就不能給他一次悔過的機會？他只是被人騙去了一次，就被那個叫牡丹的賤貨給纏住了，子儒少不經事，哪裡是那些臭婊子的對手？」

姚老二呼嚕呼嚕地喝了大半碗麵疙瘩湯後，把筷子一丟，譏笑道：「大嫂，妳別這麼說，子儒可是說過他要把那個牡丹娶回家裡來呢！嘖嘖，真是光宗耀祖啊！」

姚老太太黑著臉打斷他。「你給我閉嘴，越說越不像話，以後誰也不准在我面前再提起那個人。」

姚老二正色道：「娘，您不讓我提，我就不提，可是小龍上學的事，您必須給我一個交代。」

姚老太太揮了揮手。「我不是跟你說了嗎？不是我不讓他去，而是咱們家根本就供不起兩個人唸書。」

姚老二脖子一梗，理直氣壯地說：「那就讓子儒回來，反正他也沒心思唸書，早點跟著我種地，把他這些年糟蹋的都補回來。」

「放屁！」姚老大一拍桌子怒道：「這個時候讓他回來，那他這麼多年的書不就白唸了嗎？我已經跟娘說過了，無論如何讓他再堅持一年，我相信經過這次的事，子儒一定會發憤圖強、功成名就，你們就等著跟著過好日子吧！」

姚老二毫不退讓，指著姚老大的鼻子回道：「大哥，你就別再自己騙自己了，這一年又一年，啥時候是個頭啊？眼看湯家那小子就要當縣太爺了，咱們還整天連頓飽飯都吃不上；反正我不管，如果你們不同意讓小龍去鎮上唸書，那我就一直在屋裡躺著。」說完，姚老二就拍拍屁股起身回了屋子。

姚老大有氣沒處撒，只能衝著自己的母親大叫。「娘，您可管管他呀！再這樣下去，子儒唸書的錢從哪裡出？」

「別吵了，我這是作了什麼孽喲，怎麼生出來你們這一群烏龜王八蛋，一個個都想把老娘逼死。」姚老太太從來沒有如此為難過，這麼多年來她對姚子儒寄予厚望，可這次的事的確讓她非常失望，她也不能像從前那樣無所顧忌地事事偏向大房。

其他小的幾個都還好，對於這個二兒子她實在感到很頭疼。

她不是沒有想過換其他孫子去唸書，但一來這麼多年對大孫子的偏愛已經成為一種習慣；二來姚子儒已經讀了這麼多年，要是換小龍去又要重新開始，那這麼多年的花費就打了水漂兒。

她突然有些沮喪，如果老二再這麼鬧下去，唯一的結果只能是兩敗俱傷，那姚家的希望就徹徹底底地斷了。

姚婧婧冷眼看著這一幕，一個念頭突然從她腦子裡閃過。

也許，這就是她等待多時的一個好機會。

第十六章　分家

吃過午飯，姚老三休息了一會兒又準備下地幹活，卻被閨女給拉到椅子上坐好。

接著姚婧婧又跑到廚房把賀穎也拉了回來，仔仔細細地把房門給關上。

看到女兒神神秘秘的樣子，姚老三夫妻倆一頭霧水。

「二妮，妳這是幹麼呢？有什麼事妳快說，妳四叔還在外面等著我一起下地呢！」

「不用著急，我已經打發他先去了，現在我們要召開第一次家庭會議，商討一件非常重要的事情。」

姚老三和妻子面面相覷，異口同聲地問道：「什麼事？」

「分家。」

姚老三的眼珠瞪得跟牛一般大。「二妮，妳怎麼突然想起這一件事？妳五叔之前提起這事時，妳奶奶發了好大的脾氣，把我們都臭罵了一頓呢！」

賀穎也嘆了一口氣。「是啊二妮，妳奶奶不會同意的。」

姚婧婧站在兩人面前，一本正經地說：「你們先別管這些，我只問你們兩個，想不想分家？」

眼見兩人一下子陷入沈默之中，姚婧婧只能開始點名提問。「娘，妳先說，現在這兒沒有別人，想說什麼就說什麼。」

賀穎絞了半天衣角，最後看了一眼姚老三，心一橫，嘴裡說出一個字。「想。」其實這麼多年來，賀穎想要分家的念想甚至比湯玉娥還要強烈，但與湯玉娥不同，她沒有一個有力的娘家做靠山，所以只能把一切都藏在心裡，默默忍受一切不公與磨難。

「爹，該你表態了。」姚婧婧轉頭催促道。

「我、我沒想過。」姚老三說得是實話，這個問題對他的確太陌生。

「那就現在想。」姚婧婧並沒有就此放過他的意思。

姚老三的頭垂得更低了，他知道妻女在這個家受了不少委屈，可母親和幾個兄弟畢竟是他的親人，他已經和他們一起生活了幾十年，一下子說要改變，對他的確很難。

過了許久，姚老三終於咬了咬牙，抬起頭。「我說過，以後什麼事都聽妳和妳娘的，既然妳們都想這樣做，那我也同意。」

「爹，你真是太棒了。」姚婧婧高興地跳起來。

姚老三的回答讓賀穎很是意外，看來丈夫真的知道心疼她和閨女了，她心裡感到很窩心，但卻不得不給女兒潑一盆冷水。

「好了，二妮，看妳說得跟真的一樣，妳奶奶和妳大伯他們不會同意的，這件事想都不用想。」

姚婧婧兩手一拍，一副胸有成竹的模樣。「只要你們同意就行了，其他的事就交給我，你們就看著吧！」

姚婧婧說完就打開房門，一溜煙地跑了出去，留下姚老三夫妻倆丈二金剛，摸不著頭腦。

被姚老二這麼一鬧，姚老大憋著一肚子火，慢吞吞地往村裡走。路過一片小樹林時，突然有一個人從旁邊躥了出來，嚇得他腳底一軟，一下子跌坐在地上。

姚婧婧突然想起她剛剛來到這個世界時，看到的也是姚老大這副慫樣，只能強忍著憋住笑。「大伯，您這膽子也太小了吧！大白天的您也能嚇成這樣，莫非是平日裡虧心事做多了？」

姚老大這才看清楚來人是自己的姪女，不由得勃然大怒。「妳這個死丫頭，我看妳是活膩了，竟然敢躲在這兒嚇唬我，看我今天不扒了妳的皮。」

姚老大一邊罵，一邊追著姚婧婧要打；但姚老大很少運動，身體一直很虛，哪裡追得上跟野兔一般的姚婧婧，不一會兒就氣喘吁吁地停了下來。

姚婧婧轉身走到他面前，一臉認真地說道：「大伯，您別追了，我不是故意待在這裡嚇唬您的，我是有一件重要的事想跟您商量。」

姚老大翻了個白眼，沒好氣地說：「妳能有什麼事？」

姚婧婧眨了眨眼笑道：「自然是好事。」也不用姚老大再追問，姚婧婧逕自說道：「我知道大伯您現在正為大哥唸書的事頭疼，我有一個辦法為您解決這個難題，不知您想不想聽？」

「哦？妳說來聽聽。」姚老大雖然有些不信，但還是讓姚婧婧繼續說下去。

「二伯一直這樣不依不饒，唯一的辦法就是讓大哥和小龍一起去唸書。」

「廢話，這還用妳說嗎？咱們家哪有那麼多錢？妳給我滾開，別耽誤我的正事。」姚老大認定姚婧婧是來跟他胡鬧的，一把將她推到一邊，氣沖沖地繼續往前走。

姚婧婧站在他身後氣定神閒地說：「只要您能答應我一件事情，錢的事不用您操心。」

姚老大愣了一下，還是回過身，不耐煩地說道：「妳這個鬼丫頭，到底想說什麼？」

姚婧婧也不再繞彎子，將自己準備好的計劃一五一十地說出來。「大伯，如果您能讓奶奶同意給三房和五房分家，我們兩家每個月可以上交一筆錢，不僅可以供大哥和小龍唸書的花費，還有餘錢可以提高你們的生活品質，您覺得這筆買賣怎麼樣？」

姚老大不知不覺地眯起眼睛。「哦？你們每個月可以交多少錢？」

姚婧婧伸出手比劃了一下。「每家一兩，一共二兩銀子。」

姚老大吃一驚，瞪著眼睛問道：「你們哪裡有這麼多銀子？」

「這就不用您操心了，您到時候只管收錢便是。」

姚婧婧覺得姚老大肯定會動心，畢竟他一個月的工錢只有二錢銀子。

果不其然，姚老大摸著鬍子若有所思地說道：「這是妳爹和妳五叔的主意？他們都商量好了？」

姚婧婧立馬點了點頭。

姚老大又想了一會兒，終於使勁一拍巴掌。「妳回去跟他們說，讓他們等著吧！」

這天晚上，姚家眾人破天荒地沒有聽到朱氏的哭喊聲，反而從姚老太太房裡傳來一陣陣爭吵聲。

姚老三原本想去看看，卻被姚婧婧摁住了。「爹，大伯和奶奶說話哪有你插嘴的分，你要是去了保准會挨罵。」

姚老三想了想，便打消了念頭，回房睡覺去了。

姚老太太屋裡的燈，卻是亮了一夜。

第二天一早，還沒來得及吃早飯，姚家幾個兄弟就通通被叫進了姚老太太的房間，按照慣例，依然沒有幾個媳婦和孩子的事。

這自然難不倒姚婧婧，她輕車熟路地來到姚老太太窗戶下面聽起了牆根。

姚老太太按著額頭，一臉的疲倦，明顯是一夜未睡。

看到幾個兒子都到齊了，她竟然沒有發火罵人，反而嘆了一口氣，顯得很情緒低落的樣子。

「兒子大了不由娘，老三、老五，既然你們兩個想分家，那就分吧！」

雖然早有準備，但姚老三和姚老五聽到母親親口同意分家還是一臉的難以置信，只能呆呆地站在那裡。

其他幾人中，姚老大早已知道此事，自然沒什麼反應。

姚老四還是一臉癡癡的笑容，也不知是聽懂了，還是沒聽懂。

姚老二對此卻很是震驚，忍不住問道：「娘，您在說什麼？這到底是怎麼回事？」

姚老太太沒有回答他的問題，只是目不轉睛地看著三兒子和五兒子。「你們鐵了心地想分家，我攔也攔不住，可這個家究竟該如何分，就是我老婆子說了算。昨天我和你們大哥商量了幾條，老大，你跟他們說一下。」

姚老大早已做好了準備，聽到母親吩咐，連忙從懷裡掏出一張寫滿字的紙，清了清嗓子，照著唸了起來。

「首先，此分家文書僅適用於姚家三房及五房分家之用。第一條，鑒於三房及五房是主動要求分家的，且兩房都沒有為姚家生下男孫，所以此次分家除了兩房現在所住的房屋仍可借其暫住，其他田地、錢物一概不能使用。」

老三、老五低著頭沈默不語，雖然姚婧婧早讓他們有心理準備，但母親這毫不掩飾的偏心還是讓他們有些寒心。

看兩人沒有異議，姚老大繼續唸道：「第二條，三房及五房須在每月初一各上交一兩銀子作為老娘的養老費，逾期未交者，超一天罰一倍，若十天之內不能補齊，則視其分家無效，本房所有財產全部充公。」

此話一出，姚老二、姚老三和姚老五全部都驚住了。

尤其是姚老三，他感覺眼前一花，一個踉蹌差點摔倒。他之所以同意分家完全是為了讓妻子和女兒的日子好過一些，但對於分家之後的生活他心裡其實很忐忑。在這種一窮二白的情況下，他們一家三口能填飽肚子就不錯了，還要每月上交一兩銀子，這根本就是不可能的啊！

姚老大目不轉睛地盯著兩個弟弟。「你們兩個有什麼意見嗎？」

姚老三正要說話，身後的五弟卻突然上前一步，將他擋得嚴嚴實實。

「沒意見、沒意見，大哥，你繼續說。」

「目前就這兩條，但規定是死的，人是活的，以後你們若是發了大財，肯定不會少了娘的孝敬，你說是不是啊五弟？」姚老大一邊將手中的文書放到姚老太太面前，一邊轉頭笑咪咪地看著姚老五。在他看來，分家之後五弟肯定會跟著他大舅子學做生意，說不定哪天就發了大財；而姚老三一家，依照這樣的分家規定，簡直就是死路一條。

姚老三顯然也意識到了這一點，一直呆呆地站在姚五郎身後，一副靈魂出竅的模樣。

姚老二到現在還不相信這是真的要分家了，張著大嘴問道：「五弟，這到底是怎麼回事？」

姚老五說：「唉，這不是為了把玉娥和孩子給接回來嗎！」

姚老太太聽到這話卻很不高興，雖然馬上就要分家了，但她還是忍不住罵起來。「看你這副沒出息的樣子，以後就看你那婆娘的臉色過活吧！沒良心的東西，老娘真是白心疼你一場。」

姚五郎這回倒沒有回嘴，反而笑嘻嘻地對著姚老太太說：「娘罵得是，您放心，等我把她接回來以後一定好好調教她，保證讓您滿意。」

姚老太太知道他是在糊弄自己，心中怒氣更甚，剛準備繼續罵，卻被姚老大給攔住了。

「好了，娘，以後就分家了，有事、沒事您也少罵兩句。對於這張分家文書，如果大家都沒有什麼異議，我就去請里正大人來做個見證，大家簽字畫押，這張文書就正式生效了。」

姚老太太原本還有一肚子話要說，可張了張嘴，最終卻什麼都沒說，只是揮了揮手示意姚老大自己看著辦，於是分家這事就這樣一錘定音了。

姚老大非常有效率，當天上午就把里正請到家裡來，抄了四份一模一樣的文書，讓眾人簽字畫押。

姚老太太留了一份，姚老三和姚老五各留一份，剩下的一份就交給里正保管，以防來日有什麼糾紛，好憑文書協調裁判。

分家一事眾人各懷心思，只有姚老三全程都處在渾渾噩噩的狀態。

待所有手續辦完，送走了里正大人之後，姚老大突然躥到他的面前，一副幸災樂禍的表情。「三弟，別忘了三天之後就是初一哦。」

這一句話像一個驚雷，讓姚老三頓時起了一身冷汗，急急忙忙地往自己屋子裡跑。

屋內母女倆正坐立不安地等著他。

姚婧婧一把接過他手中的分家文書，從頭到尾確認了一遍，終於放下心來。「這下總算妥了。」

賀穎卻還是不敢相信。「真的就這樣分家了？」

姚老三一下子癱在椅子上，哭喪著一張臉。「這下完蛋了，又沒錢、又沒地，連一粒高粱米都沒有，咱們就等著餓死吧！還有，下個月初一，也就是三天以後就要上交一兩銀子，這可怎麼辦呀？把咱仨賣了都湊不到這麼多錢。」

「怎麼會這樣？」賀穎越聽越心驚，這哪裡是分家，分明是要逼死他們一家三口啊！

姚婧婧看著兩人一副大難臨頭的樣子，一臉從容地勸導。

「好了，爹、娘，多大點兒事啊！不用怕，一切有我呢！」

姚婧婧一邊說，一邊將自己衣服上的一個補丁撕開，裡面竟然神奇地蹦出了三錠銀子，一錠一兩，一共三兩。

這銀子是當初湯玉娥交給她的，她猜想從陸家回來時姚老太太可能會搜她的身，便留了個心眼，將銀子藏在了補丁裡。

「天哪，怎麼會有這麼多銀子？」

姚老三夫妻倆眼睛都直了，之前所有的錢不是都交給了姚老太太嗎？怎麼突然又多出來這麼多？

姚婧婧嘿嘿一笑。「如果一點準備都沒有，我怎麼可能冒然地提分家？」

女兒這麼能幹，姚老三夫妻倆心裡既覺得欣慰又感到羞愧，他們這對爹娘做得確實太失敗了。

「今天中午奶奶肯定不會再管咱們飯了，咱們去鎮上買些糧食和生活必需品回來，順便再吃點好吃的，咱們一家三口從來沒有在一起好好吃頓飯呢！」

姚老三和賀穎有些猶豫，剛分家就如此惹眼，人家看到心裡會怎麼想？

姚婧婧卻沒有這麼多顧慮，拉著爹娘就往外跑。她已經壓抑了太久，從此以後，只想率性而活，再也不要看別人的臉色。

「二妮，妳慢點兒，把妳五叔也叫上吧！」姚老三時時刻刻不忘那個和他處境相同的弟弟。

「爹，你剛沒看見嗎？五叔早就歡天喜地地去接五嬸了，這一次，他估計不會再吃閉門羹嘍。」

雖然長樂鎮離清平村很近，但姚老三夫妻倆整天埋頭幹活，很少有機會過來。

姚婧婧領著兩人在鎮上逛了一圈，一家三口很是開心。

他們先來到賣糧食的店鋪買了一袋玉米麵粉、一袋白麵粉，還有半袋白米。

又來到一間雜貨鋪買了一些油鹽醬醋、鍋碗瓢盆以及各種種地需要的農具。

路過一家綢緞莊時，姚婧婧非拉著兩人進去給一家三口每人都扯了一身做衣服的絹布。這種布料雖然沒有絲綢名貴，但卻比自己紡的粗麻布要柔軟舒服很多。

姚老三原本覺得太奢侈了，只想給她們娘兒倆買，但禁不住姚婧婧的一再堅持，只能依著女兒。

姚婧婧特意給姚老四也扯了一身，這些天他跟著自己也夠辛苦的，以前想給他買點東西卻還得防著姚老太太他們，現在她總算有機會能報答他了。

賀穎還挑了一些納鞋子用的棉線，閨女的腳長得很快，腳上的布鞋早就該換了。

買完東西後，姚婧婧又帶著兩人來到「醉仙樓」吃飯。其實她並不想來孫家的酒樓吃飯，但無奈鎮上像樣的飯館就只有這一家。

姚老三夫妻倆覺得今天花了太多的錢，還到這樣的酒樓吃飯，實在很心疼。

姚婧婧勸道：「爹、娘，銀子是掙出來的，不是省出來的，以後只要咱們一家三口齊心協力，日子一定會越過越好的。」

姚婧婧點了一個紅燒獅子頭、一盤木須肉、一隻扒雞，還點了一盤麻婆豆腐和一個番茄雞蛋湯。一家三口一邊吃、一邊聊，雖然沒有喝酒，但懷著對未來生活的美好嚮往，所有人都感覺要醉了。

吃完了飯，姚婧婧準備結帳離開，誰知那個動作麻利的店小二居然拿著一張紙在她面前晃悠。

姚婧婧低頭看了一眼，上面寫著幾個瀟灑飄逸的大字——「請到樓上雅間一聚」，落款為「孫」。

姚婧婧想了想，謊稱自己要出恭，讓姚老三和賀穎先到外面等一會兒。

在店小二的帶領下，姚婧婧慢悠悠地上樓，二樓的環境明顯比一樓高出好幾個等級。

店小二推開其中一間的門後，就轉身離開了。

姚婧婧信步走了進去，包廂裡面裝修得富麗堂皇，巨大的紅木桌椅上面還雕刻著富貴花開的花紋。

孫大少爺原本站在窗戶邊欣賞外面的風景，聽到聲響連忙轉過身，笑盈盈地迎上前。

「恭喜姚姑娘心願達成，至此算是脫離苦海了。」

姚婧婧眉毛一揚。「哦？孫大少爺的消息還真是靈通。」

孫大少爺微微一笑。「對未來的岳家多關注一下，應該也不算什麼罪過吧？」

「我大姊真是好福氣，有一個如此在意她的未婚夫，她要是知道了，不知道有多歡喜呢！」

孫大少爺臉上的笑容變成了苦笑。「姚姑娘心知肚明，就不要取笑我了，郎無情，妾無意，何苦非要湊在一起，讓世間多一對怨偶？」

姚婧婧一屁股坐在靠牆邊的太師椅上，抓起八仙桌上的脆梨啃了起來。「孫大少爺，你找我來到底有什麼事？」

孫大少爺微微側了側身，替她擋住從窗戶照進來的刺眼陽光。「咱們之前談好的事姚姑娘都不記得了？我可是按照約定把妳大哥的事都安排妥當了。」

「你還好意思說。」姚婧婧杏眼圓睜，怒視著他。「那個牡丹怎麼會和姚子儒打起來？還獅子大開口要我們家賠一百兩銀子？你知不知道，我差點被我奶奶給賣進青樓裡。」

「咳、咳。」孫大少爺臉上有些訕訕的。「誰知道那個牡丹姑娘是個眼裡容不得沙子的暴脾氣，那個……嗯，過程雖然有些曲折，但結果還是不錯的，妳大哥帶著這個污點，這輩子恐怕都翻不了身了。姚姑娘，妳是不是也該履行妳的承諾了？」

姚婧婧翻了一個白眼。「你既然不想娶我大姊，當初為什麼還要把一百兩銀子借給我大伯？直接讓他把自己閨女送到青樓裡抵債，不就什麼事都沒了？」

孫大少爺沈吟道：「這個方法雖然有些陰損，但也不是不可行。」

「什麼?!」

「嗯，那個，我不是這個意思。第一，那一百兩銀子認真算起來並不是借，而是送；第二，給錢的人並不是我，而是我的母親。」

「孫夫人？」姚婧婧更糊塗了，哪個女人不想讓自己的兒子娶一個家世、品行、樣貌都優秀的女人，偏偏這個孫夫人卻背道而馳，為此還不惜花費重金？「你們家的錢難道都是打水漂兒來的？一百兩銀子啊，說送就送。」

「其實也不是送，就是提前給的彩禮，所以姚姑娘若是再不幫忙，那這樁婚事恐怕就是板上釘釘了。」

姚婧婧放下手中的梨子，問了一個早就想問的問題。「我就不明白了，孫家和姚家向來沒什麼來往，怎麼突然要結為姻親？」

孫大少爺嘆了一口氣。「我爺爺年輕時，這家酒樓還只是街邊的一個露天小飯館。那時妳爺爺經常來這裡送菜，時間長了，兩個人覺得很投緣，便約定有機會就結成兒女親家。這原本只是一句玩笑話，並沒有交換什麼信物，可是前年我母親無意中聽說了這件事，便千方百計找到了你們家，定下了這門婚事。」

姚婧婧忍不住吐槽道：「你娘她是不是瘋了？」

孫大少爺的臉色變得有些晦暗。「她是我的母親，並不是我娘。」

「哦？她是你爹的繼室？」姚婧婧立馬來了興趣，一場繼母和繼子的爭鬥大戲就要上演了啊！

孫大少爺搖了搖頭。「我爹到了要成親的歲數時，我爺爺已經攢下了不少家底兒，家裡也請了許多伺候的下人，我娘就是其中一個。後來的故事就很俗套了，也不知是誰先起的心思，反正這個丫鬟上了少爺的床，而且還有了身孕。」孫大少爺的語氣很平常，就像在講述一件與自己絲毫不相干的事情。「這種事當然不會有什麼好結局，我娘在生產前就被送到了鄉下的莊子裡，正兒八經的孫夫人隨後就進了門。在我五歲的時候，我娘因病去世，孫夫人的肚子卻遲遲沒有動靜，後來我爺爺作主把我接了回來，誰知第二年我的弟弟就出生了。」

「所以你就成了孫夫人的眼中釘？」

孫大少爺既沒有承認，也沒有否認。「在外人看來她對我很好，這麼多年來，我的吃穿住行，所有事情都是她親自為我安排妥當，比對自己的親兒子還上心，與那些心性狠毒的繼母相比，她確實已經算是不錯了。她並不想害我，只是一直防著我，生怕我掌握了孫家的大權，搶走了屬於我二弟的東西。」

姚婧婧感到有些奇怪，古人的嫡庶觀念很重，只有嫡子才有繼承權，對於庶子頂多打發一點財產，讓他出去自立門戶。「哦？她怎麼會有這種想法，難道是因為你爹的態度？」

孫大少爺無奈地點了點頭。「我爹前些年對我並不太看重，這兩年卻不知怎麼地突然迷上了臨安城裡的一個戲班子，自己整天不著家，卻把這座酒樓以及家裡其他的一些產業都交給我打理，這下便把我的母親給急壞了。」

姚婧婧有些明白了。「所以她就給你定了這樣一門親事，想要借此拖垮你。可是你爹呢？他能同意嗎？」

孫大少爺忍不住又嘆了一口氣。「其實我也不知道我爹究竟是什麼想法，說他想把這個家傳給我吧也不像，就這樣不明不白地讓我管著，我算是被他坑慘了。」

姚婧婧想了想，接著問道：「你和你二弟的關係怎麼樣？」

「唉，別提了，從小到大他都當我是仇人，如今在母親的潛移默化之下更是和我形同水火；只要是我的東西，他就要想方設法地搶去，不管我做什麼事，他總要在背後處心積慮地給我使絆子，為此甚至不惜損害孫家的利益。」孫大少爺的語氣裡飽含無奈，有這樣一個手足，的確讓人頭疼。「好了，我的故事講完了，咱們應該聊聊正事了。」孫大少爺為姚婧婧倒了一杯茶，在她對面的椅子上坐定。

姚婧婧斜著眼睛看著他。「看來我好像沒有說不的權利？」

孫大少爺笑道：「反正妳那位大姊也看不上我，否則她也不會三更半夜把妳丟在我的床上。君子有成人之美，妳就當是行善積德了。」

其實姚婧婧是很願意幫助孫大少爺的，在她的潛意識裡，姚大妮根本就配不上這種有錢有顏、智商也高的花美男；更何況她一直對姚二妮之前落井的事情心存疑問，目前看來只有姚大妮有足夠的動機，所以不管結果如何，能給姚大妮添添堵也是好的。

兩人又細細商討了一番，覺得差不多了，姚婧婧便起身告辭，她怕姚老三和賀穎在外面等得著急。

「姚姑娘。」

姚婧婧原本已經走出門，卻突然被孫大少爺叫住。

「咱們現在已經算是盟友了，妳以後就別再稱我為大少爺了，我的名字叫做孫晉維。」

他看著她，微微地笑道。

第十七章 鄉間惡霸

晚上臨睡之前，賀穎一臉愁容地在油燈下翻著一本老黃曆。「明天就是四月初一了，這一口氣都還沒喘過來呢，就到了上交銀子的日子。」

姚老三也跟著嘆了一口氣，一個月一兩銀子，壓力實在太大，那天要不是五弟攔著，他無論如何都不會答應。

姚婧婧把裝錢的荷包翻了出來，裡面原本有三兩銀子，這兩天買了一大堆東西已經花去了一大半，剩下的剛好一兩。

她把錢交到姚老三手裡，拍了拍胸脯說道：「不用擔心，有我在，肯定不會讓你們餓肚子。」

賀穎摸了摸女兒的頭，溫柔地說：「二妮，娘知道妳會採藥，可這事也不是百分之百穩妥，咱們莊稼人，還是得弄點地，種些糧食。」

姚老三點點頭表示贊同。「明天我就去村裡幾個大戶家裡問問，看看能不能租幾畝地回來，現在還能趕上種一種包穀米。」

姚婧婧一雙眼睛忽閃忽閃的，露出一個古靈精怪的笑容。「爹，你要想種地就找我呀！」

姚老三感到很奇怪。「找妳？難道妳有地？」

「對呀，而且還是最好的地。」姚婧婧從衣袖裡翻出一張摺得整整齊齊的地契，這是她今天上午抽空跑到里正家拿回來的。

「二十畝?!」

雖然這些天已經見慣了女兒的神通廣大，但這張地契還是讓姚老三夫妻倆震驚不已。

二十畝良田，足以讓他們一家三口從赤貧一躍為上等人家啊！畢竟在清平村，擁有土地的農戶並不多。

姚婧婧將如何獲得這二十畝良田的經過講了一遍，姚老三夫妻倆全程都張著一張大嘴，實地表演什麼叫做呆若木雞。

姚婧婧講完就去睡了，姚老三夫妻倆卻興奮得一宿都沒有合眼。

之前他們對未來的生活還有許多擔憂和害怕，可有了這張地契之後，一切都豁然開朗了。

第二天一早，姚老三將銀子給姚老太太送去之後，就和妻子、女兒一起揹著鋤頭出了門。

激動了一夜，他們要去那塊屬於他們自己的地裡看看，商討計劃怎麼樣用它發家致富。

姚婧婧沒有種過地，對「畝」這個單位並沒有什麼概念，走到跟前才感覺真的挺大的，至少有一個超級市場那麼大。

「這真的是我們的嗎？」姚老三夫妻倆眼眶泛紅，有一種想要嚎啕大哭的衝動。

姚婧婧沒有注意到他們澎湃的心情，蹲下身子開始研究這片地的土質。

腳下的泥土黑中帶紫，土質疏鬆，更重要的是土裡的腐植質層厚度非常大。

這樣的土壤呈中性及微鹼性反應，礦物質、有機質積累較多，鈣鎂鉀鈉等無機養分也很多，土壤的肥力特別強。

姚婧婧非常滿意，這塊地完全符合她種植藥材的標準。

然而姚老三已經搶在她前面開始規劃起來了。「咱們先種十畝玉米，再種一些大豆，還要留點位置種菜，過幾個月天涼了就可以種小麥了。」

賀穎也很興奮。「這麼多地你一個人怎麼種得過來？從明天起我來給你幫忙。」

姚婧婧非常不客氣地潑了他們一盆冷水。「這片地我已經準備好要種草藥，如果你們願意幫忙，我會非常高興。」

「什麼？種草藥？」姚老三夫妻倆面面相覷。

賀穎非常不解地問道：「閨女，妳怎麼會想出這麼一個主意？也是妳師父教給妳的？這草藥不都長在大山上嗎？我從來沒有聽說過有人把草藥種在地裡的。」

姚老三也跟著說：「是啊，這麼好的一塊地，要是糟蹋了多可惜啊！」

「高風險才有高回報。爹、娘，你們想想，要是只種糧食，就算累死、累活，一年到頭也攢不下幾個錢；種草藥就不一樣了，一旦成功，那就是財源滾滾啊！」

姚老三想了半天，還是覺得不太穩妥。「二妮，這地是妳掙來的，自然由妳說了算，可咱們一家三口總要吃飯，村裡人吃糧還要花錢買，別人看著也不像話，要不，咱們就少種一點？」

姚婧婧想了想，點頭同意了。「那就給你留五畝。」

「行，二妮，爹向妳保證，爹種出來的莊稼，絕對是村裡最漂亮的。」姚老三高興極了，他唯一擅長的事就是種地，只要有地種，他就有使不完的勁。

說幹就幹，這塊地原本被里正大人租給一戶人家種棉花，此時地裡還滿是青苗，一家三口便扛起鐵鍬，準備將這些青苗給鏟掉。

就在此時，姚婧婧突然看見前方有一堆人扛著傢伙，順著田埂快速朝他們走來，一個個面露不善，就像黑社會在掃街似的。

姚老三立馬擋到妻女身前，衝著前面領頭的人喊道：「吳大哥，好長時間不見，你身體還好啊！」

來人姓吳，因半邊臉長滿黃癬而被村裡人稱呼為吳老癩，這片棉花地就是他家種的。都在一個村裡住著，雖然之前並沒有打過什麼交道，但相互之間都認識。

吳老癩在離姚老三大約十尺遠的地方站定，他帶著的那些人迅速站成了一個圈，將他們一家三口圍在中間。

吳老癩將手中的榔頭使勁往土裡一插，直接惡狠狠地叫囂。「少給我套近乎，沒看出來啊，姚老三，你竟然有本事能買下這麼大一片地。」

對於這個問題，姚老三實在不知怎麼回答，只能憨厚地笑了笑。

「你買地之前也不打聽打聽，這塊地我吳老癩種了有十年，你現在說不讓種就不讓種了？你看看我地裡這些棉花，再有幾個月就開花了，這些損失，由誰來賠？」

姚老三一下子傻眼了，這些事情他根本就不瞭解，同是莊稼人，他知道種地的辛苦，一時也無法出言反駁。

姚婧婧突然從姚老三身側擠了出來。「這位大叔，你實在很好笑，你是從里正大人手上租的地，他找你退租的時候自然賠償了你違約金和青苗費，據我所知，他還另租了你一塊良田。這件事可以說是早已處置妥當，不知你今天弄這麼大陣仗到底想幹什麼啊？」

吳老癩又向前逼近一步，臉上露出一個可怖的笑容。「小丫頭，嘴皮子還挺索利的，不過我告訴妳，我這些棉花早就已經預定了買主，到時候交不上貨，我可是要賠一大筆銀子，這錢誰給我？啊？」

「那你想怎麼辦？」

「好辦。要麼你們讓我繼續租這塊地，要麼就替我償還十兩銀子的違約金。」

姚老三兩口子一下子慌了，這個吳老癩原本就是村裡的一個惡霸，曾經因為一點鄰里糾紛將人胳膊都打折了，看他這架勢，今天擺明了就是來訛錢的。

沒辦法，姚老三只能低聲下氣地央求道：「吳大哥，我們一家三口就指望著這塊地過日子呢，別說十兩銀子，就是一兩也沒有啊！你好人有好報，就別跟我在這兒糾纏了。」

吳老癩瞬間翻臉，上前一把勒住姚老三的脖子。「我呸，你罵誰呢？他奶奶個熊，誰都知道我吳老癩是個惡霸，好人不長命，禍害遺千年。這麼大一塊地你說買就買，還敢說自己沒錢？我再問你一遍，你到底給是不給。」

姚老三的身子也算結實，但和身高超過一百八、渾身長滿腱子肉的吳老癩相抗衡，實在是螳臂當車。

姚婧婧一下子怒了，她最恨這種以欺負比自己弱小的人為樂的社會敗類。這件事明顯是他和里正之間的糾紛，他卻只敢在他們一家三口面前撒野。

眼看姚老三被他勒得脖子都紅了，姚婧婧一下子衝了過去，伸著腦袋在吳老癩的胳膊上狠狠地咬了一口；還別說，他的肉跟鐵似的，硌得姚婧婧的牙生疼。

吳老癩完全沒想到這個弱不禁風的丫頭這麼大膽，有點兒意思啊！他猛地一發力，將姚老三推得有三丈遠，姚老三一個狗吃屎，重重地趴在田埂上。

姚婧婧心知不妙，轉身準備逃跑，吳老癩卻像拎雞仔一般，拎著她的衣領就把她提了起來。

這種喘不上氣的感覺實在太難受，姚婧婧拳打腳踢，試圖掙脫他的控制，但一切注定是徒勞。「爹，快去找里正大人來，快點。」

姚老三看自己的女兒被捉住，嚇得連忙從地上跳起來，衝上前要和吳老癩拚命，卻被跟著吳老癩來的那幾個人按在地上動彈不得。

「救命啊！快來人啊，救命啊！」賀穎也想去救自己的女兒，剛跑兩步就被一個掃堂腿給絆倒在地上，絕望之下，她只能大聲地呼喊起來。

她的聲音還真驚動了幾個剛從坡上下來的農夫。

姚老二和姚老四扛著鋤頭走在前面。

姚老大則在兩人身後，一邊走、一邊叫苦連天。以前家裡兄弟多，他只須把里正大人那兒的差事做好就行了，如今三弟和五弟都已分家，家裡的勞動力捉襟見肘，他每天放工回來還得到地裡去給老二和老四幫忙，每天都累得腰痠背痛。

最先聽到賀穎呼救聲的是姚老四，他突然停下腳步轉頭朝那邊走去。

姚老大和姚老二不明就裡，只能跟著他一起過去。

姚老三看到幾個兄弟，就像看到了救命稻草一般。「大哥，快點救救二妮，快點。」

姚老大此時才明白過來，不由得嚇了一跳。

「這到底是怎麼回事？吳老大，有話好好說，你快把二妮放下來，你看她被你勒得都快斷氣了。」

吳老癩卻沒有鬆手的意思，事實上，他完全沒把這幾個人放在眼裡。「姚老大，這事跟你沒什麼關係，我勸你們還是走好自己的路，不要管別人的閒事。」

吳老癩一個眼神，身旁的一個壯漢就上去惡狠狠地推了姚老大一把。

姚老大一個趔趄，差點摔倒。

姚老二連忙扶住他，低聲在他耳旁說道：「大哥，吳老癩可是個狠角色，惹了他，咱們今天都得倒楣，我看這事咱們還是別管了。」

姚老大心裡也很發怵，不過就這樣走了，他還是覺得有些不忍。「那三弟他們……」

姚老二向來最會審時度勢，此時他已經想得很明白。「他已經和咱們分家了，這事咱們真不能管，萬一有個三長兩短怎麼辦？家裡還有一大家子人指望咱們呢！」

見姚老大還在猶豫，吳老癩突然發出一聲暴喝。「還不快滾！」

姚老大被嚇破了膽，再也顧不上別的，轉身準備溜之大吉。

此時姚婧婧已經開始翻白眼，連掙扎的力氣都沒有了。

姚老二想拉姚老四走，卻被他一下子給撞開了。

「啊——」姚老四臉上的表情突然變得很瘋狂，他舉起自己手中的鋤頭，大喊著朝吳老癩衝去。

這模樣一看就知道是來真的，吳老癩大驚之下，慌忙把姚婧婧給扔在了地上，自己側身躲過了姚老四的襲擊。

姚老四依舊不依不饒，轉身舉著鋤頭朝吳老癩的左胳膊掄去。

這一下吳老癩來不及躲開，結結實實地挨了一鋤頭，一瞬間他的胳膊就皮開肉綻，鮮血噴湧而出。

「你他娘的找死。」吳老癩什麼時候吃過這種虧？抄起地上的榔頭就和姚老四打在了一起。

姚老四原本並不是吳老癩的對手，但是吳老癩已經受傷，再加上姚老四一副拚命的架勢，下手又快又狠，一時竟然占了上風。

吳老癩帶的那幾個人見狀想上去幫忙，姚婧婧立即喘著粗氣一骨碌地從地上爬起來，攔在他們身前。

「幾位好漢，我知道你們都是為了賺點餬口錢才來給吳老癩幫忙，可村裡人都知道我四叔是個傻子，他下手沒有一點準頭和分寸，你們要是因此受傷或者送命，那可真是大大的不值啊！」

俗話說得好，軟的怕硬的，硬的怕橫的，橫的怕不要命的。看姚老四的樣子，幾個來幫忙的人不禁你看看我、我看看你，誰也不肯再往前多走一步。

突然，遠處不知誰喊了一聲。

「里正大人來了。」

那幫被吳老癩請來幫忙的人頓時作鳥獸散，一下子跑得無影無蹤。

姚老三這才擺脫禁錮，衝上前加入了吳老癩和姚老四的戰鬥，這下吳老癩徹底不敵，很快就被制伏了。

此時里正大人也帶著一幫人趕了過來，就連陸倚夢也在其中。

陸倚夢跑過來拉住姚婧婧的手，焦急地問道：「婧婧，妳沒事吧？聽人說有人找妳的麻煩，我都快被嚇死了。」

姚婧婧感激地搖了搖頭。「我沒事。」

「吳老癩，你好大的膽子。」里正大人都快氣炸了，在他把地契給姚婧婧之前他已經給了吳老癩足夠的賠償，並且還特意囑咐吳老癩不准因為這件事尋釁滋事，沒想到才一天的時間，吳老癩就把他說的話拋在腦後，還闖下如此禍事。

地上的土已經被鮮血染紅了一大塊，吳老癩和姚老四身上都掛了彩，里正只能安排兩人先治傷，其他的事之後再處理。

發生這樣的事，里正覺得很對不起姚婧婧，便主動承擔了姚老四的醫藥費，還送來了許多吃食和補品。

回到家裡，姚老太太卻又炸了。自己這個傻兒子受了傷她也有些心疼，但更重要的是，姚老四現在是家裡最大的勞動力，如今他受了傷，地裡的活就更加沒人幹了。

姚老太太不敢去找吳老癩，便把三房一家罵個狗血淋頭，直到姚老三同意在老四傷好之前幫他幹活才干休。

姚老四的傷不是很嚴重，被鐵器在背上劃了兩道三寸長的口子，姚婧婧去鎮上買了最好的創傷藥，親手替他擦藥包紮。

她沒有想到姚老四會如此奮不顧身地來救她，經過這些時間的相處，她能感覺到他雖然外表憨憨的，但內心卻是一個無比善良溫柔的人。

也許這個被人稱之為傻子的人，才是整個姚家最有情有義的人。

吳老癩有沒有受到什麼懲罰姚婧婧並不知道，但是很快地里正就派人把地裡那些原本屬於吳老癩的青苗給全部拔除，事情好像就這樣平息了。

第十八章 金線蓮

賀穎為了表達對姚老四的感謝，緊趕慢趕連續熬了兩個晚上，替他縫製了一套新衣和一雙新鞋。

這一天，姚婧婧把鞋子和衣裳送到了姚老四的房裡。

由於背上有傷，姚老四只能趴在床上睡，時間長了感覺腰痠背痛，看見姚婧婧進來，他很高興地坐了起來。

「四叔，你覺得怎麼樣了？傷口還疼嗎？」

姚老四笑著搖搖頭，他長這麼大從來沒有過過這種舒坦日子，不用幹活，三嫂還一天三頓給他送好吃的，短短幾日，他的臉色都紅潤不少。

「四叔，這是我娘給你做的衣裳和鞋子，你試試看合不合身。」

姚老四呆呆地看著眼前的新衣、新鞋，突然感覺鼻子酸酸的。從小到大，母親一直是把其他兄弟不要的爛衣服縫縫補補後再給他穿，在他的記憶中，他從來沒有一件屬於他自己的新衣服。

姚婧婧看他沒反應，以為他不好意思，便把衣服放到他床頭上，等他一個人的時候再試。她又幫他檢查了一下傷口，因為護理得當，沒有任何發炎潰爛的跡象，已經開始結痂了。「已經不用再上藥，過幾天就會完全好的，不過四叔你還是要當心點，不能用力，以免傷口再裂開。」

姚老四點點頭，對於他這個姪女的醫術，他是非常相信的。

「四叔，這次真的非常感謝你，要不是你捨命相救，我這脖子真的要被他勒折了。」姚婧婧翻著白眼，伸出舌頭，做出一個非常誇張的表情。

姚老四連忙擺了擺手。「不、不說謝，妳、妳對、對我好。」

姚婧婧衝著姚老四豎起了大拇指。「四叔，你那天真是太威風了，不過我覺得那個吳老癩肯定不會就此善罷干休，以後咱們遇見他還是小心一點為好。」

姚老四點了點頭。

姚婧婧剛從姚老四房裡出來，就被湯玉娥請了去。

原來是她上次畫的十張首飾圖讓湯致和拿到臨安縣城又賣了出去，這一回賣的價格更高了，一張竟然有二兩銀子，總共賺了二十兩銀子。

種植藥材需要投入大筆的金額，這筆錢來得很是時候。

湯玉娥高興地說：「玲瓏閣的金老闆很看好妳畫的圖，他說了，只要妳願意畫，價格好商量。二妮，我看妳以後就在家裡專心畫畫算了，還種什麼地呀！」

姚婧婧笑了笑，沒答話，她雖然會畫畫，但設計並不是她的強項。她現在畫的這些首飾圖完全是複製以前看過的那些珠寶的樣子，用不了多久就會黔驢技窮，到時候拿不出新的花樣，自然不會有人願意花錢買，所以這地還是要種的。

這次拿到的銀子比較多，姚婧婧無論如何都要分一些給湯致和當報酬，卻再一次被湯玉娥給拒絕了。

「二妮，妳不知道，金老闆已經給了我大哥一大筆仲介費，以後妳畫得越多，我大哥就賺得越多，這不，他還讓我催著妳趕緊畫呢！」

大家一起有錢賺，這的確是件開心的事，姚婧婧連忙答應下來。

姚婧婧跟著姚老三夫妻倆一起花了三天的時間把二十畝地全部重新翻了一遍，這是姚婧婧第一次種地，三天下來兩條胳膊都腫了，拿鋤頭的手也磨掉了一層皮。

姚老三和賀穎心疼女兒，原本並不想讓她下地，無奈姚婧婧一直堅持。

種植藥材並不是一件簡單的事情，她必須從頭到尾嚴格把關，否則將來有問題，她都不知道根源在哪裡。

姚老三有些好奇。「二妮，妳打算要種什麼草藥？」

姚婧婧微微一笑，對此她心裡早已有了腹案。

之前她已經從胡掌櫃那裡瞭解了各種草藥的行情，她發現一種名叫金線蓮的草藥銷路非常好，因此價格很高。

姚婧婧對金線蓮很瞭解，在她的記憶裡，爺爺曾花了很大的工夫來研究這種藥材。

野生的金線蓮只能生長在人跡罕至、處於原始生態的深山老林內，需要特殊的大自然循環氣候及陽光、雨露的巧妙結合。由於它在民間使用範圍較廣，素有藥王、金草神藥、鳥人參等美稱。

它的藥用價值很廣，能夠清熱涼血、除濕解毒、平衡陰陽、扶正固本，增強人體對疾病的抵抗力。主治肺熱咳嗽、肺結核、尿血、破傷風、風濕痲痺、毒蛇咬傷、支氣管炎、肝炎等等疑難雜症。

姚婧婧還記得爺爺曾經給她講了一個關於金線蓮的傳說——

一位國王有兩個兒子，老大為了爭奪王位而設下毒計，將善良的弟弟騙到山上，意圖殺害，上仙得知後便讓弟弟變成了一條蟲子，可老大殺人心切，施展魔法變成了一隻鷹，幸好蟲子很機靈地鑽到了地裡。後來善良的弟弟看破紅塵，決心放棄繼承王位，願以自己的身軀為人們的健康做貢獻。這件事感動了山神，就在他的身體裡注入了長生不老的藥。從此只要誰不畏艱險，爬到高山闊葉林下採挖這種神藥，吃了就可以延年益壽，這種神藥就是金線蓮。

確定了目標後，姚婧婧讓姚老三請了兩個工人上山砍了許多毛竹，又到鎮上買回幾大車做傘用的油紙、毛氈等材料。

姚老三夫妻倆都不知道女兒葫蘆裡賣的是什麼藥。

姚婧婧在紙上畫出一張草圖，原來她是要仿照現代人的做法，建造大棚。

最適合金線蓮生長的溫度是攝氏十八到三十三度，因此如果想大面積種植，就必須要搭建一個大棚，夏天隔絕高溫，冬天抗寒保暖；除此之外，還可以預防蛇蟲鼠蟻的侵害，防止鳥類啄食。

姚婧婧的大棚搭建起來以後，立馬成了村裡的一個景點，大家都像看怪物一樣跑來圍觀。在他們的觀念裡，農作物就需要接受陽光、雨露的滋養，才能夠開花結果，在地裡搭個棚子，簡直是吃飽了撐著，有錢沒處花。

姚婧婧卻沒有空理會別人的嘲笑，眼看四月已經過了一大半，她必須抓緊時間。

由於金線蓮的種子不易獲得，加上播種的發芽率很低，所以姚婧婧決定採用分株的方式繁殖。

之前她採藥時在深山裡的一條小溪邊發現了一大片野生的金線蓮，她帶著姚老三夫妻倆小心翼翼地把它們全部都挖了出來，盡可能地保證每一棵都根莖完整。

這些採挖出來的金線蓮被直接運到地頭上，姚婧婧親手把每一棵都分為十株以上的育苗，每一株育苗都要帶著健康的根系。

分株完畢就開始栽種了，由於這些育苗得來不易，為了保證存活率，姚婧婧決定每隔三寸才種植一株。

姚老三兩口子雖然覺得有些浪費土地，但對於女兒的決定他們還是嚴格地遵守著。

又花了三天，十五畝地的金線蓮終於全部都種好了，姚婧婧卻絲毫不敢鬆懈，恨不得吃住都在地裡。每日施肥澆水、鬆土除草，根據溫度的變化，調整大棚上的遮蓋物，這些工作對於姚婧婧來說都不輕鬆，可她卻沒有絲毫抱怨。

終於，半個月過去了，在她精心的伺候下，這些移植過來的金線蓮育苗幾乎全部存活，個個開始生根發芽，長出了第一片嫩葉。

那天趁著姚老三夫妻倆不在，姚婧婧趴在地裡大哭了一場，她並不是為自己而哭，而是她第一次懂得了爺爺的堅持與付出，還有父母對工作的熱情和執著。

如果可以，她不會再抱怨他們因此對自己的疏忽和冷落。

然而，今生注定她再也沒有這個機會了。

地裡另外一頭姚老三的玉米也全部播種完畢，一家三口終於緩了一口氣，開始悠哉地種植一些蔬菜。姚婧婧愛吃番茄，姚老三種最多的就是番茄，除此之外還有黃瓜、茄子、櫛瓜等作物，他們還用竹竿搭了一些絲瓜架和豆角架。

姚婧婧想起在里正家的院子裡看到了一個巨大的葡萄架，她覺得非常羨慕。

辛苦了這麼些日子，每天都是帶點乾糧在地裡啃，姚婧婧肚子裡的饞蟲早就鬧翻了，她決定和母親一起到鎮上買點硬菜，晚上好好打一頓牙祭。

母女倆來到鎮上轉了一圈，買了一大塊肥瘦相間的五花肉，準備回去包餃子吃。

賀穎還挑選了一些小雞崽，等養大一點每天就有新鮮的雞蛋吃，逢年過節還能殺隻雞燉湯喝。

姚婧婧在一個賣小玩具的攤子前停了下來。

「娘，妳看這個撥浪鼓做得多可愛呀，咱們買一個回去給小靜姝玩吧！」

「這個竹口哨和孔明鎖看著也挺有趣，給小龍、小勇買一個吧，這兩個沒娘的孩子也怪可憐見的。」

姚婧婧自然沒有異議，她童心大發，一邊挑選、一邊玩得不亦樂乎。

半晌後，姚婧婧才滿意地拉著賀穎離開。「娘，我帶妳去一個地方。」

姚婧婧這麼長時間沒來杏林堂，讓胡掌櫃很是擔心，畢竟採藥是一件很危險的事，這下看到她好胳膊、好腿地站在自己面前，一顆心才終於落了地。

「胡掌櫃，您這店裡的生意是越來越好了，我剛才在外面站了半天，進出抓藥的人是絡繹不絕啊！」

胡掌櫃連忙招呼母女倆坐下歇歇腳。「全靠姜大夫醫術好，生意倒還過得去。姚姑娘，這些日子都幹麼去了，怎麼沒見妳送藥來？」

姚婧婧一口氣將一碗茶喝盡，信心十足地說：「胡掌櫃，這藥呢我肯定會送的，到時候恐怕您那後堂都擺不下呢！」

胡掌櫃只當她在說笑，便也跟著打趣了幾句。

「胡掌櫃，之前您幫我娘配的藥丸已經吃得差不多了，我想請您再配幾副，順便請姜大夫給我娘把脈。」

自從十三年前生下姚二妮，這些年來賀穎的肚子再沒有動靜，這已經成了姚老三夫妻倆的一個心病。

姚婧婧之前已經替賀穎把過脈，可她聽說姜大夫對這個領域非常擅長，所以特地再帶賀穎過來瞧瞧。

賀穎扭扭捏捏地在姜大夫對面的椅子上坐下，竟然要自己還未出閣的女兒來操心她這方面的問題，她覺得很不好意思。

姜大夫仔細地為她搭脈，又問了一些有關月信的問題。

「肝鬱氣滯，氣機不暢，則血也隨機而瘀。治療上宜疏肝理氣，化痰去濕，使氣血調和，懷孕的機會自然大大增加。」

姚婧婧點點頭，這和她的診斷基本一致。「姜大夫，那我娘還需要吃什麼藥呢？」

姜大夫撫了撫花白的鬍子，搖頭道：「只服妳之前配的那個藥丸就足夠了，從妳娘的脈象上看已經有了好轉的趨勢，再堅持吃上一段時間，自然會有好消息。」

這幾句話賀穎算是聽懂了，一時喜得不知說什麼好。這麼多年來，對於子嗣之事，她已經近乎絕望了，沒想到如今卻有了峰迴路轉的機會。

看完了病，母女倆匆匆忙忙地回到家裡，迫不及待地把這個好消息告訴姚老三，姚老三自然也高興得不得了。

按照約定，第二日一早姚子儒就要帶著小龍離開家回鎮上的學堂，姚家所有人都來到大門外相送。

這是小龍第一次離開家去另外一個地方生活，可他卻沒有一絲緊張和不安，反而是一臉抑制不住的興奮與期待。

姚老二放心不下，拉著兒子的手不停地叮囑。

姚子儒在一旁笑著說：「二叔，有我在，你就放心吧，我一定會替你照顧好小龍的。」

姚老二沒有接大姪子的話，正是因為有姚子儒在，他才更不放心，他可不想自己的兒子被這個不著調的大哥帶到溝裡。

送走了兩個去唸書的人後，眾人正準備各回各屋，姚老太太卻發話了，讓所有人都到堂屋裡等著。

姚老三和姚五郎兄弟倆互相看了一眼，都覺得有些奇怪，最近都忙著幹活，家裡好像沒出什麼大事吧？

自從分家以後，姚婧婧還是第一次踏進屬於姚老太太的地盤，她知道姚老太太不喜歡見到她，便和小勇一起坐在離她最遠的兩個木墩子上。

待眾人都坐定後，姚老大像獻寶一樣，從懷裡掏出了一張帖子。

「大妮的婆家在隔壁田堡村有一處農莊，孫老爺從城裡帶了一個戲班子要去那兒住兩天。我這個準女婿是個有心人，特意送了一張帖子，請我們全家過去看戲。」

朱氏眼神一亮，激動得一把將帖子拿過去，卻一個字也看不懂。「真是孫大少爺寫的？太好了，我還怕他瞧不起咱們家，連累大妮也不受待見呢！」

當初提親的時候，孫夫人曾帶著孫大少爺一起來過一趟姚家，再後來就是孫夫人曾邀請姚大妮去過幾趟孫家，但是兩家人再沒有正式見過面。

姚老大翻了個白眼。「婦人之見，那孫家既然能主動來提親，肯定是相中了咱們家大妮，否則誰會真的把幾十年前的一個口頭之約放在心上？」
姚大妮一臉傲嬌地坐在那裡，那輕蔑的眼神，好像大家沾了她多少光似的。
賀穎偷偷掐了姚老三一把，前兩個月自己的閨女差點一命嗚呼，罪魁禍首就是在孫家，她對這個孫家沒有一點好印象。
姚老三自然知道妻子心裡所想，便上前一步，笑著對姚老大說道：「大哥，我和穎兒不會說話，到時候怕給大妮丟臉；再加上地裡還有一大堆活要幹，我們就不去了。」
姚老大眉毛一皺。「不會說話就少說，孫大少爺帖子裡特意說了，二妮之前在他家裡受了委屈，這回一定要好好補償她，所以你們一家三口必須去。」
姚老三還想說什麼，卻被姚老太太一個白眼給堵了回去。
「別給臉不要臉，人家好吃、好喝、好玩地伺候著，你還在這兒擺起架子來了？明天一早在這裡集合，都給我收拾得精神一點，我倒要看看誰敢不去。」
話都說到這個分上了，沒人再上去自找不痛快，左右不過是一天的工夫，就當給自己放個假吧！

第十九章　孫家二少爺

第二天天還沒亮，姚老大就站在院子裡吆喝大家趕緊起床。

一大家子有的興奮不已，有的不情不願，但無論心裡是什麼想法，都不得不從床上爬起來，梳梳洗洗，換上最拿得出手的一件衣服。

姚老大給孫家準備了幾樣禮物——兩隻豬腿、兩隻活雞、兩罈酒，還有在鎮上買的兩盒點心。

對此姚老太太卻並不心疼，因為她知道，回來時孫家會加倍地回禮。

田堡村離清平村大概有一個時辰的路程，姚家幾兄弟拿著禮物走在前面，婦人和孩子都跟在後面，慢慢地往田堡村走去。

湯玉娥抱著一個小嬰兒，還沒走幾步就累得氣喘吁吁，賀穎和姚婧婧便走在最後輪流幫她抱孩子。

湯玉娥忍不住抱怨道：「娘也是糊塗了，人家就那麼順嘴兒一說，咱們去這麼多人也不怕人家笑話。」

賀穎微微一笑。「娘和大伯是想讓我們看看，那孫家到底有多氣派，好不容易撈著這麼有錢的一個女婿，當然要好好顯擺顯擺。」

聽著兩人的對話，姚婧婧不禁啞然失笑，沒想到她這麼和藹溫順的娘親也會說出這種帶刺的話。

田堡村是十里八鄉有名的一個富裕村莊，很多鎮上、城裡的富商和大官們都會選擇在這裡修建農莊，一來可以為自家供應各種農產品，二來也可以作為度假之用。

這回便是孫老爺突發奇想，在戲園子裡聽戲聽得膩味了，就把戲班子拉到這青山綠水間，想著說不定會有別樣的韻味。

姚家人趕到時，孫老爺和孫夫人不知去了哪裡，只有孫大少爺孫晉維站在莊子大門口迎接他們。

寒暄了幾句之後，孫晉維把姚家人請到了客廳裡。

姚婧婧四處瞅了瞅，從這個莊園的規模來看，孫家的富裕程度遠遠超出了她的預想。

孫晉維陪著大家喝了兩盅茶，吃了一會兒點心，孫夫人才在兩個丫鬟的陪伴下匆匆忙忙地走了進來。

「失禮、失禮，我真是該死，親家奶奶，讓您久等了。」孫夫人一臉惶然，對著姚老太太就要屈身行禮。

「哎喲喂，這可使不得。」姚老太太立馬站起身，和朱氏一起緊緊地扶住了孫夫人。

「咱們姚家能攤上這麼好的一門親戚，真是祖宗積德，我老婆子哪裡還能不知分寸地倚老賣老。」

「您這說得是哪裡話？兒女姻親可是最親的親戚，以後咱們一定要常來常往。」

姚老太太臉上頓時笑成了一朵花。

朱氏也在一旁說著漂亮話。「只要您不嫌我們鄉下人不懂禮數，我們以後一定多多來打擾。大妮，還不快來給親家母請安。」

姚大妮今天明顯是精心裝扮過，一身嶄新的粉色長裙，頭髮高高攏起梳成元寶髻的樣式，臉上還撲了層香粉，再加上那雙清秀而揚長的柳葉眉，竟然也有幾分嬌俏動人的模樣。

姚大妮和孫夫人已經見過好幾次面，倒也不太拘謹。「大妮給伯母請安。」姚大妮屈身行了一禮，臉上掛著矜持的微笑，那乖巧的樣子簡直與往常判若兩人。

「親家奶奶，不瞞您說，我第一次見到你們家大妮就覺得投緣，晉維他從小就性子清冷，有什麼事都悶在心裡，就是要找一個性子和順、知冷知熱的姑娘來照顧他。你們瞧瞧，他們倆站在一起郎才女貌，真真是登對極了。」

孫夫人一把將姚大妮拉到自己身旁，親暱的舉動明明白白地告訴眾人，她對這個準兒媳很滿意。

姚家人對此自然十分歡喜，這麼長時間眾人心裡都對這門婚事有所疑慮，畢竟兩家人的情況實在是天壤之別，因此他們一度以為這個孫大少爺是不是有什麼隱疾。

可今日相處下來，孫晉維無論長相還是談吐都大大超出他們對這個金龜婿的期望，再加上如此通情達理的婆婆，姚大妮怕是真的掉進福窩子裡了。

孫夫人將姚家人一一打量一番，眼中是滿滿的羨慕之色，忍不住發出感慨。「親家奶奶，瞧瞧您這兒孫滿堂、其樂融融的樣子，可真叫人羨慕。我就沒這個福分，身邊統共就只有兩個兒子，實在是單薄得很。」

朱氏眼看自己的姑娘在未來的婆家如此受寵，一直小心謹慎的心思放鬆下來，說話也開始不經大腦。「孫夫人您放心好了，我們家大妮屁股大，好生養，以後隨隨便便替您生上十個、八個胖孫子，到時只怕吵得您片刻不得安生呢！」

姚婧婧一口水差點沒噴出來，朱氏這話雖然是想討好孫夫人，但作為女方的親娘，卻顯得有些粗俗無禮。

姚大妮氣得雙頰緋紅，狠狠地瞪了朱氏一眼，示意她不要再信口開河。

孫夫人聽到這話，臉上的笑意卻是更濃了。

「有您這樣知書達禮的母親，養出來的兒子自然是個頂個的強，不知二少爺有沒有跟著來莊子上，也好讓我們看看是何等的英雄少年啊！」湯玉娥實在看不下去，開口將話題扯開。

孫夫人卻是突然嘆了一口氣，臉上的笑容也凝住了。「唉，說來也不怕你們笑話，我那小兒子整天遊手好閒，正經事沒有一件，讓人不知拿他如何是好。昨日說好了一起過來，可吃過午飯後他就不知跑到哪裡去了，害得他爹發了好大一頓脾氣呢！」

湯玉娥笑著勸道：「二少爺年紀還小，貪玩一些倒也正常，孫夫人不必太過憂心。」

「若要如此，那便好了，我的要求也不高，他若是能有他大哥一半可靠，我就阿彌陀佛了。」

眾人正聊得熱鬧時，一直笑盈盈地陪坐在母親身旁的孫大少爺突然插話道：「時候不早了，怎麼還不見爹出來？」

孫夫人臉上露出歉然的笑容。「我們家老頭子是個戲癡，可以一天不吃飯，卻不能一日不聽曲，這不，昨天聽說你們要來，一大早就跑到戲臺子那邊，說要排一段最新鮮的戲供各位觀賞。」

在這個文化、娛樂生活極其匱乏的年代，聽戲對最普通的平民百姓來說絕對是奢侈品，所以姚家眾人對此也非常期待。

孫大少爺提議道：「母親，現在時候也不早了，要不咱們請大家移步到後院邊看邊聊可好？」

孫夫人連連點頭。「見到各位親家我實在是高興得緊，光顧著聒噪，倒把這事給忘了。晉維，你在前面領路，咱們這就去吧！」說著，孫夫人親自扶著姚老太太從後門走了出去。

眾人也迫不及待地跟了上去。

後院的面積非常大，修建得自然古樸，繞過一處假山流水的景觀，便是一個鋪著青磚的小廣場，廣場的正前方早已搭好一座五彩繽紛的戲臺。

戲臺旁邊有幾個已經上好妝的戲子在忙碌著，就是沒看見孫老爺的身影。

戲臺的前方有一處涼亭，孫夫人領著大家在涼亭裡坐下，幾個僕人立馬端上水果、茶點。

孫夫人正準備讓孫晉維去將孫老爺找來與眾人見面，卻突然聽到一陣急促的鑼鼓聲，臺子上的人竟然不待吩咐，自己開戲了。

這回唱的是一曲經典的崑曲「牡丹亭」，伴隨著淒美婉轉的配樂聲，主人公杜麗娘和柳夢梅登場了。

姚婧婧並不懂戲，可眼前這個杜麗娘卻讓她一下子看呆了。那曼妙的身形、那流轉的眼波，一顰一笑一揮手之間，都流露出數不盡的溫柔與風情。

「原來奼紫嫣紅開遍，似這般都付與斷井頹垣，良辰美景奈何天，賞心樂事誰家院。」

那悠揚哀怨的聲音，入耳妙不可言，好似細雨淋漓，又似杏花撲面。

和她搭戲的柳夢梅也演得很好，不管是身段、唱腔還是神韻，都十分到位；更重要的是他那一雙飽含深情的眼睛從來沒有從杜麗娘的身上離開過，將那份癡纏與不捨演繹地淋漓盡致。姚婧婧正在暗自驚嘆，卻突然發現孫夫人的臉色變得灰敗而慘澹，眼神中充滿了憤怒，連肩膀都在微微發抖。

姚婧婧十分不解，轉頭看孫晉維，發現他也目不轉睛地盯著臺上的柳夢梅，表情很是奇怪。姚婧婧順著他的目光望過去，突然發現扮演柳夢梅的這個男人雖然臉上畫著濃妝，但眉眼之間的神韻竟然和孫晉維十分相似。這下有意思了，原來一直沒有露面的孫老爺竟然扮成了戲子登臺獻唱，怪不得孫夫人如此生氣。

在古代，戲子是一個非常低賤的職業，社會地位與娼妓無異；再加上登臺唱戲的雖然都是男人，但卻比女人還要嫵媚妖嬈，因此一直被豪門夫人們視為眼中釘。

一曲唱罷，毫不知情的姚家人連連拍手叫好。

姚老大還忍不住叫嚷道：「再來一個、再來一個。」

扮演柳夢梅的孫老爺從臺上下來，還帶著妝就朝亭子這邊走了過來。「不行了、不行了，年紀大了，演這一回就要了半條命。晉維，把戲摺子拿過來，讓各位客人自己點兩齣聽吧！」

姚家人都沒弄明白這是怎麼一回事，個個瞪大眼睛，看著眼前這個油頭粉面的男人。

孫夫人憋著一肚子氣，只是坐在那裡絞著帕子，對於這個荒誕無禮的丈夫連看都不想看一眼。

孫晉維的臉色此刻已經恢復自然，說話的語氣含著幾分驚喜。「爹，您什麼時候還學會唱戲了？把我們都嚇了一大跳呢！」

孫老爺哈哈大笑，衝著眾人揮手道：「讓各位見笑了，我孫某人沒有別的愛好，就是嗜戲如命，聽得多了自然也會唱兩嗓子，不過和臺上的葉老闆相比還是差得太遠。唉，唱戲還是要靠老天爺賞飯吃啊！」

因為有外人在場，孫夫人原本一直憋著勁忍著，可孫老爺這句感嘆惹得她實在忍無可忍。「聽您的口氣，竟還想以此為生了？老爺，您別嫌我多嘴，今日有貴客在，您怎麼能由著性子在這兒胡鬧？」

孫老爺今年應該四十歲左右，但身材勻稱，氣質儒雅，再加上臉上畫著妝，活脫脫就是一個年輕貌美、有才華的書生模樣。

此刻他聽到夫人的責備，表情頗有些無辜。「胡鬧？我哪裡胡鬧了？難道我剛才唱得不好嗎？」

孫夫人被丈夫的冥頑不靈氣得七竅生煙，卻又不知說什麼好，只能瞪著眼怒視著他。

孫老爺卻不依不饒起來，轉過頭對著姚老大問道：「親家公，您覺得我剛才唱得怎麼樣啊？」

姚老大原本就緊張得不行，這下更不知如何是好。誰能想到這夫妻倆竟然當著他們的面爭論起來，偏偏這兩個人他一個也得罪不起啊！「孫老爺唱得自然是極好的，夫人也是心疼您，怕您累壞了身子。」

孫老爺倒是給臺階就下，立刻做出一副恍然大悟的樣子。「沒關係，我也不經常登臺，今天是眼看我大兒子就要成親了，心裡高興，才唱兩嗓子。」孫老爺這是第一次和姚家人見面，在孫晉維的介紹下和姚家各位長輩一一打了招呼，最後滿眼含笑地衝著姚大妮招了招手。「這就是我未來的大媳婦吧？長得可真是俊俏，伯父給妳準備了見面禮，妳來瞧瞧合不合妳的心意？」

姚大妮一臉喜色地走到孫老爺面前行了一個禮，從他手中接過一只很有質感的暗紅色小木盒，迫不及待地打開來。

眾人伸頭一看，裡面竟然是一對沈甸甸的赤金石榴鐲子。

「謝謝……伯父。」這可算是一份大禮，姚大妮激動得連話都說不清楚。孫夫人雖然表現得很喜歡她，但幾次見面也只是送了她一些布料和吃食，像這麼貴重的東西卻是一次也沒有。

孫夫人的臉色越發難看，好在此時誰也沒有顧得上看她，都見風使舵地跑去巴結和奉承孫老爺了。

眾人又坐著聽了兩齣戲，轉眼已經到了中午，孫老爺揮了揮手，示意臺上的戲子們下去休息。

「鬧騰了一上午，大夥都餓了吧？晉維，你跟你母親先帶著眾位客人去正廳稍候，我去洗把臉、換身衣服就來，今天是咱們兩家人第一次在一起吃飯，一定要開懷暢飲，盡興而歸。」

姚婧婧其實還想再多聽一會兒，她發現孫老爺口中的葉老闆的確是個人才，不管扮什麼都神形兼備，讓人忍不住沈浸在他的表演之中。

眾人剛在正廳坐了一會兒，孫老爺就趕來了。換上日常服飾的他看起來比剛才嚴肅了一些，但對待姚家人依舊客氣有禮。

孫夫人吩咐丫鬟們上菜，姚婧婧一眼就看出做菜的是醉仙樓的廚子，做的菜品也都是醉仙樓的招牌菜，只不過比她在飯館裡吃得更精緻一些。

這一桌宴席準備得可謂非常豐富，不僅有雞鴨魚肉、瓜果點心，還有幾道平常很少見的山珍野味。

姚家眾人很少見過如此豐盛的菜餚，一個、兩個都忍不住偷偷地吞口水。

孫老爺剛想招呼大家動筷子，突然，一位少年施施然地從外面走了進來。

少年大概十六、七歲的年紀，長得和孫大少爺有幾分相像，高聳的鼻子、修長的眼睛，也是一名美男子無疑；不過和孫大少爺的溫和謙遜相比，這名少年的身上卻散發出一種陰鬱、邪惡的氣息，讓人忍不住心生防備。

第二十章 捉姦

孫夫人看到他，眼睛一亮，連忙站起來迎了上去。「晉陽，你昨日去哪裡了？怎麼現在才來？」

此人正是孫家二少爺孫晉陽，從小就桀驁不馴，一副天不怕、地不怕的樣子。

「我什麼時候來有什麼要緊？反正你們是給我大哥娶媳婦，又不是給我娶媳婦。哪位是我未來的大嫂趕緊站起來，讓我瞅瞅長得到底是什麼模樣。」

這吊兒郎當的樣子，惹得孫老爺很是不滿。

「你來就來，哪裡還有這麼多廢話？一點規矩都沒有，這裡可不是你撒野的地方。」

孫晉陽對他老子的指責視若無睹，目光繞著桌子巡視了一圈，最後定格在姚大妮身上。「不錯、不錯，珠圓玉潤、丰神綽約，摸起來就比那些骨頭棒子舒服，是我喜歡的類型。」

孫老爺的臉色瞬間一沈，指著小兒子的鼻子怒斥道：「你這個混帳東西，還敢出言不遜！趕緊給我滾出去。」

眼看丈夫真的發火了，孫夫人也有些惶恐。「晉陽，你爹好不容易回來一趟，你就別惹他生氣了，好好坐下來吃頓飯好不好？就當娘求你了。」

孫老爺繼續罵道：「吃什麼吃？這裡沒有他的位置，讓他趕緊滾。」

孫二少爺冷冷地看了父親一眼，滿臉不在乎地回道：「您不用著急趕我走，我是來看我未來大嫂的，您不待見我，我還不樂意看到您呢！」

說完這話，孫二少爺一把將母親的手拂開，轉身闊步消失在眾人眼前。

被孫二少爺這麼一鬧，場面就有些尷尬，姚大妮臉頰通紅，下巴都快抵到胸上了。

「對不住各位，是我教子無方，讓大妮姑娘受委屈了，改天我一定讓那個臭小子來給妳賠禮道歉。」為表歉意，孫老爺端起酒杯開始向姚老太太他們敬酒。

雖然孫二少爺的行為很輕佻，但姚家人哪敢真的生氣，反而還替他找了一些開脫之詞。

眾人開始大吃大喝起來，姚婧婧卻一直盯著孫家二少爺離去的方向，一副若有所思的表情。

坐在她身旁的大妮發現她的異狀，開始坐立不安。「妳不好好吃飯，瞎看什麼呢？」

姚婧婧撓了撓頭，狀似無意地說道：「這個孫家二少爺，我之前好像在哪兒見過。」

姚大妮的表情越發急迫。「胡說八道，人家是堂堂富家少爺，妳一個鄉野小丫頭能在哪裡見過他？我看妳是暈了頭吧！」

姚婧婧搖搖頭。「我想起來了，我的確見過他。」

「什、什麼時候？」

「前陣子我去買藥的時候，在藥鋪裡見過他。」姚婧婧故意這麼說。

姚大妮明顯鬆了一口氣。「哦？他去藥鋪幹什麼？」

「他是帶著一位年輕女子去的，那名女子好像受了傷，他帶著她去上藥。那名女子長得美麗極了，兩個人手挽著手，看起來好像很親密的樣子。當時我還以為他們是小倆口呢，現在看來這個孫二少爺應該還沒成親，難道是他的妹妹？」姚婧婧狀似疑惑地說。

「狗屁妹妹，他哪裡有什麼妹妹。」

姚大妮突然非常憤怒地罵了一句，動靜之大，連身後的人都被驚動了。

「大妮，妳怎麼了？是不是哪裡不舒服？」

姚大妮突然站起來，雙手摀著肚子，臉上露出急切的表情。「我、那個啥，我要出去一趟，很快就回來。」姚大妮說完，也不等他人的回應，匆匆忙忙地跑了出去。

眾人只當她是內急，也就由她去了。

這一頓飯吃罷已經是下午了，酒足飯飽之後，姚老太太便帶著姚家人準備告辭。

姚婧婧四處望了望，後知後覺地嘀咕道：「咦？大姊之前說肚子疼要去茅房，怎麼到現在還沒回來？」

「是啊，這都快一個時辰了。」孫夫人也感到有些奇怪。

姚老大夫妻倆只顧著胡吃海塞，直到這時才發現女兒不見了，只能你望望我、我望望你，一臉不知所措的樣子。

「不用著急，我讓下人去看看。」孫夫人立馬吩咐幾個丫鬟出去找人。

過了好一會兒，那些丫鬟陸陸續續回來了，卻一個、兩個都搖搖頭。

姚婧婧怯怯地說：「剛才那個哥哥說的話讓大姊很不高興，她不會丟下咱們自己先走了吧？」

孫夫人又把看守大門的下人叫了過來，一問之下發現這段時間並沒有人走出莊子。

這就奇怪了，朱氏心裡突然有一種不好的預感，她立馬站起身，準備親自出去找。

孫大少爺開口道：「姚姑娘可能是迷路了，這個農莊不小，除了這一處主宅，其他地方也有兩處小院，要不咱們大家一起去找找吧？順便請各位參觀參觀這處莊子。」

孫老爺也在一旁說道：「是啊，我這莊子裡每年的收成都欠佳，聽說幾位兄弟都是種莊稼的好手，煩勞大家幫我指點指點。」

主人如此客氣，姚家人自然求之不得，於是一大群人浩浩蕩蕩地出了廳堂。

孫家這處莊子讓姚婧婧羨慕不已，不僅有大片的糧食、蔬菜等農作物，四周還種了一圈果樹；穿過一片樹林，竟然看到了一處魚塘，水面上還有一大群鴨鵝在怡然戲水。

姚婧婧終於明白古時候的文人為什麼愛寫詩了，此情此景實在讓人忍不住想讚頌一番。「梅子金黃杏子肥，麥花雪白菜花稀。日長籬落無人過，唯有蜻蜓蛺蝶飛。」

湯玉娥搗嘴笑道：「三嫂，妳看咱們二妮進步不小啊，都能像個先生似的搖頭晃腦地吟詩了。」

賀穎卻是一臉的無奈。「這丫頭也不知中了什麼邪，白天在地裡幹活累得要死，晚上還點著燈讀讀寫寫到半夜，我真怕她累壞了身子。」

姚婧婧伸了伸舌頭。「好了，娘，哪有那麼誇張，妳們就別說我了，快看這裡的景色多美啊！」

湯玉娥對此卻嗤之以鼻。「鄉下人誰稀罕這些？除了黃土還是黃土，哪裡美了？妳五叔現在正跟著我大哥學做生意，要是以後能賺著大錢，我一定要搬到城裡去住，那裡熱熱鬧鬧，要什麼、有什麼，比這窮山溝不知道要好多少倍。」

眾人邊走邊聊，不知不覺來到了一處環境非常清幽的小院，院裡蓋著幾間精緻小巧的磚房。院子裡安安靜靜，看起來並不像有人的樣子，大家隨便看了一眼，便準備轉身離開。

「啊——」

一聲突如其來的女人叫喊聲讓大家瞬間停住了腳步，這聲尖叫聽起來很淒厲，彷彿那個女人正承受著很大的痛苦。

「是大妮。」朱氏一下子驚叫起來，作為母親，對自己女兒的聲音她自然十分熟悉。

這到底是怎麼回事？大家都慌了神，沒頭沒腦地就往房間裡衝去。

姚婧婧個子小，自然被擠在後面，她看著前面黑壓壓的人頭，突然扯著嗓子大喊一聲。

「大姊，妳在哪裡？我們來找妳了。」

待姚婧婧走到房間裡，空氣好像都凝滯了，眼前的一切太過震驚，所有人都目瞪口呆地站在原地。

這是一間裝修得很有格調的臥房，靠牆的位置擺著一張精美的月洞門罩架子床，雖然床上掛著一層薄紗，但仍然可以看見一名衣衫不整的年輕女子裹著一襲床單，神色驚恐地望著眾人。

此人赫然就是大家找了許久的姚大妮。

「大妮，妳在幹什麼?!」

姚老大夫妻倆簡直不敢相信自己的眼睛，姚老太太兩腿一軟，要不是被老三、老五兩個兒子撐著，立刻就要摔倒在地了。

姚大妮瑟瑟發抖地縮在床角處，她的臉上泛著異樣的潮紅，也不知是被眾人的突然出現嚇到，還是剛才的戰鬥太過激烈。

一名男子赤裸著上半身靠在床頭上，由於被遮擋住，一時沒有人看清他的臉。

面對著如此不堪入目的捉姦現場，孫老爺心中的憤怒可想而知。

這個即將過門的媳婦竟然在自己家裡做出如此淫蕩之舉，除了憤怒，他更擔心長子孫晉維的狀況，畢竟這種事情對任何一個男人來說都是奇恥大辱。

然而孫大少爺的臉上卻看不出有什麼表情，好像眼前這一切都與他毫無干係。

這一男一女赤身裸體，實在太不像樣，孫老爺轉身準備出去，想等兩人穿好衣服再做定論。

孫夫人卻不打算就此作罷，她心中的憤怒絕對不比孫老爺少。

她費了這麼大力氣把姚大妮抬到現在這個位置，眼看就要大功告成，從此整個姚家就成為孫晉維擺脫不掉的包袱；誰知姚大妮竟然在這種時候幹出這種事情，這不僅僅是在打姚家人的臉，更是在打她的臉。

這下她的丈夫就有名正言順的理由來抨擊她為庶子定下這門親事的緣由，從此以後，她再想用這一招將孫晉維套牢就難了。

敢壞她的好事，簡直是罪該萬死，她倒要看看到底是哪個淫賊敢如此大膽！

「姚大妮，枉我對妳如此寵愛，沒想到妳竟然是這種輕薄浪蕩之女；還有這個無恥姦夫，還不跪下受死？今日我非讓人打斷你的狗腿不可。」
朱氏絕望地大呼。「大妮，妳倒是說句話呀！是不是這個歹人強迫妳？」
「妳就別睜著眼睛說瞎話了，這個賤人的樣子哪裡像是被強迫？妳沒聽到剛才她的叫聲有多麼淫蕩嗎？一群不知禮儀廉恥的窮光蛋，都給我去死吧！」孫夫人聲嘶力竭地罵著。
姚大妮已經捣著臉開始痛哭起來。
可床上那名男子卻充耳不聞，甚至還十分慵懶地打了一個哈欠。
「晉維，這個人給你戴了綠帽子，你卻站在這裡乾看著，你到底還是不是個男人？」孫夫人衝著孫晉維厲聲尖叫道。
孫大少爺嘆了一口氣。「事情都已經發生了，我還能怎麼樣？」
「好，你忍得了這口氣，我可忍不了。」孫夫人腦袋飛轉，就算是做樣子給丈夫和庶子看，她也不能放過這對狗男女。此時此刻，她也顧不上什麼男女之防，衝上前去一把扯掉床上掛著的大紅色床幔。然而，當孫夫人看到床上那名男子的臉時，原本滿腔的怒火瞬間凍結了，臉上的血色一下子褪得乾乾淨淨。
「娘，您叫喚了半天，不累嗎？」
眾人又一次驚呆了，這次的衝擊比剛才進門時更加強烈，因為這個姦夫竟然是孫二少爺孫晉陽，讓一屋子人的眼珠子都快掉出來了。
孫二少爺的臉上帶著一副無所謂的笑容，他慢悠悠地從床上爬起來，撿起掉在地上的衣衫，當著眾人的面一件件地穿好。

去。

「你這個逆子。」孫老爺是一個愛玩的人，他的時間大部分都花在一些在旁人看來無關緊要的事情上，所以和兩個兒子都不算親近，然而他更加不喜的是這個天生帶有反骨的小兒子。在姚老爺的觀念裡，你對生活認真，生活才能對你認真，所以他看不慣小兒子那副對任何事情都不在乎的人生態度。這幾年因為很少見面，對這個小兒子疏於管教，他一直以為小兒子只是頑劣而已，沒想到竟然已經肆無忌憚到了這個地步。「他可是你未來的嫂子啊，你這個沒有人性的畜生！」孫老爺抄起桌上一根挑簾子的竹竿，對著孫晉陽沒頭沒腦地打了下去。

孫晉陽的臉上掛了彩，可他並沒有躲，生生地挨了幾棍，冷眼看著已經氣瘋了的父親。

「別打了，我的兒啊，再打就要出人命了。」孫夫人立刻衝上前去，抱住孫老爺的胳膊，將自己的兒子護在身後。「不是的老爺，這其中一定有什麼誤會。晉陽年紀還小，怎麼會做出這種事？肯定是被這個下賤的女人勾引的，一定是這樣的。」

「妳給我滾開，妳還有臉在這裡為他開脫？這就是妳養出來的好兒子，小小年紀就如此狂妄，將父兄置於何地？我今天非打死他不可。」

「不要啊！老爺，我求求您，您不能為了一個賤丫頭，對自己唯一的嫡子下狠手啊！我就這麼一個親兒子，他要是有什麼三長兩短，我也活不成了。」孫夫人跪倒在地上，抱著孫老爺的腿大聲哭訴。「晉陽，你快點跪下來求求你父親，讓他原諒你的無心之過。」

孫老爺一抬腳，將孫夫人踢到一邊，刀子般的眼睛釘在孫晉陽臉上。「這到底是怎麼回事？你今天要是不說清楚，就給我滾出孫家。」

孫晉陽嘴角帶著戲謔的笑。「爹，您是不是早就想讓我滾了？可惜我這輩子偏偏就賴在這裡了。」

「少廢話，到底怎麼回事！」

孫晉陽兩手一攤。「什麼怎麼回事？就是你們看到的這麼回事啊！難道還要我再重複一遍嗎？」

「畜生！」

孫老爺正欲抬手再打，姚大妮卻猛地往前一衝，裹著被單跌落在床下。

姚大妮顧不上疼痛，跪在地上使勁磕了幾個響頭。「孫老爺，我和晉陽早已互相喜歡，我求求您，就成全我們吧！」

孫老爺的眉毛瞬間皺成了一團。「真的？」

「當然是假的。」孫晉陽撇了撇嘴。「你們知道的，我生平最大的樂趣就是從大哥手裡搶東西，至於是什麼東西，我一點也不在意，只要能給他添添堵，讓我幹什麼都成。」

姚大妮顯然沒想到孫晉陽會這麼說，這個孫二少爺雖然年齡和她相仿，但心智與城府卻不知比她高出多少倍，從他們第一次見面開始，她就沈迷在他的甜言蜜語和壞壞的笑容之中。她知道她是在玩火，如果沒有孫晉陽，她會想盡一切辦法抱緊孫大少爺的大腿，然而孫晉陽出現了，事情就朝不可控制的方向發展了下去。一個生活極其匱乏的農家少女，怎麼禁得起一個富家少爺如此花樣百出的撩撥？很快地，她便為他付出了一切。

這麼長時間，她一直以為孫晉陽是因為愛上了她，所以才甘冒天下之大不韙主動追求她，可如今孫晉陽的話卻像一盆冰水，順著她的腦袋淋了下來，讓她的心都跟著一顫。

「不是的，二少爺，你之前不是這麼對我說的。你說你喜歡我，想要跟我長相廝守，讓我不要嫁給你大哥，這些難道你都忘了嗎？」

孫晉陽輕飄飄地瞅了她一眼，眼神中充滿了輕蔑。從他十二歲初嚐女兒香開始，這些年他玩過的女人不計其數，這個女人又蠢又笨又土氣，若不是為了噁心他大哥，他怎麼可能委屈自己對她下手？「我沒忘，只不過都是騙妳的，妳不會都當真了吧？唉，女人啊，還是需要一點腦子。」

姚大妮瞬間變得失魂落魄。「不可能，怎麼會是這樣？你怎麼能這樣對我？不是這樣的。」

孫晉陽卻再懶得看她一眼，笑嘻嘻地對著父親說：「爹，您不用生這麼大的氣，反正大哥也不想娶她，我這可是在幫他解脫，你們都應該感謝我才對。」接著，孫晉陽將跪坐在地上的母親扶了起來，拍了拍她的肩膀。「好了，娘，我該說的已經說完了，反正這種情況也不是第一次了，我相信您一定會做好善後，剩下的就交給您處理，我先回家去了。」

孫晉陽說完，竟然真的就這樣大搖大擺地走了。

孫老爺並不打算就此放過他，可他現在留在這裡，狀況只會更加混亂，對解決問題沒有絲毫助益，因此決定將小兒子的帳留到之後再算，當務之急是要給姚家人一個交代。

眾人都來到大廳，留朱氏在房間將哭哭啼啼的女兒扶起來，幫她穿好衣服。

「大妮啊大妮，妳讓娘說妳什麼好？能嫁給孫大少爺這樣的人物，妳還有什麼不滿的？我之前就警告過妳，那個二少爺心懷不軌，不是一個好人，妳偏偏不聽，今日鬧成這樣，妳說妳到底該怎麼辦呀？」

「不管他對我是真情還是假意，我一定要嫁給他。」姚大妮漸漸停止了抽泣，嘴角泛起一絲狠意。

第二十一章　美夢成空

孫夫人氣急敗壞，對著姚家人不停地謾罵，那模樣就如同一個市井潑婦。

姚老太太也不是吃素的，之前是因為想要討好孫夫人，所以才一直對她卑躬屈膝，如今這一套顯然已經沒有用了。大少爺不行，那就換二少爺，反正生米已經煮成熟飯，無論如何，她的大孫女一定要進孫家的門。

姚老太太猛地一下撲倒在地上，扯著嗓子開始大聲號哭起來。「我可憐的大妮呀，妳怎麼這麼傻呀！你們孫家仗著自己有錢，就把我清清白白的一個孫女使勁糟蹋。我不管，你們要是不給我一個交代，我老太太今天就死在這兒了。」

孫老爺頓時一個頭、兩個大，他是一個明白人，雖然姚大妮行為輕佻、不守婦德，但若不是他那個殺千刀的小兒子主動去招惹她，就絕對不可能發生這種事。「老太太，您先起來，有什麼事咱們好好商量，我孫家都是講理的人，絕對不會仗勢欺人。」

「老爺，還有什麼好商量的，這一家子不知廉恥的東西，和他們說話我還嫌髒了我的嘴。還敢賴著不走？晉維，你去多叫幾個人來，用亂棍都給我打出去。」

看著孫夫人盛氣凌人的模樣，姚老太太哭得更起勁了。「殺人了，救命啊，孫家要殺人滅口啊！」

孫老爺嚇了一跳。「不是，姚老太太，您別瞎喊，事已至此，您說該怎麼辦？」

「大妮和你那小兒子已經有了夫妻之實，那就讓他們趕快成親，反正我們兩家已有婚約，嫁給哪個都是一樣的。」

「妳給我閉嘴。」要不是孫晉維攔著，孫夫人就要衝過去踹姚老太太一腳了。「就那個爛貨還想嫁給我們家晉陽？簡直是白日作夢。我們家晉陽可是嫡子，以後是要繼承孫家家業的，他的妻子必須是一位知書達禮的富家小姐。」

「妳現在說這些有屁用，如果妳早點把妳兒子教好，怎麼會生出這許多齷齪事？」事到如今，孫老爺其實也看不上姚大妮做自己的媳婦，可這卻是解決問題最好的辦法。

「我說不行就是不行，老爺，別以為我不知道你心裡是怎麼想的，你偏心你的大兒子，想把姚家這個爛攤子甩給晉陽，這樣他就更沒能力和他大哥爭了。我告訴你，我是不會讓你們得逞的。」孫夫人的樣子就像一隻卯足了勁的鬥雞，只要誰敢侵犯她的地盤，她就會毫不猶豫地把對方啄個稀巴爛。

孫老爺冷冷地看著自己的夫人，這些年他與妻子只是面子上過得去，私下裡卻是各人有各人的心思。「妳自己心思不正，不要把所有人都想得和妳一樣陰暗。晉陽也是我的兒子，我當然希望他越來越好，可男子漢大丈夫要敢作敢當，他毀了人家女兒的清白，自然要負責任。」

「我呸！這個人盡可夫的狐媚子，不知道她以前還有多少男人呢！你們男人天天逛窯子、喝花酒，睡過的女人不知道有多少，難道通通都要娶回家裡來？老爺，你還是去聽葉先生唱戲吧，這件事用不著你再操心。」

「妳以為我稀罕管這些破事？妳自己看著辦吧！只是有一條妳給我記住，從今以後晉維的婚事由他自己作主，妳那些見不得人的手段通通都給我收起來。」孫老爺被兩個女人吵得腦袋都快要炸了，一氣之下竟然真的拂袖而去。

孫大少爺也沒有理由再待在這裡，對著孫夫人微微欠了欠身，也跟著離開了。

姚老太太沒想到孫老爺會撒手不管，一下子慌了神。「孫老爺，你……」

「你什麼你？」孫夫人已經叫了一大群下人將姚家人團團圍住，那架勢真的準備一言不合就動粗。

「孫夫人。」穿好衣服的姚大妮突然衝了出來，跪倒在孫夫人的腳下，不停地磕頭哭求。「我求求您了，孫夫人，我對二少爺是真心的，只要您能讓我跟著他，我願意一輩子為您做牛做馬，絕對不會辜負您的大恩大德。」

孫夫人不為所動，眼神中充滿了不屑與厭惡。「大妮，我實話告訴妳吧，抱有妳這樣想法的姑娘多了去，可最後卻沒有一個得逞。聽話的我就打發點錢，對於那些又哭又鬧，妄想著要嫁進來的，我有的是方法讓她身敗名裂，連累整個家族都跟著倒楣。」

「孫夫人，我跟那些女人不一樣，我是真的喜歡二少爺。我求求您，給我一次機會，如果您不讓我嫁給他，那我就一點活路都沒有了。」

孫夫人懶得再和她廢話，轉頭對著姚老太太說道：「你們想好了沒有？是自己乖乖地走出去，還是先受一頓皮肉之苦再滾蛋？」

姚老太太在心裡將事情都合計了一遍，咬咬牙開口道：「我孫女不能白被你們欺負一場，她這個樣子以後還能嫁給誰？你們孫家必須要給我們補償，否則我就去報官。」

「姚老太太，我看妳是老糊塗了吧？之前我借給你們家的一百兩銀子你們一分都沒還呢，現在還想來訛錢？門兒都沒有。」

姚老大匆忙道：「那是妳預支給我們家的聘禮，現在悔婚的是你們孫家，憑什麼要我們還錢？」

「你有什麼證據？我這裡可有你簽字畫押的借條，想賴帳，門兒都沒有。」

姚老大簡直要氣絕。「最毒婦人心，妳老早就想著要坑我們。」

「我坑你？你還真把自己當盤菜了，和你們這群鄉野莽夫說話簡直是對牛彈琴。來人啊，通通都給我打出去。」

孫夫人一聲令下，那些下人立即掄著木棒，像趕鴨子一樣把姚家眾人往外趕，稍有磨蹭者，便會結結實實地挨一棒子。

眾人鬼哭狼嚎地出了莊子，剛歇過一口氣，姚老太太就揚起胳膊對著姚大妮的臉甩了幾個響亮的耳光。

姚大妮的臉上頓時浮起了幾個鮮紅的指印，她心中驚懼不已，卻連哭都不敢哭一聲，她知道自己這回闖了滔天大禍，這些指望著她飛黃騰達的親人是不會放過她的。

「娘，大妮她也是被那個兔崽子給騙了，您——」

啪！

朱氏剛剛開口替閨女求了一句情，姚老太太竟然反手也甩了她一巴掌，打得她滿眼金星，一個踉蹌，險些跌在地上。

「養出這麼一個無恥娼婦，妳還敢在我面前替她開脫？老大，回去你就寫一封休書，讓她們娘兒倆趕緊給我滾蛋。」

朱氏瞬間覺得晴天霹靂，她早已沒了娘家，歲數也這般大了，如果真的被休棄，那就連個棲身之所都沒有了。「娘，對不起，都是我的錯，您別生氣。我……我……」

「妳給我閉嘴。」姚老大非常煩躁地一把將朱氏推得老遠。「娘，時候不早了，咱們先回家裡去吧！這件事無論如何不能讓村裡人知道，否則咱們這一大家子都沒臉見人了。」

歡歡喜喜地出門，卻垂頭喪氣地著家。姚老太太使勁啐了一口，好像要將胸中的惡氣都吐出來。「把那個小賤人給我鎖到柴房裡，沒有我的允許，誰也不准把她放出來。一粒米、一滴水都別給她，我要餓死這個丟人現眼的東西。」

老二、老三和老五不願意動手，最後還是姚老大兩口子親手把自己的女兒綁到了柴房裡。

第三天的傍晚，十里八鄉最有名的媒婆嚴花子悄悄地敲開了姚家的大門，姚老太太非常熱情地將她拉進房間談了許久。

嚴花子走後，姚大妮終於被放了出來。長時間的饑餓讓她整個人都不成人形，眼神也變得混沌不明。

朱氏給她連灌了兩碗紅糖水，她才緩過一口氣來，用哀求的眼神看著居高臨下望著她的姚老太太。

「大妮，咱們村每年都有女人被溺死在村頭的那條河裡，妳知道這是為什麼嗎？因為她們都和妳一樣做了蠢事，除了死，沒有其他的出路。」

姚大妮眼神裡流露出驚恐之色，沙啞著聲音不斷地哀求。「不！奶奶，求求您，我還不想死。」

姚老太太嘆了一口氣。「我辛辛苦苦養了妳十六年，自然也不願意看到妳走上這條路，所以我千方百計為妳尋了一條生路，就看妳願不願意走了。」

「什、什麼路？」不知為何，姚大妮心中的驚懼更甚。

「我已經託媒人為妳尋好一門親事，只要有人願意娶妳，妳就可以繼續活下去。」

「不行，我不能嫁給別人，我已經被孫家二少爺破了身子，如果以後被夫家知道，一定會打死我的。」

「妳放心，奶奶怎麼捨得讓妳被人打死？我給妳找的這個男人沒爹沒娘、又聾又啞，孤身一人住在杳無人煙的高山頂上，妳說這樣一個人，他怎麼可能會知道妳過往的醜事？」

「不！不！」姚大妮嚇得連退兩步。「嫁給這樣的人和死有什麼區別？我不嫁、我不嫁。」

「大妮，妳還是太年輕了，等妳到了我這個歲數就會明白，只有活著才是最重要的，嫁與不嫁已經由不得妳，下個月的今天，那個男人就會來家裡抬人，妳最好不要再鬧出什麼么蛾子，否則神仙都救不了妳。」姚老太太說完後，面無表情地離開了。

失魂落魄的姚大妮撲進朱氏懷裡嚎啕大哭起來。「娘，妳為什麼不說話？妳真的要把我嫁給一個野人嗎？我不要啊，娘。」

這些年來大兒子姚子儒一直在鎮上唸書，只有這個小女兒日夜陪伴著她，有時她被姚老大欺負狠了，大妮還會衝上來護著她，母女的感情還是非常深厚的，因此眼看女兒落到如此境遇，朱氏的心都要碎了；可她現在自身難保，姚老太太整天叫囂著要休了她，這個家哪裡還有她說話的分？

「大妮，妳就從了吧，如果妳繼續在這個家裡待著，妳爹和妳奶奶真的會要了妳的命啊！妳放心，以後等妳大哥發達了，我一定會讓他把妳接回來的。」

姚大妮徹底絕望了。「娘，連妳也來騙我？我不甘心，我不甘心啊！」

可再不甘心又有什麼用呢？一切已經成為定局。

姚老太太為了防止姚大妮逃跑，將她鎖在房間內，讓姚老大夫妻倆時刻看守著。

轉眼一個月過去了，明天就是姚大妮出嫁的日子，姚家卻沒有絲毫喜慶的氛圍，反而時不時地傳出姚大妮和朱氏的哭泣聲。

依照男方這樣的條件，根本不可能有什麼婚禮。

但作為長輩，賀穎和湯玉娥還是準備了一份禮物作為嫁妝要送給大姪女。

姚婧婧自告奮勇要將禮物給姚大妮送去，因為她心裡一直有個疑團需要去確認一下。

當她走到姚大妮的房間外時，發現裡面靜悄悄的，一直守在這裡的朱氏不知為何離開了。

姚婧婧打開虛掩的門伸頭一看，竟然發現姚大妮正拿著一根尖利的銅簪子對準自己的脖子，她的表情痛苦而糾結，彷彿生無可戀卻又不忍下手，生死就在一念之間。

姚婧婧嚇了一跳，立馬衝上去猛地一推，將銅簪子奪了下來。

姚大妮一下子跌倒在地上，立馬開始嚎啕大哭。「妳為什麼不讓我死？妳就這麼恨我，非要看著我去過那人不人、鬼不鬼的日子嗎？妳的心怎麼這麼狠啊！」

姚大妮這番指責毫無道理，更像是在發洩自己滿腔的悲憤。

「妳就算想死也不急著這一個晚上，奶奶已經收了人家的彩禮，如果妳就這樣死了，她可能連張破蓆子都不會給妳，妳娘也會被妳連累，可能真的會被休出門去。」

姚大妮憤憤不平地嚷道：「這和我有什麼關係？他們不顧我的死活，我憑什麼還要管他們呢？最好大家一起倒楣，就算我替自己報仇了。」

姚婧婧扯著她的手腕，將她從地上拉了起來。「妳要是想死，我也不攔著妳，等一會兒我走了，妳再動手吧！不過我還是要勸妳一句，好死不如賴活著，只要活著就有希望。」

「我知道妳認了幾個字，少在我面前說這些屁話，與其被那個豬狗不如的野獸給折磨死，我還不如自己落個乾淨。」

姚婧婧突然目不轉睛地盯著姚大妮的臉，眼神專注，不知在思考什麼。

姚大妮被她盯得發毛，忍不住大聲罵道：「妳要死啊？我不想看見妳，妳趕緊給我滾。」

「在孫家的那天晚上，妳和孫晉陽怕我撞破了你們之間的苟且之事，又看孫大少爺在前院喝醉了酒，便用迷香把我弄暈，偷偷放到了他的房間。如果未婚夫和小姨子鬧出了什麼醜聞，不僅孫大少爺的名聲會掃地，你們之間的婚約自然也會解除，這對妳和孫晉陽來說都是求之不得的好事。」

姚大妮呆了片刻，然後撇了撇嘴角，苦笑道：「妳還不是太笨嘛！沒錯，這件事是我做的，可惜那天晚上孫晉維竟然睡在了書房，否則落得我今天這個下場的就是妳。」

姚婧婧繼續說道：「雖然事情沒能如妳所願，但顯然我也沒認出孫晉陽，妳為何非要處心積慮致我於死地？」

姚大妮不耐煩地嗆道：「妳在說什麼？妳是死是活關我何事！」

姚婧婧心中一緊。「難道不是妳把我推到井裡的嗎？」

姚大妮大怒。「放屁！我什麼時候把妳推到井裡了？妳這個卑鄙無恥的小人，還想乘機給我扣屎盆子。」

「真的不是妳？」

「少廢話！妳說是我就是我，反正我已經這樣了，還有什麼好怕的。」姚大妮一直罵罵咧咧個不停。

的確，她都已經準備赴死了，還有什麼好隱瞞的？姚婧婧的心裡頓時沈重起來，當初暗害姚二妮的凶手竟然另有其人。可她實在想不通，除了姚大妮，還有誰有這樣做的動機？

「姚大妮，妳真的那麼喜歡孫家二少爺？明知他對妳是逢場作戲，還非要嫁給他不可？」

「妳問這些幹什麼？我算是明白了，妳就是乘機來看我笑話的。妳趕緊給我滾，滾！」

姚婧婧嘆了一口氣，這個姚大妮太討人厭了，她還真想一走了之，可從爺爺和爸爸那裡繼承到的醫者仁心又讓她不能這樣做。「我有辦法讓妳達成心願，不過還須確認一下。」姚婧婧拉過姚大妮的手腕想要為她搭脈，可姚大妮卻一直張牙舞爪，很不配合，姚婧婧臉色不禁一黑。「妳考慮清楚，明天那個男人就要來接妳了，這是妳唯一的生機。」

姚大妮愣了一下，她不知道姚婧婧葫蘆裡賣的什麼藥，可卻莫名其妙的有幾分相信。

其實姚婧婧剛才拉姚大妮起來的時候，無意中碰到了她的脈象，當時她就覺得有些蹊蹺，此時再一細診，便明白了。

「妳到底在幹什麼？不要裝神弄鬼的，否則我——」

「恭喜妳，妳懷孕了。」

姚婧婧輕描淡寫的一句話卻如同黑夜裡的一聲響雷，震得姚大妮險些暈了過去。「懷、懷孕？妳是說我肚子裡有了孩子？」

姚婧婧點了點頭，姚大妮的的確確是有了一個月的身孕，但由於這一個月她憂思不斷、驚懼過甚，所以胎象不太穩固，可能隨時有流產的跡象，不過這些話姚婧婧並沒有對她說。

她知道對於姚大妮來說，這個孩子來得太及時，就像一根救命稻草，無論如何姚大妮都要緊緊抓住。

「妳說的是真的？妳有把握嗎？會不會是妳看走了眼？」姚大妮感覺自己一下子從地獄跳到了天界，她雙手捧著自己的肚子，臉上散發出奇異的光彩。

「妳放心，絕對不會錯的，妳好好在這裡躺著，我去通知奶奶他們。」

姚婧婧轉身準備出去，姚大妮卻突然叫住了她。

「謝謝妳，我對妳做了那麼壞的事，沒想到妳竟然願意幫我。」

姚婧婧搖了搖頭。「現在說謝還太早，妳最好提前做好打算，依照孫夫人的性格，就算妳有了身孕，她同意妳嫁給她兒子的機會也很小，到時候妳的境況，只怕會比現在還要淒慘。」

第二十二章 做妾

當姚婧婧把這個消息告訴姚家眾人時，一下子就震驚四座。姚老太太不敢相信，即刻讓姚老大到鎮上請了一個大夫來替姚大妮重新診脈。

得到的結果讓姚老太太欣喜不已，姚大妮竟然真的懷了孫晉陽的骨肉。孫晉陽是孫家的嫡子，這個孩子的身分自然貴重無比，有了這個孩子，還愁孫家不肯娶她的孫女嗎？

盼星星、盼月亮地熬過了三天，得到消息的孫夫人終於帶著幾個丫鬟親自上門。

孫夫人的態度並沒有因為姚大妮懷了她的孫子而有所改變，從一進門開始就板著臉，眼中是毫不隱藏的嫌惡。

姚老太太見識過她的厲害，也不敢輕易拿喬，只是默默地坐在那裡。

朱氏倒像是忘記了之前發生的那些過節，對孫夫人極盡諂媚，沒奈何卻是熱臉貼了冷屁股，孫夫人神色冷冷的，連看都沒看她一眼。

最後還是姚大妮出馬，神色哀戚地走到孫夫人面前跪了下去，那泫然欲泣、嬌嬌弱弱的模樣讓人忍不住心生憐憫。

孫夫人皺著眉頭盯著她看了半天，終於嘆了一口氣，伸手將姚大妮扶了起來。

「妳倒是個有造化的，關鍵時刻竟然有了身孕。俗話說得好，母以子為貴，我縱然再瞧不上妳和妳這一大家子人，也不能不為孩子考慮。」

姚大妮聽了這話，喜極而泣，撲通一聲又跪倒在孫夫人腳下，連磕了幾個響頭。「謝夫人憐憫，您放心，從今以後，我保證對夫人言聽計從，夫人讓我做什麼，我就做什麼，一定不會辜負您對我的大恩大德。」

孫夫人讚許地點了點頭，緊接著看了姚家眾人一眼，將話頭一轉。「我們孫家家大業大，在長樂鎮也是排得上號的，像你們這樣窮人小戶出生的女兒根本配不上我的兒子；再加上我已經為晉陽定下了一門婚事，所以大妮若想進我孫家的門，就只有做妾一條路。」

「做妾?!」

姚老太太像是被人踩中了尾巴，一下子跳了起來。

姚老大生怕母親說出什麼難聽的話，讓事情變得無法挽回，連忙將她按回到椅子上。

「孫夫人，我知道孫、姚兩家的情況相差懸殊，可咱們兩家畢竟有過婚約，鄰里鄉親都知道大妮要去做少奶奶了，突然間說是做妾，您這不是讓我們一大家子抬不起頭來嗎？」姚老大這話說得委婉，事實上，在這個等級觀念異常森嚴的年代，女人的家庭地位本來就低下，而那些官宦富貴之家的小妾基本與奴僕無異，經常受到當家主母的虐待，就算丟了性命也不會有人為她們說一句公道話。

還有更重要的一點讓姚老大難以接受，如果姚大妮以小妾的身分進了孫家，那自此以後便與娘家再無任何關係，姚家也不能算是孫家的正經親戚。

若是如此，那他們這些日子的精心算計，不都變成了竹籃打水一場空？

「笑話，如果不是我大發慈悲，你們早就把女兒賣進妓院裡了。本就不是要臉的人，還裝什麼大尾巴狼？」孫晉陽這兩年糟蹋過的姑娘不計其數，但懷上身孕的卻只有姚大妮一人，一旦生下男孩，便是孫家的長孫，對於孫晉陽和他大哥爭權將大有助益。這也是今日孫夫人願意紆尊降貴來此一趟的原因，她對姚家人心裡的盤算心知肚明，這一家子窮鬼，簡直是異想天開。「大妮已經懷了身孕，再過兩個月就要顯懷了，除了我，誰還願意要她？我勸你們還是快做決斷。」

姚老太太剛想出言反駁，姚大妮卻搶先答應下來。

「做妾就做妾，只要能讓我伺候二少爺，我願意做牛做馬。」姚大妮心裡想得清楚，她寧願去孫家做妾，總好過嫁給石猴子那樣的男人。

「大妮，妳怎麼這麼傻。」朱氏心疼女兒，但又沒有別的辦法，事到如今，他們根本沒有與孫夫人討價還價的資格。

姚老大將姚老太太拉到一旁商量了幾句，最後轉過身對著孫夫人吞吞吐吐地說：「咱們家雖然窮，但也一直把大妮當成寶貝疙瘩，辛辛苦苦養了十六年，您看……」

孫夫人眼中的鄙夷之色更甚。「這規矩我比你清楚，平常納個小妾花費不過三、五兩，這段時間你從我們孫家撈的銀錢比這多了幾十倍不止，做人可不能太過貪心。」

「話是這麼說，只是……」

「廢話少說，我沒那麼多閒工夫和你們在這裡磨嘴皮子，我再給你們十兩銀子，從此以後我們兩家再無瓜葛。」孫夫人一揚手，跟在她身旁的一個丫鬟便麻利地從衣兜裡掏出一個荷包，甩在桌子上。

姚老大立馬喜孜孜地拿了起來，雖然沒有他原本預期的多，但對於姚家來說也算是一大筆錢了。

孫夫人翻了一個白眼，對姚大妮說：「我到外面等著，妳收拾收拾，今日就隨我去吧！」

姚大妮的心情無比雀躍，簡單收拾了幾件衣服，匆匆地與家人拜別，就迫不及待地跟著孫夫人走了。

姚大妮就這樣離開了姚家，這些與她有著血緣關係的親人沒有一絲傷心與不捨，反而為自家的姑娘賣了一個好價錢而沾沾自喜。

這難道真的只是貧窮的過錯？作為一個現代人，姚婧婧心中唏噓不已。

也許是手頭上寬裕了一些，姚老太太這段時間竟然沒有來找三房和五房的麻煩，因此姚婧婧和姚老三夫妻倆每日一門心思都撲在地裡，日子過得辛苦又充實。

好不容易熬過了酷暑，地裡的金線蓮長勢喜人，每一株都生出了四、五片葉子。

姚婧婧狠下心，挖了幾株帶回家，又到鎮上買了兩斤新鮮排骨，燉了一鍋金線蓮排骨湯。

「太美味了。」湯燉好後，姚婧婧用勺子先嚐了一口，忍不住讚嘆連連。排骨湯燉得湯濃肉香，再加上金線蓮特有的芳香氣味，簡直好吃到爆炸。

姚婧婧誇張的表情惹得姚老三和賀穎也食指大動，一家三口正準備大快朵頤一番，門外突然傳來一陣銀鈴般的聲音。

「婧婧，婧婧，妳在哪裡？」

賀穎習以為常地笑道：「二妮，陸小姐又來找妳了呢！」

自從陸倚夢身上的狐臭徹底治癒之後，她就成為姚家的常客，只要有時間她就會來找姚婧婧玩耍，甚至還跟著姚婧婧一起去地裡幹活。

里正夫人一開始還有些擔心，總是派好幾個丫鬟跟著她，日子長了，也覺得姚婧婧是真心對待自己的女兒，就由著她們去了。

賀穎站在廚房門口向陸倚夢招手道：「陸小姐，妳來得正好，二妮今日燉了一鍋排骨湯，聞著倒是香得很，妳也來嚐嚐合不合口。」

陸倚夢和姚婧婧一樣都是吃貨屬性，聽到有好吃的眼神立馬亮了起來。

「是婧婧親手做的嗎？那一定好吃，謝謝嬸子，我要一大碗。」

姚婧婧覺得好笑，拿了一只最大的大碗公，替她盛了滿滿一碗。

陸倚夢倒是毫不客氣，低頭猛地喝了一口，結果燙得摀住嘴巴發出一聲慘叫。

賀穎嚇了一跳，連忙道：「陸小姐，妳慢點，這湯是剛燉好的，燙得很呢！」

「沒事、沒事。」陸倚夢一邊跳著腳哈氣，一邊不停地誇獎。「真好喝，這不就是妳那個棚子裡種的寶貝嗎？妳不是說那是藥材嗎，怎麼還能用來做菜？」

「有一句話叫做藥食同源，不僅是金線蓮，還有很多我們平日裡吃的東西，比如橘子、核桃、粳米、蜂蜜等都可以入藥。」姚婧婧對待陸倚夢一向都很有耐心。

陸倚夢也不知聽沒聽懂，只顧一個勁地往嘴裡塞食物，也不知為何，她總覺得姚家的飯菜比自己家的香。

姚老三夫妻倆相視一笑，心裡極為受用，這位陸家的千金在他們面前絲毫沒有小姐的架子，也不嫌棄他們家的簡陋與寒酸，能交到這樣的朋友，也是自家閨女的福氣。

一通胡吃猛塞之後，陸倚夢心滿意足地拍了拍肚子。「實在太好吃了，婧婧，這個叫什麼蓮的東西妳也送我一些吧，我拿回去給爹娘也嚐嚐。」

「沒問題，這個月底這些金線蓮就徹底成熟了，到時我一定先挖一背簍給你們家送去。」姚婧婧答應得十分爽快，里正夫婦向來對她照顧有加，她也很希望有機會能夠謝謝他們。

陸倚夢眨了眨眼，掐著手指算了一通。「月底？那豈不是代表我們一回來就有美食可以吃？」

姚婧婧一邊幫賀穎收拾碗筷，一邊問道：「回來？妳準備出遠門嗎？」

「不是我，是我們。我娘過兩日要帶我去臨安城看望我外公，妳之前可是答應過要陪我一起去的，可不能說話不算話啊！」

陸倚夢話音剛落，姚老三一家三口都瞪著眼看著她。

「陸小姐，妳在說笑話嗎？臨安城，那該有多遠啊！」

姚老三兩口子這輩子去過最遠的地方就是長樂鎮，作為老實的農民，臨安城對他們來說是一輩子都不敢妄想的地方。

陸倚夢揮了揮手，一臉不在乎地說：「也沒那麼遠，我們坐馬車去，兩、三日的工夫就可到達。叔叔、嬸嬸，你們就讓她和我一起去嘛，臨安城裡好玩的東西可多了，婧婧一定會喜歡的。」

賀穎搓了搓手，一臉擔憂地說：「太遠了，二妮又是個小丫頭，跟著你們怕是有許多不便。」

陸倚夢一把抱住賀穎的胳膊。「嬸嬸，我保證一定會把婧婧安全帶回來的，不管是在路上，還是在我外公家裡，她都與我一同吃住，沒有什麼不方便的。我求妳了，嬸嬸，就讓她和我一塊兒去嘛！」

賀穎被陸倚夢纏得不行，便轉過頭看著自己的女兒。這件事說來說去，還是要看姚婧婧自己的意思。

姚婧婧有些猶豫，自從她來到這裡，每日裡看到的除了山還是山，她還真的想去臨安城看看古代的城市到底是什麼樣子；可另一方面她又放心不下地裡的金線蓮，辛苦了幾個月，眼看就要收穫了，若出了什麼差錯那可真叫損失慘重。

「二妮，妳若是想去就去吧，地裡的藥材就交給我和妳娘打理，這些日子我也學得差不多了，絕不會誤妳的事。」

姚老三能看出她的心思讓姚婧婧很是驚訝，這個原本粗線條的莊稼漢竟然能主動體察妻女的需求，如此大的進步讓姚婧婧感到無比欣慰。

賀穎看丈夫已經鬆口，她心中縱然再不捨也只能點頭答應。「二妮，這些日子妳也累狠了，想玩就去玩一趟吧！只是我聽說里正夫人是官府人家的小姐，那她的娘家肯定是一個大家族，處處都要講規矩，娘真怕妳不習慣。」

陸倚夢見姚老三夫妻倆都答應讓姚婧婧與她同去，心裡簡直樂開了花，此刻連忙拍著胸脯打包票。「嬸嬸，妳就放心吧，我絕對不會讓婧婧受委屈的。如果有人敢欺負她，我就算拚了性命也會護她周全。」

姚婧婧還沒來得及說一句話，事情就這樣愉快地決定了。

「婧婧，後天一早我就派人來接妳，妳什麼都不用帶，所有的東西我娘都已經替妳準備好了。」陸倚夢說完就蹦蹦跳跳地回去了。

姚婧婧拉著姚老三細細叮囑照看金線蓮需要注意的事項。

賀穎在一旁越想越心焦，萬分後悔剛才所做的決定，她剛想勸說姚婧婧還是別去了，湯玉娥突然抱著孩子匆匆忙忙地走了進來。

「三嫂，妳幫我看一會兒靜姝，我找二妮有點事。」說完把孩子往賀穎手裡一塞，拉著姚婧婧就走出了門。

「五嬸，妳把我的胳膊都拽疼了，到底什麼事把妳急成這樣？」

好不容易來到了姚婧婧的房間，湯玉娥終於鬆了手，兩眼發光地盯著姚婧婧，說話的語氣也激動不已。「二妮，剛才我大哥來找我，他從城裡的金老闆那裡帶來了一個大單子，如果妳能完成，價格就是這個數。」湯玉娥伸出一根手指，使勁在姚婧婧面前晃了晃。

「十兩？」

「一百兩。」

湯玉娥興奮的樣子就像買彩券中了大獎一般。

「一百兩啊！二妮，多少人一輩子都掙不到這麼多錢，妳可一定要抓住機會。」

一百兩的確不少，姚婧婧也來了興趣。「這次怎麼會這麼多？有什麼具體的要求嗎？」

「聽金老闆的意思，臨安城裡有一名貴婦馬上要過壽了，有金主想要預定一件高貴華麗、一拿出來就能震驚四座的首飾獻給她，所以金老闆說這件東西一定不能重複以前的樣子。二妮，我聽著感覺不是一件容易的活兒，妳有沒有信心完成呢？」

姚婧婧略微沈吟了一下後問道：「致和舅舅有沒有說什麼時候要呢？」

湯玉娥的語氣更加迫切了。「我大哥明天就要起身去城裡交貨，所以妳只有一個晚上的時間。」

時間的確很短，姚婧婧一時間沒什麼頭緒，只能坐在那裡努力回想記憶裡那些首飾的樣子。

「哎呀，妳還枯坐在這裡幹什麼？還不快點畫？那可是一百兩銀子啊！」湯玉娥看起來比她還著急，匆忙將紙筆鋪開，催促著姚婧婧趕緊動筆。

「好了，五嬸，我知道了，妳越催我，我越畫不出來。妳先回去照顧靜姝，明天一早我保證把圖紙給妳送去。」

雖已誇下海口，但一直到半夜，姚婧婧仍然抱著腦袋，對著一盞油燈發呆。

果然是術業有專攻，這活實在不適合她，姚婧婧決定幹完這票就收手。

就在她絕望到準備放棄之際，她突然想起在她大三放暑假時，曾跟著姑姑一起去巴黎參加過一次珠寶展。當時展出的名貴珠寶多不勝數，可唯一讓她印象深刻的只有一顆來自古希臘皇室的綠寶石吊墜。這顆吊墜被設計成孔雀開屏的樣子，最稀奇的是孔雀的眼睛和羽毛都是可以活動的，遠遠望去，恍若一隻流光溢彩的神鳥在翩翩起舞一般。

因為好奇，當時她還特意詢問了這顆吊墜的設計工藝。

姚婧婧一拍腦門，就是它了。

為了符合這個時代的潮流，姚婧婧把吊墜改成了一個大氣典雅的金步搖頭飾，她用了好幾張紙將其中的乾坤詳詳細細地分解畫清楚。

等姚婧婧將所有的手稿全部畫完，外面已經響起了一陣陣雞叫聲。她和衣躺在床上眯了一小覺，天便已經大亮了。

她掙扎著從床上爬起來，將手稿給湯玉娥送去。湯玉娥並沒有看出其中的蹊蹺，只是覺得畫中的孔雀富麗堂皇，讓人炫目。「二妮，妳真是太厲害了，我看這回肯定能成。」

湯玉娥仔細把畫稿收好，貼身收在懷裡，興沖沖地出了門。

吃過早飯，姚婧婧帶著姚老三一起去地裡檢查了一番，又是澆水、又是施肥，一直忙到中午過後才回家。

回到家裡，賀穎便張羅著替姚婧婧收拾行李，雖然陸小姐說什麼都不用帶，但出門在外，不怕一萬就怕萬一，多準備一些還是有好處的。

姚婧婧將錢袋子裡的錢全部倒了出來，這段時間光顧著忙地裡的活，也沒時間去採藥。之前賣手稿賺的二十兩銀子因為建造大棚的花費，還有每月給姚老太太上交的供奉和日常開銷，已經花去了一大半，剩下的只有五兩多銀子。

姚婧婧原本想留一半在家裡，可是賀穎卻只留了幾個銅板，將其餘的五兩銀子全部都塞到姚婧婧的包裹裡。

「家裡什麼都有，地裡的菜也吃不完，我和妳爹兩個人根本就不需要用錢，還是都給妳裝著吧，出門在外，用起來也方便些。」

「娘，妳這包裹裡裝的都是什麼？鼓鼓囊囊的，我這一趟最多也就半個月，月底就能回來了，妳怎麼弄得跟搬家似的。」

賀穎很憂愁地說：「早知道就提前給妳做幾身新衣服了，里正夫人的娘家可不比咱們這窮鄉僻壤，妳穿著這些粗布補丁的衣服，肯定會被人笑話的。」

「笑話什麼？到時候我就扮成倚夢的丫鬟，誰都不會注意我的。」

姚婧婧說的並不是玩笑話，她只是想去看看臨安城長什麼樣子，至於其他出風頭的事，還是能離多遠離多遠吧！

第二十三章　入城

第三天一早，陸倚夢的貼身丫鬟小青就來接姚婧婧了，姚老三夫妻倆一直跟著把閨女送到村口陸家的馬車上，還依依不捨地站在那裡眺望。

姚婧婧也有些感動，經過這些日子的相處，她已經把他們當成了親爹、親娘，直到兩人的身影徹底消失不見，她才轉過身打量自己所坐的這輛馬車。

這一次里正沒有跟來，所以只準備了兩輛馬車。里正夫人坐一輛，陸倚夢和姚婧婧坐一輛，除此之外還帶了十幾名丫鬟和護衛隨侍在身側。

也許是因為姚婧婧要同去的緣由，陸家為她們準備的馬車非常大，裡面雖然沒有什麼奢華的裝飾，但一應寢臥器具還是相當齊備。

按照姚婧婧的設想，這一路上看看風景、與陸倚夢聊聊天，應該是一段不錯的旅行時光。然而她實在是太低估這個時代馬路的威力了，坐了還沒有一個時辰，她已經吐了三回。

陸倚夢的情況比她好不了多少，原本總是嘰嘰喳喳笑個不停的小姑娘也變得萎靡不振，臉色蠟黃地趴在軟榻上。

一連趕了三天路，眾人終於看到臨安城的城門，等著入城的百姓排成了一個長隊，城門內外卻是完全不同的兩個世界。

和之前經過的那些小村、小鎮不同，臨安城裡的道路全部都用青石板磚鋪得平平整整，可以同時容納四輛最寬敞的馬車通行。

道路兩旁都是兩、三層樓的臨街店面，這些店面不管是裝修的豪華程度，還是經營的種類之多，都彰顯著這個城市的富裕與發達。

臨安城實在太大了，從城門到里正夫人的娘家差不多走了一個多時辰，好在她們早已換了舒服的軟轎，姚婧婧和陸倚夢一邊欣賞著沿路的景致，一邊說說笑笑，時間過得倒很快。

轎子終於落地，映入眼簾的是一扇氣勢恢宏、鑲著金邊的正紅色大門，門口放著兩尊好大、好威猛的石獅子，代表著主人家非同尋常的社會地位。

大門頂端高懸著一塊黑色金楠木牌匾，上面雕刻著幾個剛毅遒勁的大字。

「衛國公府?!」姚婧婧驚得下巴都要掉下來了，之前只是聽說里正夫人的娘家家世顯赫，可沒想到她竟然是一個國公府家的千金小姐。

姚婧婧心中疑竇叢生，古人講究門當戶對，衛國公府的小姐竟然會嫁給一個偏遠鄉村的地主，這件事簡直是匪夷所思。

「姚姑娘，妳不用緊張，我娘家雖然規矩不少，但絕不會有人刻意為難妳。」

里正夫人的話打斷了姚婧婧的思慮，她乖巧地點了點頭。雖然眼前的狀況有些出乎意料，但既來之、則安之，應該不會有人注意到她這個無名小卒。

越往裡走，姚婧婧心中的驚嘆越盛。

這個衛國公府的規模之恢宏、裝飾之精美實在讓人難以想像，姚婧婧突然覺得之前看過的那些古裝劇就像是小孩子扮家家酒。

陸倚夢上回來外公家已是好幾年前，記憶早已模糊，此時也是看哪裡都覺得新鮮，不停地指指點點，和姚婧婧交頭接耳。

走在前面的里正夫人突然轉過頭淡淡地瞥了她們一眼，姚婧婧和陸倚夢都看清楚了她眼神中的警告之意，連忙閉上嘴，專心走路。

大概走了二十多分鐘，終於來到了一處富麗堂皇的院子。這處院子居於後院的正中央，一看就是衛國公夫人的住所。

里正夫人轉過頭替陸倚夢和姚婧婧正了正衣衫。「進去之後不要亂動，沒人問也不要隨意插話。」看到兩人都恭順地點點頭，里正夫人終於放心地領著眾人進了內堂。

這間花廳明顯是女主人待客所用，面積很大，整個裝飾只能用一個字來形容，那就是「豪」。

「母親在上，不孝女給您請安了。」剛一進門，里正夫人就撲通一聲跪在地上，一連磕了三個響頭。

陸倚夢和三個侍女也跟著跪了下去，只剩下姚婧婧一臉的懵。

這些日子，姚婧婧雖然也學了一些古代的禮儀，但動不動就給人磕頭下跪，還是讓她有些難以接受。空氣中突然響起一個年輕女子的嗤笑聲，為了不讓里正夫人為難，姚婧婧咬牙跪了下去。

等了片刻，上首的位置終於傳來衛國公夫人慵懶而略帶疲憊的聲音。

「辭音回來了？都跪在這裡做什麼？萱兒，還不趕緊去把妳三姑母扶起來。」

姚婧婧愣了一下，辭音應該是里正夫人的閨名，沒想到這個溫潤如玉的女人竟然有一個如此詩情畫意的名字。

「姑母？我的姑母可是當今聖上的寵妃，這個女人是從哪裡冒出來的？還有她身後的那兩個黃毛丫頭，一看就是沒見過世面的土包子。」

剛才那個尖利刺耳的聲音又響了起來，姚婧婧雖然沒抬頭，但也能想像說這話的這名女子盛氣凌人的樣子。

「萱兒，妳怎麼能這樣說話？一點規矩都沒有，妳可是我衛國公府嫡出的大小姐，言行舉止都要注意自己的身分。」

衛國公夫人說話的語氣雖有幾分嚴厲，但「嫡出」這兩個字卻讓衛辭音覺得分外刺耳。張氏跟隨衛國公夫人多年，對她的心意自然十分明瞭，見狀連忙上前將衛辭音扶了起來，身後的眾人也跟著站了起來。

衛辭音剛一起身，便急著替衛萱兒緩頰。「母親，您別怪萱兒，我上一次見到她時她還在咿啞學語呢！這麼多年來她一直跟著大哥、大嫂在京城居住，不認識我也是應該的。」

衛國公夫人點了點頭。「妳這孩子從小就是個懂事的，嫁人生子這麼多年，性子倒越發和順了。跟在後頭的是妳的小閨女夢兒吧？幾年未見，竟長得這般大了。」

聽到自己被點名，陸倚夢立刻恭恭敬敬地上前屈身行了一禮。「夢兒給外祖母請安，祝外祖母安康如意。」

衛國公夫人的嘴角終於扯出一絲笑意，對著陸倚夢招了招手。「這丫頭年紀輕輕就生得如此標致，待在那鄉村野地裡真是可惜了，站到我身邊來，讓我仔細看看。」

陸倚夢聽到吩咐，立馬踩著小碎步走到了衛國公夫人面前。

衛國公夫人細細審視了一番，忍不住讚道：「果然是個難得一見的美人胚子，趕明兒找兩個老嬤嬤調教一下，日後說不定會有大造化。」

陸倚夢雖然不太明白衛國公夫人話中的意思，但總歸是在誇獎她，便紅著臉有些拘謹地謝過了。

「哼，一身的小家子氣，哪裡是上得了檯面的東西。祖母，您就別白費力氣了。」

這個名叫衛萱兒的姑娘好像跟她們有仇一般，總是不停地出言諷刺。

衛國公夫人皺著眉制止道：「不許胡說！夢兒比妳小一歲，妳還要稱呼她一聲表妹呢！」

衛萱兒翻了個白眼。「我可沒有這樣的表妹，說出去丟死人了。」

衛國公夫人懶得理她，目光在眾人臉上巡視了一圈，最後定在了姚婧婧身上。「這位是？」

衛辭音連忙解釋道：「這位姚姑娘是夢兒的好朋友，這次特意和我們一同前來，想領略一下臨安城的風土人情。」

姚婧婧也學著陸倚夢的樣子行了一禮，口中跟著喚道：「民女姚婧婧給國公夫人請安。」

「抬起頭來。」

姚婧婧緩緩抬起頭來，眾人都盯著她看，她也終於有機會一睹這些貴婦、小姐的風姿。

衛國公夫人看起來大約六十歲上下的年紀，保養得很好，臉上並沒有多少皺紋。她身上的衣著、首飾雖然簡單，但一看就知道絕非凡品。衛國公夫人出身名門，養尊處優了一輩子，眉宇間透露出一種波瀾不驚、久居上位的沈穩。

和她形成鮮明對比的是她的孫女衛萱兒，她雖然只有十五歲，但作為衛國公府年輕一代之中身分最高貴的嫡出小姐，性格飛揚跋扈，彷彿在這個世上沒什麼東西能入得了她的眼。

衛萱兒如此自負的原因除了自恃身分以外，還因為她有著旁人難以企及的美貌。

她的美如同她的性格一樣，張揚而豪放，這一點從她那高聳入雲的髮髻，和兩道挑入鬢間的濃眉可以看出。

這樣的人對待姚婧婧自然是頗為不屑。「嘖嘖，世上怎麼會有如此粗糙之人？瞧瞧她那雙又黑又瘦的爪子，上面還長了老繭呢！在咱們國公府，就算是最末等的丫鬟，看起來也比她嬌貴些。」

衛國公夫人眼看這個孫女越說越過分，忍不住低聲斥道：「張嬤嬤，把大小姐送回房裡，沒到午飯時間不准她再出來。」

張氏看了看這位性情驕縱的大小姐，神色頗有些為難。

「祖母，不用您說我也要走了，和這些鄉巴佬待在一塊兒，我還怕辱沒了自己的身分。」衛萱兒說完翻了個白眼，甩了甩衣袖，神色倨傲地走了。

衛國公夫人嘆了一口氣，有些無奈地說道：「萱兒這個丫頭從小和她爹娘一起住在京城，一直缺乏管束，上個月妳大哥派人把她送回來，說想讓我調教調教她的婦德禮儀，可妳看看她這個樣子，我哪裡能管得了她喲！」

衛辭音連忙寬慰道：「母親不必多慮，萱兒年紀還小，性子跳脫些也屬正常，能受到您的親身指導，假以時日，一定能成為像大姊那樣優秀、才情俱佳的名門淑女。」

衛國公夫人搖了搖頭。「她若是有瓊音一半聽話，也不至於到了這個年紀還沒定下人家。這幾年多少王公世家的貴公子上門提親，她卻是眼高於頂，一個都沒瞧上，真讓人不知拿她如何是好。」

衛辭音笑道：「像萱兒這麼好的條件，眼界高一些也是正常的，只怕大哥、大嫂在京城也是挑花了眼。」

「唉，女子的好時光只有這短短幾年，若是沒把握好就是一生的憾事。萱兒的身分擺在這裡，再怎麼樣也不會太差，倒是夢兒跟隨妳生活在那荒蠻之地，連一個可挑選的對象都沒有，難道妳這個做母親的真的打算把她嫁給一個靠種地為生的莽漢？」衛國公夫人突然將話題引到了陸倚夢身上。

衛辭音愣了一下，撲通一聲跪了下去。「母親思慮得極是，辭音也正為這個問題憂心不已。這些年我跟隨她爹生活在鄉野之間，對於外面這些世家往來毫不知情，夢兒的婚事，恐怕還要煩勞母親為她操心了。」

衛國公夫人揮了揮手，輕聲說道：「起來吧，妳雖然不是從我肚子裡出來的，但也算是在我身邊長大的，妳既尊我一聲母親，為妳謀劃打算也是分內之舉。當初我既然幫了她大姊，對她自然也不會袖手旁觀。」

衛辭音的欣喜之色溢於言表，她這個母親，為人雖然淡漠寡情，但是一旦答應的事，就絕對不會失言悔改，有了衛國公夫人的張羅舉薦，小女兒的婚事算是有眉目了。

衛辭音又是深深一拜。「辭音謝過母親。這些年我不能在您和父親膝下盡孝，還總是時不時地給娘家添麻煩，心裡真是慚愧得緊。」

衛國公夫人盯著衛辭音的臉，眼神閃爍，彷彿又想起了許多年前的舊事。「辭音，作為母親，我對待妳雖然沒有對待瓊音那樣用心，但是當年我也在條件範圍之內為妳尋了一門最好的親事，若是妳嫁過去，如今也已經是二品大員的夫人了；但是妳卻不知中了什麼邪，非要嫁給陸興醇那個窮小子，為此不惜拋棄國公府小姐的身分，偷偷和他私奔而去。我只想問妳一句，這麼些年過去了，妳可曾有過後悔？」

衛國公夫人的話讓姚婧婧驚訝不已，衛辭音這個看似溫順和藹的婦人，年輕時竟然做過如此驚人的舉動？

陸倚夢也瞪著眼睛，不可思議地看著自己的親娘，這些事情她也是第一次聽說。

衛辭音的臉色變了又變，猶豫了許久，才咬牙說道：「母親大人在上，辭音不敢有所隱瞞。興醇對我真的很好，這麼多年始終沒有改變，對於自己，我從未後悔過，但對於兒女，我這個當娘的確實是太自私了。」

衛國公夫人顯然沒有想到她會如此回答，一時竟有些怔住了。「妳不後悔就好，這個世上又有多少人能問心無愧地說出這句話呢？」

「辭音做出如此讓家族蒙羞之事，若不是母親大人開恩，我哪裡還有資格踏進這個家門一步？母親的大恩大德，辭音沒齒難忘。」衛辭音這話說得情真意摯，對於衛國公府這種大家族來說，與人私奔簡直是可以浸豬籠的死罪。當時若不是衛國公夫人想辦法將事情壓下來，勸說自己的丈夫承認了這門婚事，衛辭音恐怕只能日夜難安，一輩子過著東躲西藏的生活。

「好了，妳也是要做婆婆的人了，還說這些幹什麼？」衛國公夫人性子清冷，對任何與情感掛鈎的事情都很抗拒，她將目光又轉到了姚婧婧身上。

「這位姚姑娘就是妳信中提到的那個幫助夢兒治好狐臭之症的女大夫？」

姚婧婧心裡一驚，衛辭音竟然會將這件事告訴衛國公夫人，而且還特意提到了她，這實在有些奇怪。

衛辭音點點頭說道：「正是。姚姑娘雖然年紀小，但對於醫術之道頗有見解，我將她開的方子拿去給別的大夫看，沒有一個不點頭稱讚的。」

衛國公夫人心中並不大相信，招了招手喚道：「正好我最近身上總覺得不舒坦，既然姚姑娘如此厲害，那就請妳幫我號上一脈如何？」

姚婧婧看了衛辭音一眼，這件事早在她們的計劃之內，自己好像沒有拒絕的權力。她慢慢地走上前去，伸出手指搭在衛國公夫人右手的脈搏之上，沈吟了片刻，又換了左手腕，等到終於診完脈後，姚婧婧收回自己的手，後退了兩步，低著頭，態度十分恭順。

「恭喜國公夫人，您的身體狀況良好，並沒有什麼大毛病，只是由於平時思慮過重，引起心神失養，導致睡眠不安，只須服一些平常的逍遙散、補心丹，便可有所改善。」

衛國公夫人原本只是在試探她，聽到她如此回答，眼中終於露出驚奇之色。

「不錯，果然是有兩把刷子的。姚姑娘如此年紀便能精通岐黃之術，莫非是出自醫道世家？」

姚婧婧心中苦笑，這個衛國公夫人還真是說到了點子上，但她卻不能承認。「國公夫人過獎了，我只是一個普通的農家女，在機緣巧合之下跟著一個山野郎中學了一些醫術，會的也只是皮毛罷了。」

「姚姑娘太謙虛了，妳們一路舟車勞頓，還是先回房間休息一下，有什麼需要儘管跟張嬤嬤說。辭音，替我照顧好姚姑娘，來日只怕還有叨擾她的時候。」

離開衛國公夫人的住所後，所有人都暗自吁了一口氣。

「娘，您以前一直不願跟我講外祖家的事，外祖母看起來好嚴厲的樣子，她真的是您的母親嗎？可剛才她為什麼又說您不是她生的呢？」從前年紀小尚且不覺得，這一趟回來卻讓陸倚夢心中產生了一萬個為什麼。

女兒大了，有些事也能夠懂了，衛辭音眼看四周沒有旁人，便細細地和她說了起來。

「夢兒，我曾經跟妳說過，一般大戶人家的男子除了正妻之外，還會納許多小妾，我的親娘就是這國公府裡一個不得寵的小妾，小妾是沒有資格養孩子的，所以我一出生就被記在了夫人名下，由她安排丫鬟、婆子照顧我。」

姚婧婧早已猜中一、二，並不覺得奇怪。

可陸倚夢卻瞪著一雙大眼睛，彷彿不可思議一般。「那她對妳好嗎？」

衛辭音笑了笑。「母親的性子就那樣，對我雖然說不上有多照顧，但因為我娘在府裡不受寵，我又只是一個女子，不會威脅到大哥的地位，也不會分走什麼家產，所以她也沒有刻意為難過我。」衛辭音頓了頓，繼續說道：「尤其是當年我跟妳爹的事，她或許是怕別人說她教女無方，又或許是怕我毀壞了衛家女兒的名聲，但她的做法卻足以讓我感激一生。」

「娘，您的膽子可真大，竟然敢和爹私奔。你們倆是怎麼認識的？您怎麼就看上他了呢？」

陸倚夢心中的八卦之火熊熊燃燒，但衛辭音看起來卻有些不好意思。

「這事說來話長，妳還是回去問妳爹吧！」

衛國公夫人安排她們住的地方是衛辭音當姑娘時住的處所，一座環境清幽、精緻小巧的院子。

院子正中央是三間正房，一間是臥室，一間是書房，還有一間是會客用的小花廳，正房兩側還有幾處偏房，是下人們居住的地方。

「小姐您看，這裡竟然沒有一絲一毫的變化，連您以前最愛玩的那架秋千也還在它原來的位置呢！」一回到舊日的居所，衛辭音的貼身婢女雪姨的心情很是激動，連對衛辭音的稱呼都恢復到了從前。

衛辭音也有些感慨。「物是人非，轉眼已經快二十年了，當年的那些姊妹早已散落在各處，這輩子怕是再難一見。」

陸倚夢不懂娘親突如其來的傷感，只覺得到處都新鮮有趣，拉著姚婧婧這兒摸摸、那兒瞅瞅，忙得不亦樂乎。

衛辭音自然是住主臥，她安排下人在書房裡佈置了一張大床，作為陸倚夢和姚婧婧的休息之所。

等大家都安頓好之後，已經到了午飯時間，衛國公夫人並沒有請她們一同用膳，而是讓廚房送了一桌飯菜過來。

衛辭音對此不覺得意外。「妳外祖母有自己的一套保養之道，她吃的東西都是安排專人特製的，除非有貴客或是重大的節慶，否則她都不會和大家一起吃飯。」

陸倚夢和姚婧婧卻很喜歡這個安排，如果吃飯時還要戰戰兢兢地守著那些規矩，那她們估計會餓死。

第二十四章　玲瓏閣

吃完了飯，陸倚夢興致勃勃地想帶姚婧婧到街上逛一逛，衛辭音打聽到衛國公夫人今天下午並沒有再招她們的打算，便點頭答應了。

由於兩人對臨安城都不熟悉，衛辭音便派雪姨跟著她們。雪姨原本是土生土長的臨安人，後因家貧被父母賣到衛國公府做了丫鬟，雖然闊別故鄉多年，但大致的方位還是瞭解的。

一出國公府的大門，姚婧婧和陸倚夢就像兩隻撒開腿的兔子，瞬間跑出去老遠，急得雪姨在後面一邊喊、一邊追。

兩人第一站就是去吃心心念念了好久的梅花香餅，這是一家百年老字號，生意異常火爆，兩人排了好久的隊才買到手。

姚婧婧迫不及待地咬了一口，頓時感覺唇齒之間都是一股清甜幽遠的梅花香味，外面的餅皮經過烤製之後又酥又脆，口感極佳。

陸倚夢更是吃到陶醉。「就是這個味、就是這個味，不行，我要再去排一次隊，買它個百、八十塊回家吃。」

姚婧婧制止了她的衝動之舉，三人一邊吃，一邊繼續往前逛。

她們來的這條街相當於現代的步行街，算是整個臨安城最繁華的地方，聚集了各式各樣的商鋪，有酒樓、茶社、戲院、綢緞莊等等不勝枚舉，姚婧婧和陸倚夢只覺得自己的眼睛都不夠用了。

「婧婧，快看，是玲瓏閣。」陸倚夢兩眼發光，像是發現了新大陸一般，拉著姚婧婧向前方衝過去。

玲瓏閣？姚婧婧不止一次地從湯玉娥的嘴裡聽到這家店名，還有那個金老闆，好像也是響噹噹的一個人物。

這間叫做玲瓏閣的首飾鋪子，格局和現代的珠寶行很像，四周的貨架上擺滿了各式各樣的金銀首飾，從最普通的珠花、手串兒，到整套的頭面、大件的金器，應有盡有，直看得人眼花撩亂。

此時店內的顧客不少，掌櫃和夥計都忙得不可開交，一時竟沒有人手來招待她們。

陸倚夢也不催促，拉著姚婧婧一件一件地看過去，女人天生對這些東西沒有抵抗力，就連雪姨也滿眼欣喜，看得入迷。

「咦？這枝簪子的樣子怎麼如此眼熟，好像在哪裡見過一般？」陸倚夢突然指著一枝銀鳳鏤花長簪，若有所思地自言自語道。

姚婧婧瞅了一眼便心知肚明，事實上她之前畫的所有手稿都已經被製成了成品擺在店裡販售，根據它們擺放的位置來看，銷售情況還十分好。

「我想起來了。」陸倚夢突然跳了起來，兩眼發光地對著姚婧婧喊道：「這不是妳設計的首飾圖嗎？還是我親眼看著妳畫出來的呢！」

們感謝妳還來不及呢！」

「噓，小點聲，別讓人家聽見了。」任何時候，低調都是姚婧婧的行事準則。

陸倚夢絲毫不在意地說：「有什麼不能聽見的？我說的是事實啊！妳幫他們掙了錢，他們感謝妳還來不及呢！」

「兩位小姐看上了哪件寶貝？要不要試著戴一下看看？」

陸倚夢說話的聲音實在太大，一個夥計聽到之後連忙趕來招待她們。

陸倚夢伸手指了指姚婧婧設計的那支長簪，當時看姚婧婧畫時她就相中了這款，這次一定要將它拿下。

「這位小姐好眼光，這一款簪子可是我們家金老闆最新設計的熱銷款，城裡的小姐、夫人們都快搶瘋了，今天早上才剛剛補了一批貨，您要是晚來一天啊，又要斷貨了。」

這名夥計正滔滔不絕地吹捧自家的產品，陸倚夢聽著聽著卻變了臉色。

「你說這簪子是誰設計的？」

「我們家金老闆啊！他可是整個臨安城最有名的首飾匠，咱們玲瓏閣的鋪子都開到皇城腳下了，就連宮裡的貴人娘娘們也指名讓咱們金老闆幫忙製作首飾呢！小姐您難道沒聽說過？」

陸倚夢聽這夥計說話的語氣竟含著蔑視，忍不住勃然大怒。「什麼金老闆、銀老闆，我看是個魚目混珠的假老闆吧！這東西明明不是他設計出來的，還敢大言不慚地據為己有，簡直是不知羞恥。」

「妳、妳在胡說八道些什麼？大膽狂徒，妳也不看看這是什麼地方，竟然敢出言不遜。

老實交代，妳們到底是哪家鋪子派來鬧事的？」這名夥計一直非常仰慕自家老闆的才華，此時聽到有人竟敢誣衊他，立馬瞪著眼睛出言斥之。

「別說了，趕緊走吧！我既然已經把圖賣了出去，那自然就是人家的。」姚婧婧不想惹事，連忙拉著陸倚夢想要離開。

「這能一樣嗎？就算妳把圖賣給了他，他也不能說這是他設計的啊！這和科考時請人代寫有什麼區別？」

姚婧婧覺得頭疼，沒想到陸倚夢的智慧財產權意識還挺強的。

陸倚夢甩開姚婧婧的手，梗著脖子想和這名夥計理論清楚。

「掌櫃的，有人鬧事。」這名夥計卻不願繼續和她爭執，轉頭叫來了自己的頂頭上司。

玲瓏閣的大掌櫃早已注意到這邊的狀況，聽到喊叫立馬揮手招來了幾名維護店內安全秩序的打手。

玲瓏閣由於生意好、利潤高，請的打手都是鏢局出身，個個身強力壯，往那兒一站就給人一種強烈的壓迫感。

雪姨哪裡見過這個陣仗，嚇得差一點要暈過去了。「我的天啊！二小姐，您可千萬別再說了，這可不是鬧著玩的。您要是有個好歹，我怎麼向夫人交代啊！」

大掌櫃摸著鬍子，斜眼看著三人。「幾位姑娘，這裡可不是妳們撒野的地方，妳們是自己乖乖地出去，還是讓我叫人抬妳們出去？」

陸倚夢一向吃軟不吃硬。「怎麼，店大還想欺客？我不管，今天你們若是不給個說法，我們就不走了。」

大掌櫃長年與城中的貴婦、小姐打交道，早已練就了一雙火眼金睛，這幾個人看起來眼生得很，應該沒什麼厲害的背景，那他自然也不必客氣。「愣著幹什麼？還不趕緊攆出去。」

這些打手們可不知道什麼叫做憐香惜玉，聽到吩咐即刻湧上前，想要把三人抬起來丟出去。

「站住，誰都不許再動一步，否則我就把它砸了。」

突如其來的一聲暴喝嚇得大掌櫃立馬變了臉色，他連忙揮手攔住了幾位打手的腳步。

「妳、妳要幹什麼？」

陸倚夢和雪姨也看呆了，原來姚婧婧竟然乘亂鑽到了櫃檯後面，從櫃檯正中央一個鑲著寶石的錦盒裡拿出一顆雞蛋大小的夜明珠。

這顆夜明珠是玲瓏閣的鎮店之寶，可以說是價值連城。這個錦盒原本一直都是鎖著的，只是因為剛剛給客人展示過，才讓姚婧婧鑽了空子。

「姑娘，有話好好說，妳知道妳手上這個東西值多少錢嗎？若是真有個閃失，就算把妳賣了都賠不起啊！」看著姚婧婧不在意地將那顆夜明珠高舉過頭頂，大掌櫃整個心肝肺都在顫抖。

姚婧婧也只是情急之下的無奈之舉，古時女子最重顏面，她們若是被這些打手們當街扔了出去，只怕即刻就會淪為大家的笑柄。她是無所謂，可衛辭音明顯想在城裡為陸倚夢找個好婆家，如果此時鬧出了這種風言風語，對於她的親事將是大大的不利。「掌櫃的，我也不想把事情鬧大，你先把她們兩人放了，我就把東西還給你。」

「放、放、放，姑奶奶，妳們趕緊走吧！」大掌櫃簡直欲哭無淚，明明是她們自己賴著不走的，怎麼到頭來變成他押著她們不放？

陸倚夢還不服氣，雪姨卻早已嚇得半死，見狀連忙使出渾身的力氣，將陸倚夢往外拖。

兩人剛走到門口，突然從外面走進來一個三、四十歲、又矮又胖的中年男人。

這個男人長相平常，但身上的穿著打扮只能用珠光寶氣來形容。

他的頭上戴著一頂鑲滿寶石的紫金冠，兩隻手上戴了五、六顆大大小小、各種材質的戒指；他身上的衣服都是用金線所織，就連靴子上也嵌著兩顆極為名貴的海螺珍珠。

大掌櫃看到此人明顯很慌亂。「金老闆，您怎麼來了？」

金老闆陰沈著一張臉，語氣頗為不善。「看來我來得不是時候？掌櫃的，我把這麼大的鋪子交給你管，這亂七八糟的到底是怎麼回事？」

「金老闆，您誤會了，是這幾個女人蓄意在店裡鬧事，我正想辦法要攆她們出去呢！」大掌櫃急得滿頭大汗，連忙將事情的來龍去脈都跟金老闆說了一遍。

姚婧婧注意到這位金老闆的眉頭猛然一抖，瞇著一雙細長的狐狸眼盯著她的臉。

「這位姑娘哪裡人？為何平白無故地跑到我的店裡鬧事？」

姚婧婧並不想讓金老闆知道她就是那個賣給他首飾設計圖的人，否則只怕會引來無盡的麻煩。「金老闆，我們是來您店裡買東西的，只是因為和您的夥計發生了幾句衝突，他們就叫了這麼大一幫壯漢來欺負我們三個弱女子。您這玲瓏閣能發展到如此規模，靠的就是大家的口口相傳，如此做法實在讓我們這些客人感到寒心啊！」

「哦？還有這回事？」金老闆冷冷地看了掌櫃一眼，低下頭思慮了片刻後，竟對著姚婧婧拱了拱手。「金某御下不嚴，讓幾位姑娘受委屈了，金某代為致歉。」

姚婧婧搖了搖頭。「道歉就不用了，我們現在可以走了嗎？」

金老闆將身子一側，伸出手說道：「姑娘請自便。」

姚婧婧將夜明珠放回盒子裡，拉著陸倚夢，如一陣疾風般跑出去老遠。

「哎喲喂，累死我了，不要再跑了，我跑不動了。」眼看到了一條無人的小巷子裡，陸倚夢喘著粗氣，一屁股坐在牆角的石墩上。

雪姨瞅了瞅，確定後面沒有來人，終於鬆了一口氣，很是後怕地拍了拍胸脯。

陸倚夢噘著嘴，不滿地衝她嚷道：「雪姨，妳剛才為什麼一直摀著我的嘴不讓我說話？那些首飾樣子明明就是婧婧想出來的，那個金老闆竟然恬不知恥地據為己有，妳們嚥得下這口氣，我可嚥不下。」

「好了，有什麼可氣的？我畫那些圖就是為了賺點銀子，說來我還得感謝那個金老闆呢！妳現在這麼一鬧，以後他怕是再也不敢收我的圖嘍！」姚婧婧對這件事倒真覺得無所謂，反正她也不打算以此為生，那些虛名對她來說沒有絲毫用處。

陸倚夢翻了個白眼，怒氣沖沖地說：「妳是不是傻？妳知道妳設計的這些首飾替他賺了多少銀子？他分給妳的比起來就是九牛一毛，偏偏這樣一個人還受到大家的追捧，我非要把他這張虛偽的假面給撕下來不可。」
雪姨聽到陸倚夢這樣說，又是心急如焚。「我的二小姐，您千萬不要亂來啊！這位金老闆在臨安城可是響噹噹的一號人物，他不僅腰纏萬貫，還和很多高官、貴婦都相交甚好，您要是得罪了他，只怕會惹來很多麻煩。」
姚婧婧點點頭。「雪姨說得對，金老闆成名多年，還是有一些真本事的，否則這玲瓏閣的東西也不會如此深入人心。這件事就這麼算了，大不了我以後不再替他畫了，陸小姐，您就消消氣吧！」
陸倚夢剛想繼續反駁，突然聽到前方不遠的拐角處有動靜，嚇得她立馬大叫一聲。「什麼人？」
竟然有人在偷聽她們說話？姚婧婧和雪姨也覺得奇怪，皆緊張兮兮地看著前方。
沈寂了片刻，巷子口處終於冒出了一個穿著一身青色長衫的男子，這名男子大概二十歲上下的年紀，身體很瘦弱，臉色也有些蒼白，彷彿對於自己的偷聽之事很是愧疚。
陸倚夢厲聲斥道：「你是誰？偷偷摸摸的在這裡幹什麼？快說。」
「幾位小姐，實在對不住。小生姓齊名慕煊，剛才在玲瓏閣偶然看到幾位小姐的遭遇，因心生好奇，便一路跟了過來。幾位小姐請放心，小生絕無惡意。」
這個叫齊慕煊的男子明顯是個書生，說起話來文質彬彬，甚至還有幾分局促。
陸倚夢皺著眉頭繼續質問道：「好奇？有什麼好好奇的？沒見過別人吵架啊！」
「不是。」齊慕煊搓著手猶豫了半天，終於下定決心地對著陸倚夢開口道：「小生適才無意中聽到兩位小姐的談話，您說那支簪子是這位小姐設計的，我想請問一下這是不是真的？」

聽起來這名男子已經不是第一次偷聽她們說話了，陸倚夢忍不住嗆道：「是與不是和你有什麼關係？」

齊慕煊嘆了口氣。「唉，我只是覺得遇到一個同病相憐之人，忍不住想要關心一下。」

這下輪到姚婧婧感到訝異了，這話是什麼意思？難道這齊慕煊也是金老闆背後的槍手？

齊慕煊好像看出了她的想法，搖著頭苦笑道：「我比小姐您還要悲慘，從五年前開始，這玲瓏閣裡的首飾基本上都是出自我手。」

「什麼?!」這個回答讓三人吃驚不已，從齊慕煊的穿著打扮來看，他的日子雖然還過得去，但絕非大富大貴之人。

雪姨一臉不相信地問道：「這怎麼可能？五年前可是玲瓏閣開始揚名的時候，你要有這麼好的手藝，為什麼不單幹，非要躲在背後替金老闆賣命？」

齊慕煊的神色有些恍惚，眼中藏著一股化不開的悲哀。「這事說來話長，因為某些不得已的苦衷，我只能對金老闆唯命是從。我已經習慣了生活在暗夜裡，這輩子怕是都沒有機會重見光明了。」

姚婧婧越看越覺得這名男子有些不對勁，忍不住皺著眉問道：「齊公子不顧辛勞，一路跟隨，還將這些秘辛告訴我們，究竟有何用意？」

「小姐年紀輕輕就如此才華橫溢，實在讓人佩服，小生只是想提醒小姐一句，金老闆就是一個魔鬼，他會施展一種妖術讓您丟棄自己的靈魂，從此以後只能依附於他。小姐一定要小心，千萬不能著了他的道。」

齊慕煊說得一本正經，根本不像是在開玩笑，可姚婧婧卻完全聽不懂他在說什麼。她剛想仔細問個清楚，齊慕煊卻真的像是被人施了法一般，渾身不停地顫抖，豆大的汗水順著額頭流下來，整張臉都扭曲到變形，彷彿正承受著巨大的痛苦。

雪姨和陸倚夢嚇得尖叫一聲，連連後退。

「你怎麼了？」姚婧婧感覺這人像是突發了什麼疾病，連忙上前兩步想替他診斷。

「啊！別碰我。」齊慕煊突然發出一聲野獸般的嘶吼，推開姚婧婧，迅速跑得無影無蹤。

「站住，你去哪兒？」

這麼一個危險的人就這樣跑了，姚婧婧心裡很是放心不下，可臨安城這麼大，她根本不知道要到哪裡去找。

雪姨心有餘悸地勸道：「姚姑娘，算了吧，剛才那個人看起來怪怪的，說出來的話也莫名其妙，咱們還是離他遠一點為好。」

陸倚夢盯著齊慕煊消失的方向看了良久，茫茫然地問道：「靖靖，妳說這個人說得是真的嗎？」

姚婧婧搖了搖頭，這事聽起來太過詭異，實在讓人無法判斷。

至此，三人也沒有了逛街的心思，在雪姨的帶領下原路返回了衛國公府。

第二十五章　忠勇大將軍

第二天一早天還未亮，雪姨就悄悄地走進房將姚婧婧喚醒。

姚婧婧惺忪著一雙睡眼問道：「雪姨，怎麼這麼早？」

「噓。」雪姨輕手輕腳地示意她不要把陸倚夢吵醒了。

姚婧婧心中有數，起床穿好衣服，漱洗完畢後跟著雪姨來到衛辭音的房裡。

衛辭音早已等候多時，看見她進來連忙站起身迎了過去。「姚姑娘，這麼早把妳叫起來實在是不好意思，只是有件事我——」

「病人在哪裡？」姚婧婧開門見山地問道。

衛辭音一下子愣住了。「什、什麼病人？」

「就是您的父親衛國公呀！您此趟帶我來不就是為了這件事嗎？」

姚婧婧說得坦蕩，倒叫衛辭音感到有些無地自容。

「姚姑娘，妳別誤會，我父親已經病了有兩年了，尋遍了所有的名醫卻都束手無策，我看妳的醫術的確異於常人，便和母親商量著要請妳來替他看看，剛好夢兒也鬧著要妳陪她一起來臨安城，我心裡真沒有要利用妳的意思。」

姚婧婧毫不在意地搖搖頭。「我是一名大夫，替人看病是我分內之事，更何況夢兒視我為閨中密友，能為她的親人診病我樂意之至。」

「姚姑娘，對不起，沒有提前向妳說明實在是我的疏忽，只是我父親這病實在太過離奇，我不想妳的心情因此受到影響。」

「夫人放心，我一定會竭盡所能去替衛國公醫治，如果真的力不從心，我也會如實相告。」

衛辭音點點頭。「那我就先謝過姚姑娘了，早飯已經備好，請姚姑娘用完了早膳再去吧！」

「不必了。」姚婧婧望著滿桌精美的食物，卻沒有一點胃口。衛辭音的話激起了她的好奇之心，她現在只想在第一時間見到那個得了怪病的衛國公。

又是雪姨在前面帶路，三人七拐八彎地來到了衛國公府最後面一處茂盛的樹林，穿過樹林，看到一座修建得十分清雅的兩層小樓。

小樓前面的空地上有一座高高的花架，一身清淡素服的衛國公夫人正站在花架之下等候。

「母親。」衛辭音帶著眾人向她行禮。

衛國公夫人揮了揮手，神色倦怠地說：「不必多禮，咱們還是說正事吧！姚姑娘，雖然辭音極力向我舉薦妳，但我心中還是存有疑慮的。」

姚婧婧聽了這話只是坦然一笑。「我年紀小，又是一個農家野丫頭，國公夫人不相信我也屬正常；事實上，在沒有看到衛國公之前，我也不敢保證一定能治好他的病。」

「沒錯，就算是世間最厲害的大夫也有看不了的病。姚姑娘，我本就沒有抱多大希望，就算妳治不了，我也不會怪妳的，但有一點我希望姚姑娘能夠明白。」

衛國公夫人的表情很慎重，姚婧婧欠了欠身，表示洗耳恭聽。

「我家老爺在沒有得病之前是統領二十萬大軍的忠勇大將軍，雖然如今因病賦閒在家，但朝廷之中依然有許多他的部下相信他有朝一日能夠重返朝局，所以他的安危並不只是我們一家之事，所謂牽一髮而動全身，毫不誇張地說，這甚至可以左右整個江山社稷。」

還沒等衛國公夫人說完，姚婧婧已經瞭解了她的用意。

「國公夫人請放心，醫者自有醫德，不管在任何時候，我絕對不會向任何人透露衛國公的身體狀況。」

衛國公夫人讚許地點點頭。「姚姑娘果然是個聰明人，既然如此，辭音妳就帶姚姑娘上去吧！」

衛辭音驚訝道：「母親，您不跟著一起去看看嗎？」

衛國公夫人的眼中露出一股痛苦之色。「不了，妳父親那個樣子，每見一次，對於我來說都是一種凌遲。」

衛辭音無法，只能和姚婧婧一起跟著衛國公的隨身侍從往樓上走。

衛國公所住的這間屋子讓兩人產生一種熟悉之感，姚婧婧第一次見到陸倚夢時，她就生活在這樣一種環境之下，門窗緊閉，滿室的苦藥味。

「父親。」擔憂了這麼多時日，衛辭音迫不及待地衝到床前，想看看父親究竟病成了什麼樣子，讓一向孤高自許的母親都亂了方寸；然而，當她掀開床前厚厚的床幔時，卻突然像見了鬼一樣尖叫一聲，一下子跌坐在地上。

雪姨見狀，連忙上前去扶她，可無意之間的一瞥嚇得她也雙腿一軟，跪倒在衛辭音身旁。「怪、怪物。」

能讓雪姨說出如此大不敬的話，可見衛國公的模樣有多麼可怖，姚婧婧伸頭看了一眼，也忍不住打了一個冷顫。

躺在床上的根本就不能稱之為一個「人」，他的頭髮早已掉光，渾身上下所有的皮膚都在腐爛、脫落，散發出一股令人作嘔的腥臭味。在最嚴重的地方，姚婧婧甚至可以看到星星點點的蛆蟲在蠕動。他的整張臉就像被烈火焚燒過一般，完全看不出原本的面容，眼周的皮膚也已經爛光了，只留下兩個黑洞一般死氣沈沈的眼珠子。

姚婧婧發現他並沒有睡著，但看到有人來他卻絲毫不能動彈，甚至連一個字都無法說出，這個原本威風凜凜的忠勇大將軍，此時竟然已經變成了一個任人宰割的廢人。

「我可憐的父親，您怎麼會變成這樣。」衛辭音覺得自己作為女兒，不應該對身患重病的父親這個態度，可她實在沒有勇氣再看第二眼，只能趴在雪姨身上痛哭起來。

姚婧婧從懷裡掏出一個自製的口罩戴好，又戴上一雙手套，將衛國公身上的衣服撩開，仔細檢查他身上的每一塊皮膚。

依照症狀，姚婧婧已經初步斷定衛國公之所以會變成這個樣子，是因為他得了一種非常嚴重的銀屑病，也就是俗稱的牛皮癬。

雪姨一邊安慰衛辭音，一邊忍住想要嘔吐的慾望。「姚姑娘，這到底是怎麼回事？」

姚婧婧並沒有著急回答她的問題，而是坐在衛國公床前，屏氣凝神地開始替他診脈。

衛國公的脈象讓姚婧婧倍感心驚，時斷時續的脈搏就像乾枯的河床，不仔細聽根本就察覺不到。銀屑病的確是一種讓人倍感折磨的皮膚病，可病症像衛國公這麼嚴重，甚至危及到其他器官，讓人呈現植物人一般的狀態還真是罕見；至少之前的三十年，姚婧婧從未聽爺爺提起過有這種症狀的病人。

姚婧婧越想越覺得奇怪，便又重新戴上手套，將衛國公的五官一一仔細檢查了一遍。姚婧婧轉頭時對上了那雙黑洞洞的眼珠，她敏銳地發覺那對眼珠竟然動了一下，衛國公竟然是有感覺的！

醫者仁心，看著他眼裡流露出來的求救之意，姚婧婧突然產生了無盡的憐憫。一個人每天忍受著如此噬骨之痛，卻口不能言、手不能動，連哭泣都是一種奢望，如果能夠選擇，恐怕沒有人願意這樣苟延殘喘地活著。

大約過了一炷香的工夫，姚婧婧終於替衛國公診完病，在侍女端過來的銅盆之中洗淨了雙手。

衛辭音慢慢平復了情緒，在雪姨的攙扶下站了起來。

「姚姑娘，我父親他……」話音未落，衛辭音的眼淚又流了下來。

姚婧婧的心情也很沈重，衛國公的情況比她想像中更加嚴重。她低頭思考了一下，將衛國公的病情徐徐說明。「衛國公皮膚上的糜爛之症是一種比較罕見的皮膚病，雖然樣子看起來可怕，病人也會感覺很痛苦，但這種病並不會危及到性命，而且也有對症之藥。」

「真的嗎?!」

一句又驚又喜的驚呼在身後響起，姚婧婧一轉頭，就見衛國公夫人激動不已地站在門口，渾身都在止不住地顫抖。

原來她還是放心不下，悄悄跟上來察看丈夫的情況。

姚婧婧點點頭。「我可以給他研製一種外用藥膏，再加上一些內服的湯藥，只要持續塗抹、服用，不出一個月，這些皮膚上的潰爛就會好轉，時間久了，自然會長出新肉，即便無法恢復到原來的容貌，卻也不會像現在這樣嚇人。」

衛國公夫人還是不敢相信。「真的如此容易?可我之前請遍名醫，他們一開始也是信誓旦旦地說能治好，結果卻是越來越糟。」

「那是因為他們都只看見了衛國公外在的病症，卻沒發現導致這種病症不斷惡化的原因。」

衛國公夫人聽得有些呆了。「什、什麼原因?」

「國公大人身中奇毒，已經數年有餘了。」

「中毒?!」衛國公夫人的瞳孔一下子緊縮。「他中了什麼毒?還中了很多年?這怎麼可能，老爺他是前年才突發這種怪病，在此之前身體一直很好，沒有任何中毒的跡象啊！」

姚婧婧沈聲道：「衛國公中的是一種慢性毒藥，這種毒藥雖然不會立刻要人性命，但施毒者每日將毒藥以十分微小的劑量加入國公大人的飲食中，長年累月之下，衛國公的身體就會遭到破壞，對任何疾病都沒有抵抗之力。」

衛辭音聽得似懂非懂。「妳是說，父親變成這個樣子都是由於中毒導致的？」

「這是一個很大的因素，衛國公身上的許多內臟器官都因毒藥的侵蝕而受到了重創，再這樣下去，他離死亡也不遠了。」

姚婧婧的話讓衛國公夫人和衛辭音倒吸了一口氣，原本剛剛有了一些希望，瞬間又被打入更深一層的地獄之中。

衛辭音不顧身分，跪倒在姚婧婧身旁。「姚姑娘，妳既然能發現父親是中毒，就一定有辦法幫他解毒，我求求妳，妳救救他吧！」

「夫人快快請起。」姚婧婧連忙和雪姨一起，將衛辭音扶了起來。

「兩位夫人，不是我不願意幫忙，只是毒藥一事千變萬化，藥品的種類、劑量和下毒手法都會對解藥的配製產生影響；況且衛國公中毒時日久遠，毒性已經深入到骨髓之中，想要去除實在是有些困難。」

衛辭音眼中生出絕望之色。「難道我們就只能這樣眼睜睜地看著父親命喪黃泉嗎？」

姚婧婧略一思考，轉身對著衛國公夫人說道：「如果國公夫人信得過我，我願意盡力一試，就算不能將國公大人身上的毒性除盡，至少可以阻止它繼續惡化。」

衛國公夫人眼中露出感激之色，此時她對眼前這個小姑娘的醫術已是完全信服。「姚姑娘儘管放開手腳去醫治，哪怕能讓老爺多活一日也是好的。」

「當務之急是要找到下毒之人，此人能數十年如一日不間斷地給衛國公下毒而不被發現，一定是國公老爺身邊親近信任之人；只要找到這個人，就能搞清楚衛國公中的是什麼毒，這對於配製解藥將大有益處。」

「這件事交給我，就算是掘地三尺，我也會把這個人給找出來，到時候我一定要扒他的皮、抽他的筋，將其五馬分屍，方能解我心頭之恨。」

衛國公夫人話語間的狠戾之色把姚婧婧嚇了一跳，作為一個掌管衛國公府數十年的當家主母，就算外表看起來多麼清高倨傲，內裡的雷霆手段一個都不會少。

「那我先去替衛國公配製皮膚的外用之藥，至少能讓他所受的苦楚減輕許多。」

姚婧婧看不慣這場面，趕忙交代了幾句就帶著雪姨開溜了。

第二十六章　軟萌小鮮肉

為了方便服侍衛國公吃藥，衛國公夫人命人騰了一間房子專門用來熬藥，姚婧婧讓人準備了一些桌椅和研磨藥材所需要的工具，這間房就暫時成為她的工作室。

姚婧婧把需要用的藥材列了一張清單，衛國公夫人忙不迭地派管家出去採買，片刻工夫，各種藥材就堆滿了一整個房間。

姚婧婧瞪著雙眼驚道：「你沒看到我寫的數量嗎？你是把整個藥鋪都搬回來了吧！」

管家喘著粗氣回道：「夫人交代了，姚姑娘不管要什麼，我都十倍地去買回來。從現在開始，姚姑娘的話在國公府就是至高無上的，誰要是惹您不滿，就直接亂棍打出去。」

姚婧婧十分無語，好吧，反正花的不是她的銀子，隨他們去吧！

衛國公夫人派了一大幫下人供她使喚，但姚婧婧只留下了一名叫南星的藥僮，其餘的全部打發了出去。

這名叫南星的藥僮雖然只有十一、二歲的年紀，可悟性卻極高，姚婧婧只是大致把製作藥膏的過程和自己的要求講了一遍，他就非常麻利地去準備了。

製作膏藥時要先把所需要的各種藥材按比例配好，接著倒一大鍋香油，待香油燒開之後便加入藥材開始煉藥，等煉製的時間到了，就把中藥殘渣從油中過濾出來。之後再把藥油放在文火之上熬製，熬製三、四個小時之後再加入紅丹，待紅色全部褪盡後，將黏稠的藥油傾入冷水之中，藥油遇冷迅速凝結，這膏藥便算是製成了。

說起來容易，真正動手做起來卻很繁瑣。姚婧婧帶著南星在藥房裡忙碌了大半天，一直到天黑才回到衛辭音的院子裡。

陸倚夢等了她一整天，要不是被娘親攔著，她早就跑到衛國公那裡找她了。「婧婧，妳可回來了，我今天一直在屋裡等妳，簡直是悶死人了。」

姚婧婧對此卻不大相信，依照陸倚夢的性格，願意老老實實地待在這個小院裡才叫見鬼了。「妳沒和小青一起出去轉轉？」

一聽這話，陸倚夢的臉色突然變得不開心，噘著嘴，憤憤不平地嚷道：「別提了，一出去就碰到衛萱兒那個母夜叉，我和她大吵了一架，鬧得整個國公府都知道了。」

「哦？」姚婧婧想起昨日見到的那個刁蠻任性的國公府大小姐，對待這種滿身公主病的女人，最好的方法就是敬而遠之。「夢兒，妳以後還是儘量少和衛萱兒發生衝突，她畢竟是妳的表姊，在衛國公府她是主人，妳是客人，妳和她槓上，吃虧的只會是妳自己。」

陸倚夢卻很不服氣。「我才不怕她呢！看她那副狗眼看人低的模樣，真以為自己是仙女下凡了？我看以後哪個男人娶了她，才是倒了八輩子楣。」

姚婧婧啞然失笑，這對表姊妹倆還真是八字不合，以後這國公府算是熱鬧了。

忙碌了一天，姚婧婧實在太累，隨便吃了幾口晚飯就早早上床休息。

第二天早上，姚婧婧剛剛來到衛國公的住處，南星就雀躍不已地奔了出來。

「姚大夫，您昨日配的藥膏真是神奇，只一夜工夫，國公老爺皮肉上的潰口就已經停止腐爛了。」

「是嗎？」姚婧婧加快腳步跑上二樓，為了讓那些腐皮爛肉更快癒合，昨日她配藥時已經盡可能地加大了用量，但衛國公的適應程度的確超出她的想像。

「兩年了，這還是國公老爺第一次睡得這麼安穩。姚大夫，您看起來比我大不了幾歲，沒想到卻如此厲害。這兩年來在這裡進進出出的神醫換了一批又一批，從沒有一個有您這樣高明的醫術。」南星一臉崇拜地望著姚婧婧。如果說昨日他還心存疑慮，今日他已經徹徹底底地折服在姚婧婧的聖手之下。

「哪有你說得這麼誇張，我只是運氣比較好罷了。」被南星誇得有些心虛，醫學總是在不斷地進步，作為一個現代人，姚婧婧只不過是對每一種藥物的成分和藥性瞭解得更加清楚透澈而已。

「姚大夫，您不用這麼謙虛，如果您真的能將國公老爺的病治好，那一定會名震整個大楚，到時候慕名而來找您看病的人估計要從這裡排到京城去了。」

姚婧婧將腦袋搖成了撥浪鼓。「那還是算了吧，我可不想過勞而死。」

為了不打擾衛國公休息，姚婧婧帶著南星回到一樓的藥房，準備開一些內服之藥替衛國公解毒。

小南星在姚婧婧的指導下拿著巨大的鍘刀切藥材，由於身量太小，顯得頗為吃力。

雖然只相處了短短一天，但南星的能幹與懂事卻讓姚婧婧感到有些心疼。

「南星，你的爹娘呢？怎麼會讓你這麼個小人兒在這裡當藥僮？整天沒日沒夜、煙熏火燎的，身子能吃得消嗎？」

南星衝著姚婧婧嘿嘿一笑。「我爹娘都是賣身給國公府的奴才，在五年前的一場疫症中死了，我也沒有其他的親人，就一直跟著府裡的下人們一起生活。兩年前，國公老爺得了重病需要人伺候，我就主動請纓來這裡幫忙熬藥，雖然辛苦些，但至少能落個清靜。」

南星笑著，說得輕鬆，但姚婧婧的鼻子卻有些發酸。這個看起來天真無邪的小男孩竟然有如此坎坷的身世，實在是可憐、可嘆。姚婧婧迅速調整了自己的情緒，她不想因為自己無謂的同情影響到小南星積極樂觀的心態。「我覺得你對醫術一道很有天分，如果有機會好好地學習，將來肯定會成為一個了不起的大夫。」

「真的嗎？」小南星的眼神一下子亮了起來。「姚大夫，不瞞您說，這真的是我心裡的一個夢想，能夠用自己的才能拯救他人的性命，這種感覺一定很奇妙吧？」

姚婧婧點點頭，鼓勵道：「你這麼肯吃苦，假以時日，我相信你一定會成為這樣的人。」

小南星高興了片刻，眼神又黯淡下去。「我是國公府的家生奴才，沒有主人的命令，我甚至連國公府的大門都出不去，哪有機會去學習醫術，這個夢想這輩子注定只能是癡心妄想嘍！」

姚婧婧愣了一下，她之前完全沒有想到還有這個問題。「南星，你不要絕望，命運無常，說不定哪天你就有機會從這裡走出去，開啟自己的人生。你現在要做的就是努力、努力再努力，這樣當機會降臨的時候，你才有能力抓住它。」

南星呆呆地望著姚婧婧的臉。「姚大夫，您說得可真好，以前從未有人和我說過這些話。」

姚婧婧笑道：「反正我還要在這裡待一段時間，只要你不嫌我囉嗦，我就多給你講一些病例、藥方，這樣你以後自己摸索的時候也能有個方向。」

「真的嗎？謝謝姚大夫。」

南星一下子跪倒在姚婧婧面前，作勢要給她磕頭，嚇得姚婧婧趕緊伸手將他拉了起來。

「在我面前不興這個，你要真想感謝我就好好學，到最後我可是要考試的哦！」

南星點頭如搗蒜。「您放心吧，我一定會認真學的。我要是能學到一點您的皮毛，以後府裡的下人們有個頭疼腦熱就不用硬扛了，我也可以幫他們開藥。」

在這樣的環境下長大，不僅沒有怨天尤人，反而還能懷著一顆悲憫之心對待他人，這樣的南星怎麼能不讓人心生感動？

兩人一直忙到中午，終於伺候衛國公喝了藥。

雪姨將午飯端到了藥房裡，兩人早已餓極，就著滿屋子的苦藥味狼吞虎嚥地吃了。

「姚大夫，您回去休息一會兒吧，這裡就交給我了，您只須晚上再來替國公老爺號一次脈即可。」

姚婧婧想了想，點頭答應了。連續多日沒有睡好的確讓她感覺有些疲憊，她叮囑了幾句就和雪姨一起回去了。

兩人剛走到衛辭音的院子門口，突然看見陸倚夢帶著丫鬟小青心急火燎地從裡面衝出來。

雪姨連忙扶住她。「二小姐，您慢點吧！大中午的，這是急著要去哪兒啊？」

陸倚夢看到姚婧婧卻是驚喜不已，撲上前拉住她的胳膊就往外拽。「婧婧，妳回來得可真是時候，趕緊跟我一起走。」

「慢著，妳先說清楚去哪兒？妳外祖父那邊還有一大堆事，我可沒工夫陪妳瞎胡鬧。」

「我可沒有瞎胡鬧。」陸倚夢瞧了瞧四周，神秘兮兮地悄聲問道：「婧婧，妳還記得我們前天遇到的那個叫齊慕煊的男子嗎？」

姚婧婧想了想，點點頭。「怎麼了？」

「我找到他的住處了，現在就帶妳去看。」

「等等。」姚婧婧聽得有些糊塗。「妳找他？妳找他做什麼？」

「他那天說的那些莫名其妙的話，妳就一點都不好奇嗎？還有他最後那恐怖的樣子，我想想就覺得後怕。他跟金老闆的關係和妳跟金老闆的關係是一樣的，我這麼做可都是為了妳。」陸倚夢杏眼圓睜，理直氣壯地嚷道。

姚婧婧竟無法反駁，只能哭笑不得地回答道：「那還真是有勞陸大小姐了，妳能不能告訴我，妳是怎麼找到這個齊慕煊的？」

「這還不簡單。」陸倚夢的神色頗為得意。「這個齊慕煊既然是金老闆幕後的槍手，那他一定會經常去玲瓏閣傾聽客人的需求喜好，我坐在玲瓏閣對面的茶樓守株待兔，果然逮了個正著。之後我便派小青一路跟著他，順藤摸瓜就找到了他的住處。」

姚婧婧覺得有些不對勁。「他這麼快又去玲瓏閣了？他那天那個樣子，已經全好了嗎？」

陸倚夢連忙點頭。「對啊，看起來精神抖擻，跟之前完全判若兩人呢！婧婧，這麼奇怪的一個人，妳確定不去看看嗎？」眼看姚婧婧已經有些心動，陸倚夢拉著她就往外跑。「還猶豫什麼？小小年紀怎麼跟個小老頭似的，做事磨磨蹭蹭的。」

姚婧婧無法，只能跟著她走了。

「二小姐、姚姑娘，妳們就這樣走了？好歹跟夫人說一聲啊！」雪姨急得在後面直跺腳。

第二十七章 戒毒

齊慕煊的家在距離玲瓏閣不遠的一條小巷子裡，是一處獨門獨戶的小院，看起來無比尋常。

「妳確定他在家嗎？」姚婧婧站在門外聽了半天，也沒聽到裡面有什麼動靜。

「在的、在的。」

小青急急忙忙地說道：「半個時辰之前，我親眼看到他進去，這大中午的，他應該不會再出門了。」

「有沒有人，敲敲看不就知道了。」陸倚夢不由分說地衝上前將鐵製的門環敲得大響。

「哎喲喂，我的二小姐啊！我們什麼都沒搞清楚就這樣冒冒失失地衝過來，萬一那個姓齊的是個壞人，那我們不就是羊入虎口嗎？」雪姨現在無比後悔自己剛才情急之下就這樣跟了過來，再怎麼說也應該叫幾個身強力壯的家丁一起啊！

陸倚夢卻管不了這些，眼看敲門無人應，竟然用身子使勁一撞，木製的插栓早已腐朽，一撞之下竟然開了。

眾人伸頭一看，院子裡靜悄悄的，連一點聲響都沒有。

正前方有三間青磚瓦房，房門全部關得緊緊的，根本看不出個所以然來。

外面這麼大動靜齊慕煊竟然沒反應，這下要怎麼辦？

砰。

正當四人大眼瞪小眼時，從最中間的屋子裡傳出了一聲重物墜地的巨響聲，把四人嚇得一跳。

姚婧婧感覺不對，率先朝那間屋子奔去，一腳踹開房間的大門，屋內的景象卻讓人震驚不已。

墜地的並不是什麼東西，而是齊慕煊本人。

只見他雙眼緊閉，渾身縮成一團，不停地顫抖，身上的衣衫全部被汗水浸濕，彷彿承受著蝕骨之痛。

這個樣子和眾人前日所見如出一轍。

「齊慕煊，你怎麼了？」陸倚夢大著膽子上前一步，發現齊慕煊的指甲已經掐進了肉裡，地磚上散落著斑斑血跡。

在姚婧婧的印象中，好像沒有什麼急症會有如此反應，她試圖為齊慕煊檢查，但齊慕煊卻完全不配合。「張嘴。」姚婧婧發現齊慕煊的牙齒咬得很緊，生怕他會在劇痛之下咬斷自己的舌頭。「大家快來幫忙，把他的嘴撬開。」

齊慕煊的力氣很大，四個女人竟然奈何不了他，情急之下，姚婧婧揚起手，使勁甩了他幾巴掌。

齊慕煊殘存的神智終於被喚回來一些，他睜開眼，茫茫然地看著眼前的人，從唇齒之間艱難地擠出兩個字。「救我。」

「你到底怎麼了？你不說讓我們怎麼救啊！」陸倚夢急得都快哭了。

齊慕煊伸出顫抖的手指向牆角處的一個斗櫃，眼神中充滿異樣的渴望。

姚婧婧心裡一驚，突然好像明白了什麼。她一個箭步衝過去，看到櫃子上放著一個鏽跡斑斑的鐵盒，鐵盒裡面是幾個疊放整齊的油紙包。姚婧婧伸手將一個油紙包打開，裡面是一小塊棕黃色的不明物體，散發出一種說不清、道不明的強烈氣味。

姚婧婧心中不太確定，她把紙包裡的東西拿到齊慕煊跟前問道：「你是想要這個嗎？」

齊慕煊看到她手裡的東西，整個人變得瘋狂，像一頭餓狼一般撲上去搶了過來，而後跌跌撞撞地爬到房屋中間的一張軟榻之上。

軟榻上放著一桿又長又大的煙袋鍋子，齊慕煊將那塊不明物體塞到煙碗之中，湊到一盞燃燒的油燈上猛吸幾口。

空氣中突然飄起了一股奇異的香甜之氣，聞多了讓人有一種頭暈目眩之感。

齊慕煊卻像是在享用世間最珍貴的美味，那飄飄欲仙的陶醉模樣看得讓人瞠目結舌。

陸倚夢感覺自己的腦子完全不夠用了。「這到底是怎麼回事？他吸的是什麼東西？」

姚婧婧的臉色變得凝重，雖然她以前從未見過這個東西，但此時她已經百分之百能夠斷定，齊慕煊吸食的就是鴉片。「鴉片。」

「鴉片？那是什麼玩意兒？」

陸倚夢的疑惑是有道理的，事實上，此時鴉片還未在民間流傳，只是有一些跨國貿易的商人會把它當作藥材運回國內，但數量卻十分稀少。

「它是從一種叫做罌粟的植物中提取而來的，本身含有劇毒，會對吸食者的身體和精神造成嚴重的傷害，時間久了還會危及生命。」

「有毒?!」陸倚夢看著齊慕煊貪求無饜的樣子，心中焦急萬分。「既然有毒他為什麼還要吸？難道他真的不想活了嗎？」

姚婧婧嘆了一口氣。「這東西具有很強的致癮性，一旦染上就很難戒掉，而且每次吸食過後都會產生短暫的幻覺，整個人有一種飄飄欲仙之感，這也讓那些中毒者欲罷不能，所謂飲鴆止渴即是如此。」

雪姨的臉色已經變得慘白。「沒想到世上竟然還有這麼可怕的東西，這個地方太危險了，咱們還是趕緊走吧！」

說話間，齊慕煊已經吸食完畢，只見他長舒一口氣，整個人癱軟在榻上，嘴角還露出一絲滿足的微笑，原本枯槁的面容也泛起陣陣紅暈，這詭異的畫面看得眾人頭皮發麻。

姚婧婧走到他面前冷冷問道：「齊慕煊，你知道自己在幹什麼嗎？」

齊慕煊緩緩地睜開眼，眼神裡流露出一股難言的悲傷之色。「從前還不太清楚，剛剛聽到姚姑娘所言便全明白了。姚姑娘見多識廣，可否直言告知在下還可在這世上殘喘多少時日？」

姚婧婧伸手替他號了一脈後，毫不客氣地說道：「你的五臟六腑皆已受到侵蝕，如果你繼續吸食鴉片，不出五年就會全身衰竭而死。」

「五年？竟然還有五年，為什麼不能讓我現在就死去？」齊慕煊的聲音帶著悲慟的哭腔，一邊說、一邊使勁地用頭去撞擊牆壁。

「你瘋了。」陸倚夢原本就是一個心地善良的姑娘，她對齊慕煊的遭遇感到無比同情，自然不忍心看他如此虐待自己。「齊公子，你連死都不怕，難道還怕活著嗎？身體髮膚，受之父母，不敢毀傷，孝之始也。你是個讀書人，難道連這麼簡單的道理都不明白嗎？」

齊慕煊的情緒反而更加激動。「我不明白，我現在只想快點死去。自從染上這個鬼玩意兒後，我就變成了一具行屍走肉，這樣的日子每一天、每一刻都是折磨、是煎熬，沒有人能夠理解我的痛苦。」

情急之下，陸倚夢也顧不上男女之防，伸手拉住了齊慕煊的胳膊，制止他的自殘行為。「齊公子，你一定要振作起來，你是一個如此有才華的人，你的人生還有很長一段路要走，我相信只要你不放棄，一定會有辦法擺脫這個東西的。」

齊慕煊的嘴角流露出一絲絕望的苦笑。「這兩年來，我用了無數種方法想要戒掉它，可結果卻是越陷越深、越吸越狠。沒有用的，我這輩子注定要毀在它的手裡。」

「不會的，一定會有辦法的。」眼看齊慕煊完全聽不進去勸，陸倚夢簡直心急如焚。她抬起頭，看到姚婧婧一臉若有所思的表情，突然感覺心中一動。「齊公子，這裡有一個人能夠幫助你，我的好朋友姚婧婧是一個非常厲害的大夫，她一定會有辦法幫你戒掉毒癮。」看齊慕煊不為所動，陸倚夢急得衝姚婧婧大喊。「婧婧，妳倒是說句話啊！妳既然對這個叫什麼片的東西如此瞭解，那就一定能幫助齊公子戒掉它，是不是啊？」

姚婧婧猛地一抬頭，這個陸大小姐還真是會給自己找麻煩。衛國公身上的毒已經讓她焦頭爛額了，這會兒又添一個莫名其妙的癮君子，說好的吃喝玩樂呢？到底還要不要人活了。

「姚姑娘，齊公子看起來真可憐，您若是有辦法就幫幫他吧！」丫鬟小青和她的主子一樣，也起了惻隱之心。

姚婧婧無奈地嘆了一口氣，走到齊慕煊的面前，面無表情地看著他。「你知道戒除毒癮意味著什麼嗎？」

齊慕煊一臉茫然地望著她，眼前的這個小姑娘看起來就是一個沒長大的孩子，但她身上流露出來的自信與權威卻讓人無法忽視。

「意味著脫胎換骨，意味著再世為人，意味著需要承受挫骨揚灰的痛苦。這個過程具有很大的風險，有些人甚至會因此而喪命，你確定你要去承受這一切嗎？」

姚婧婧陳述的是一個殘酷的事實，那冷冽的聲音聽在齊慕煊的耳朵裡卻恍若天籟之音。他努力克制心中澎湃的情緒，用顫抖的聲音問道：「妳真的有辦法幫我？」

姚婧婧搖了搖頭，戒毒這件事即使是在技術設備齊全的現代，成功率也不高，她並沒有十足的把握。「我可以為你開一些安神解毒的方子，但戒毒這件事最重要的還是要靠你自己的意志力；尤其是毒癮發作的時候，熬過去就能看到光明，熬不過去就只能萬劫不復。」

齊慕煊眼中露出驚懼之色，他曾經無數次想用自己的意志來戰勝對魔鬼的慾望，可那種生不如死的滋味，並不是一個正常人能夠承受的。

陸倚夢在一旁焦急萬分地勸道：「齊公子，你千萬不要退縮，縱然過程再艱難，不試試怎麼會知道結果如何？這可是你最後的機會，你一定要把握住啊！」

齊慕煊抱著腦袋沈思了片刻，終於狠下心，抬起頭一臉堅定地望著姚婧婧。「沒錯，與其就這樣沈淪等死，還不如拚盡全力做最後一搏，姚姑娘，請救救我。」齊慕煊說完便站起身，對著姚婧婧鄭重其事地一揖到底。

姚婧婧冷眼審視著他。「你真的已經下定決心？」

齊慕煊沒有說話，只是輕輕地點了點頭。

「既然你堅持如此，作為一名大夫，我也只能盡力一試。這房子除了你，還有其他人在這裡居住嗎？」

姚婧婧突然轉了話題，眾人都覺得有些詫異。

齊慕煊搖了搖頭，語氣落寞地說道：「在下尚未成親，父母都在千里之外的兄長家，這裡只有在下孤身一人。」

「齊公子，有一點我要與你先說明白，在整個戒毒期間我會為你制定一個詳細的計劃，你必須無條件地服從我的安排。這等於說，從現在開始你吃什麼、幹什麼、什麼時候起床、什麼時候休息，都要聽我的指揮，你聽明白了嗎？」

齊慕煊毫不遲疑地點了點頭，姚婧婧專業的態度讓他看到了一絲成功的希望。

「那就好，齊公子，現在請你將你染上毒品的時間、過程，以及多久吸食一次、劑量，全都詳細地說清楚，不能有絲毫隱瞞。」

齊慕煊閉上眼，彷彿不願回憶那個讓他悔恨終身的時刻。

「在我很小的時候，就對那些金銀玉器產生了濃烈的興趣。五年前我聽說宮裡有一位手藝超群的首飾匠人告老還鄉，就千里迢迢地想來拜師學藝，誰知等我趕過來的時候才發現，那位老師傅已經仙逝了。正當我心灰意冷之時，碰到了那個人面獸心的金老闆。」一提起這個人，齊慕煊的眼神中不禁充滿了恨意。「當時他剛從他的老父親手中接下虧損嚴重的玲瓏閣，正愁沒有能吸引人的產品打開局面，我便試著為他設計了一些首飾，結果很快就受到了臨安城裡夫人、小姐們的追捧。當時他喜出望外，請求我與他長期合作，並承諾所得之利每人各分一半。那時我也是窮途潦倒，能夠有這種機會施展心中的抱負自然願意之至；然而好日子過了沒多久，噩夢就來臨了。」齊慕煊吞了吞口水繼續說道：「因為長時間的熬夜，我感覺自己精神不太好，金老闆非常熱心地給我帶來了一種名叫逍遙散的神藥。彼時我倆的關係可以說是水乳交融，我根本就沒想到這其中暗藏的禍心。很快地我就發現自己完全擺脫不了這所謂的逍遙散，金老闆也在此時露出真面目，用斷藥作要脅，逼迫我不斷為他賣命。」

「那個老王八蛋，一看就不是什麼好東西，要是讓我再遇見他，非撕了他那張老臉不可。」

齊慕煊說完他的經歷後，眾人都憤怒不已，尤其是陸倚夢，充分發揮了她的俠女性格，指天畫地地將金老闆罵了個狗血淋頭。

又問了幾個問題之後，姚婧婧對齊慕煊的情況已經有了大概的瞭解，刻不容緩，她決定立即展開齊慕煊的戒毒大計。

說幹就幹，首先要確定待在這裡幫助齊慕煊戒毒的人員，靠她們這幾個弱女子肯定不行，姚婧婧讓雪姨回國公府叫幾個陸家的隨從過來幫忙。

在等人期間，姚婧婧又迅速開好了方子，安排小青去藥鋪抓藥。為了給齊慕煊創造一個安全的戒毒環境，姚婧婧吩咐幾個隨從將屋內所有的雜物全部清空，只在地上鋪了一張軟薦供齊慕煊休息。

此時齊慕煊剛剛吸食過鴉片，精神還處在亢奮狀態，姚婧婧教了他一些息心靜氣的方法，又留下小青伺候他按時服藥，便帶著陸倚夢和雪姨先行離開了。

陸倚夢心裡總感覺放心不下，可她也沒有理由一直待在這裡，別說衛辭音了，就連雪姨也不可能答應的。

三人趕回國公府時已到了晚飯時間，姚婧婧匆匆扒了幾口便又趕去衛國公的住處。剛走進藥房，南星便跑過來一臉興奮地對她說：「姚大夫，您聽說了嗎？給國公老爺下毒的那個人抓到了。」

「真的？」這速度顯然超出了姚婧婧的預想，衛國公夫人的手段果然了得。「人在哪裡？」姚婧婧亟需從下毒之人嘴裡獲得更多有用的訊息，來調整對衛國公的解毒方案。

南星搖了搖頭，表示不清楚。「我只是看到府裡的幾個護衛押著一個國公老爺的貼身近侍從這裡走了出去，應該是扭送到國公夫人那裡去了。」

「姚姑娘。」

南星話音剛落，衛國公夫人的身影就出現在藥房門口，她那陰沈的臉色讓姚婧婧心裡驀地「咯噔」一聲。

「夫人，聽南星說下毒之人已被抓到，不知情況如何？」姚婧婧知道衛國公夫人受不了這滿屋子的煙熏味，便疾走兩步，跟著衛國公夫人到院子裡說話。

衛國公夫人的神情有些落寞。「抓是抓到了，只不過已經死了。」

「死了？」姚婧婧心中不詳的預感變成了事實。「怎麼死的？夫人難道派人對他用了刑？」

衛國公夫人搖搖頭，咬牙切齒地說道：「此人名叫章丘，是我家老爺最信任的一個手下。他做出這種喪盡天良的事情，我恨不得剝其皮、噬其肉，可我什麼都還沒來得及做，甚至連一句話都沒問出來，他就當著我的面咬舌自盡了。」

咬舌自盡？姚婧婧暗暗吞了一下口水，竟真有人選擇這麼慘烈的死法。

「章丘這一死，他身後的線索就全斷了，他是從什麼時候開始給老爺下藥、下的是什麼種類的毒藥、幕後指使之人是誰，通通都不得而知。」衛國公夫人嘆了一口氣，繼續說道：「雖然我心中氣憤難平，但事已至此，給老爺解毒一事只能全部拜託給姚姑娘了。」

姚婧婧點了點頭，心裡卻覺得萬分可惜，少了那些關鍵的訊息，配製出來的解藥效果也將大打折扣。「夫人，我還是那句話，我一定會盡我所能去醫治，但能不能將衛國公身體內的毒素全部祛除，那就要看天意了。」

「姚姑娘不必謙虛，我剛剛已經上樓看過，老爺的狀況確實已有很大的好轉，看來這次辭音沒找錯人，姚姑娘小小年紀卻是華佗再世，醫術驚人啊！」

姚婧婧垂頭道：「夫人過獎了，這件事還多虧衛國公本身有強烈的求生慾望，否則即使真的是華佗再世，也一樣難以回天。」

衛國公夫人鼻子有些發酸。「老爺從軍四十多年，生性要強，即便敵人的屠刀架到他脖子上也不會言敗，可到頭來卻落得這樣一個下場，老天爺為何如此不公？」

以衛國公夫人的性格，能夠在外人面前流露出脆弱的一面實屬難得，姚婧婧只是靜靜地聽著，她知道眼前這個女人並不需要那些空洞的勸慰。

衛國公夫人很快就調整好自己的情緒，又說了幾句感謝的話便匆匆離開了。

姚婧婧上樓察看了一下衛國公的狀況，替他重新調整了藥方，又給南星講了兩例常見疾病的診斷與治療，一直忙到夜深才回房休息。

第二十八章　神秘的男人

陸倚夢一向是個愛睡懶覺的小懶蟲，這天早上卻一反常態地一大早就把姚婧婧從床上拉了起來，催促她趕緊一起去齊慕煊的住處。

她們幫助齊慕煊戒毒這件事衛辭音並不知道，但雪姨心裡總感到不安，非要時刻跟著兩人，確保她們的安全。

三人剛走到齊慕煊家的巷子裡，便聽到一聲聲野獸般的叫號，那聲音太過淒厲，讓人忍不住寒毛直豎。

「不好，齊慕煊的毒癮又犯了。」姚婧婧搶先一步衝進齊慕煊的房間，看到毒癮發作的齊慕煊已經化身為一頭發了瘋的野牛，整個人處在一種歇斯底里的狀態，連眼珠子都快暴出來了。

陸家的幾個隨從按照她之前的吩咐，已將他的手腳用繩索捆住，防止他做出自殘或攻擊他人的行為。

「我不行了，給我逍遙散，快給我。」齊慕煊感覺有無數隻螞蟻在啃噬他的心臟，只有逍遙散能夠拯救他。

陸倚夢在他耳邊大聲勸道：「齊公子，你再忍忍，堅持就是勝利，這個時候放棄，那你之前所受的苦不都白費了嗎？」

「不，我忍不了了，給我逍遙散，我不要戒毒了，你們放開我，放開我，讓我去死。」齊慕烜一邊吼、一邊用力掙扎，此時的他力氣大得驚人，竟然將手腕上的兩根繩索掙斷了。

幾名隨從眼看情況不對，立馬撲過去，合力將齊慕烜壓在身下。

齊慕烜自然不會就此屈服，因此雙方便扭打在一起，場面頓時變得無比混亂。

「婧婧，妳快想想辦法啊，再這樣下去齊公子肯定會受傷的。」陸倚夢急得在一旁大叫。

姚婧婧忍不住翻了個白眼，她倒是沒看出來齊慕烜哪裡傷著了，反而是那幾個身強力壯的隨從被失去理智的齊慕烜又抓又撓，一個個都變成了大花臉。

「不好。」姚婧婧眼看齊慕烜突然開始翻起了白眼，身體也跟著抽搐起來，連忙衝上前使勁掐住他的下頜，待他的嘴張開之後便隨手抓了一塊抹布塞入他的嘴裡，她實在是被這些動不動就咬舌的古人給嚇怕了。「不管用什麼辦法，把他給我按死了。」

姚婧婧一聲令下，那些壯漢立馬放開手腳將齊慕烜整個人死死地按在地上。

齊慕烜的人雖然完全無法動彈，但他渾身依舊在用力反抗。

姚婧婧從衣袖裡掏出一只小小的布袋，將布袋展開之後，上面插滿了一整排各式各樣的銀針。這個寶貝是她花了兩個月的時間一根根親手打磨出來的，此時還是第一次派上用場。

陸倚夢和小青的眼睛都看直了。

還是雪姨見多識廣，有些猶疑地問道：「姚姑娘，您要給齊公子用針嗎？」

姚婧婧點點頭，光靠藥物的作用很難讓齊慕烜克制住體內的毒癮，只有靠穴位的刺激才能讓他鎮定下來。
說起針灸，姚婧婧其實並沒有太大把握，當年爺爺想將這一門古老的手藝傳授給她，她卻因為覺得無用而興趣缺缺，最後只是敷衍了事，僅僅學到一些皮毛。
現在正好把齊慕煊當成小白鼠練練手，想想都覺得激動呢！
姚婧婧先將銀針用烈酒消毒，又摸索著找到了內關穴、外關穴、勞宮穴和合谷穴，依次插入銀針。
隨著姚婧婧的手起針落，神奇的一幕發生了，齊慕煊的神情不再那麼煩躁，身體也漸漸放鬆下來，整個人慢慢恢復了平靜。
又過了一小會兒，齊慕煊竟然出現了睏倦感，打了幾個哈欠之後便睡著了。
「婧婧，怪不得妳不會繡花，原來妳都拿這些針去治病救人了，真是太神奇了。」
陸倚夢一臉驚奇地想伸手去摸那些銀針，卻被姚婧婧一把打掉了。
「不能摸，有細菌。」
姚婧婧將剛才用過的幾根銀針細細消毒一遍後，才重新收好放入衣袖之中。看來她之前對於針灸的看法太過膚淺了，這的確是一種非常有用的治療手段，值得發揚光大。
小青剛才被齊慕煊的樣子嚇了個半死，此時才長出一口氣，有些興奮地問道：「姚姑娘，齊公子這算是戒毒成功了嗎？」
姚婧婧無奈地搖搖頭。「這才哪兒跟哪兒啊？萬里長征才走了第一步，還有一段時間熬呢！」

「啊？」小青瞪大眼睛，很是後怕地叫道：「要是每次都跟剛才那麼恐怖，誰受得了啊！」

「那倒不至於。」姚婧婧一邊拿出一些隨身攜帶的金創藥發給那些受了傷的隨從塗抹，一邊繼續解釋道：「隨著齊慕煊對鴉片的依賴性逐漸減弱，毒癮發作的次數會減少，相應的症狀也會減輕，所以頭幾天是最關鍵的時期，每扛過一次，就離勝利又近了一步。大家都打起精神來，千萬不要半途而廢。」

小青只能點頭應了下來，誰讓她家小姐一根筋地非要救這個齊慕煊呢！

姚婧婧又對小青交代了一些注意事項和應急方法後，便帶著陸倚夢和雪姨離開了。

手中的兩個病人情況都有所好轉，姚婧婧心裡高興，便決定和兩人一起四處轉轉玩玩。古時候沒有現代那麼多遊樂場所，人們去得最多的地方除了集市，就是各種求神拜佛的廟宇了。

出身本地的雪姨向兩人介紹坐落在臨安城最西邊的靈谷寺，那是一座非常有名的千年古剎，環境清幽，風景秀麗，是一個遊玩賞樂的好去處。

「靈谷寺裡有一座月老廟，據說可靈驗了，二小姐和姚姑娘都還未訂親，是該好好去拜一拜。」

三人租了一輛馬車往靈谷寺去，大約趕了一個時辰的路，便到了靈谷寺的山門旁。

聲名在外，往來的香客自然絡繹不絕，附近村裡的人看到商機，便在前往寺廟的小路邊支起攤位，販售飯食與各種特色小吃。

前。

三人早已饑腸轆轆，一人點了一碗油潑辣子麵呼嚕呼嚕地吃下，這才繼續往山上走。

靈谷寺所在的這座山名叫靈谷山，山勢頗為平緩，三人走了半刻鐘的工夫就來到了寺前。

正如雪姨所說，這座寺院歷史悠久，占地面積極廣，寺內的建築鱗次櫛比，每一棟都風格各異，極富觀賞價值。

今日雖然不是節慶，但寺內的香客人數也不少，大多數善男信女都聚集在月老廟門前，排著長隊等待神靈保佑，能夠賜給自己一段美滿姻緣。

陸倚夢雖然表面上不情不願，但心裡還是躍躍欲試的，在雪姨的催促下也加入了排隊大軍。

姚婧婧對此卻真是沒有一點興趣，和兩人打過招呼之後便準備獨自在寺廟裡轉轉。

由於前殿人太多，姚婧婧便繞到後面比較僻靜的地方看看。這個時代的佛學文化已經達到頂峰，殿內擺放著許許多多氣宇恢宏、造型精巧的佛雕神像，看得人眼花撩亂。

突然，一座藏在樹蔭下的小殿引起了姚婧婧的注意，和周圍的建築相比，它看起來實在有些寒酸。

姚婧婧信步走了進去，發現裡面空無一人，周遭的陳設也比較老舊，只有一尊灰撲撲的普賢菩薩像屹立在高臺之上。

這可算是文物了，姚婧婧忍不住多看了兩眼，突然感到心中一凜。不知是不是在這種肅穆的氛圍中待久了，她竟然產生了神像會動的幻覺。

如果換作別人，怕是早已嚇得跪地磕頭，但姚婧婧卻是一個接受現代教育的無神論者，她根本不相信這個世界上有鬼神的存在。

姚婧婧目不轉睛地盯著眼前的佛像，很快地，更詭異的事情發生了。普賢菩薩的胸前竟然滲出了一滴滴細小的血珠，這些血珠順流而下，很快就將姚婧婧面前的香案染成了一片殷紅之色。泥菩薩還會流血？簡直是匪夷所思啊！

周圍實在是靜得可怕，姚婧婧也忍不住有些發怵，她大著膽子伸出手指在菩薩身上敲了兩下。咚咚，聲音清脆響亮，這座神像竟然是空心的。

姚婧婧頓時感到寒毛直豎，於她而言，人永遠比鬼可怕。

青天白日，朗朗乾坤，竟然有一個流著血的神秘人偷偷藏於這莊嚴肅穆的寶殿之上，難不成還真以為這些泥菩薩能夠普度眾生，救他於危難之中？

姚婧婧知道這裡很危險，當務之急應該立即離開，可醫者的職業道德卻不允許她這麼做，或許她的一個轉身，就會有一個生命渺無聲息地消失在這個世界上。

與神像無聲地對峙了數秒之後，姚婧婧終於硬著頭皮邁開腳步，準備繞到神像之後一探究竟；然而她剛走了沒兩步，就感覺一陣陰風撲面而來，緊接著脖頸一涼，一把鋒利的尖刀準確地架在了她的主動脈上。

「別動。」

一個比刀還冷的聲音貼著她的耳畔響起，姚婧婧一下子屏住呼吸。女人的直覺告訴她，身後這個男人絕對是個狠角色，如果自己稍有動作，他一定會毫不猶豫地割斷她的脖子。

果然是好奇心害死貓，她這下算是自掘墳墓了。

「妳是誰？」男人剛才在暗處觀察了她許久，一個其貌不揚的小丫頭，竟然有如此敏銳的觀察力和不畏鬼神的膽量，他心中已經判定，此女絕非表面上看起來那麼平凡。

「我叫姚婧婧，是一名大夫。」姚婧婧向來比較惜命，這種時刻自然是實話實說，況且以這名男子如今的狀況，應該很需要她這樣的人吧？

「大夫？」

男子的情緒果然出現了波動，姚婧婧能夠覺察出他喘氣的聲音在不斷加重，就連握刀的手也不自覺地抖了一下，看來他身上的傷比自己想像得還要嚴重。姚婧婧心裡鬆了一口氣，她相信沒人想要找死，只要自己還有利用價值，這個男人就不會做出對她不利的舉動。

「轉過身來。」

男子一聲令下，姚婧婧立馬乖乖地轉了過去，其實她心裡對這名神秘的男子也充滿好奇，巴不得早點一睹真容；可很快地她就失望了，這名男子一身黑色的夜行衣，就連臉上都蒙著一塊黑布，渾身上下只有眉眼之處展露於人前。

和那雙眼睛對視的一瞬間，姚婧婧忍不住打了個寒顫，這個男人遠比她想像得更加危險。那是一雙深不見底的眼，隱約散發出一種如刀鋒般冷冽的幽光，給人一種避無可避的壓迫感。

除了身上散發的駭人殺氣之外，這名男子的外形特徵倒是很符合現代社會的審美標準，一百八十幾公分的個子，身材精瘦，簡直是行走的衣架子，標準的長腿歐巴。

「我身上的傷妳能治嗎？」男子的聲音依舊冷靜而克制，彷彿是在講述一件與自己毫不相干的事情。

作為一名大夫，在面對受傷的病人時，第一時間竟然不是去審視他的傷口，反而去關心一些亂七八糟的事情，這樣的舉動實在太不專業了。姚婧婧輕咳一聲來掩飾心中的尷尬，她將目光移向男子胸前，只見他胸前的衣衫被利劍刺穿，露出一個血肉模糊的傷口。

從傷口的顏色來看，受傷的時間應該是在今日清晨時分，地上還散落著一些帶血的布片，看來這名男子曾經嘗試著自己包紮。

這樣看也看不出個什麼名堂，姚婧婧便從腰上解下一個褡褳，裡面裝的都是一些常用的醫藥用品。姚婧婧伸手指了指自己脖子上的尖刀，她可沒辦法在這種情況下為他治傷。

男子大掌一翻，手上的刀立刻消失得無影無蹤，就像變魔術一般，看得姚婧婧目瞪口呆。

姚婧婧定了定神，揚了揚手中的小剪刀問道：「那個，你是自己把衣服脫掉，還是讓我幫你剪開？」

由於失血過多，男子的精神越來越渙散，在確定這個小丫頭並不是他的敵人之後，他靠著牆角坐了下去。「妳看著辦吧！」

情況緊急，姚婧婧當機立斷，抄起剪刀將男子胸前染血的衣衫悉數剪下，將整個傷口全部裸露在外。

指尖觸碰到男子的胸膛，一種緊實而富有彈性的觸感讓姚婧婧心中起了一絲波瀾，沒想到此人身材如此之好，百分百屬於穿衣顯瘦、脫衣有肉的類型。呸、呸。也許是自從她來到這個朝代之後，所見到的男人要麼是身材魁梧的彪形大漢，要麼就是弱不禁風的病秧子，因此偶爾遇到一個稍微正點一點的，她便忍不住心猿意馬起來。

姚婧婧強迫自己集中精神，她用小瓶裝的烈酒將雙手消毒之後，輕輕地扒開傷口進行檢查，傷口很深，所幸的是並未傷及內臟。

這樣的情況光是簡單的敷藥包紮已經不能解決問題，姚婧婧拿出針線想要為他做皮肉縫合手術。原本以為要費半天口舌解釋，誰知她只是大致講了一遍，男子便點頭表示同意，隨後便閉上眼睛，一副任君處置的模樣。

也許是這兩個月經常繡花的緣故，姚婧婧覺得自己縫針的技術不知不覺上了一個臺階，穿針引線之間很快就將傷口縫合完畢。

在沒有任何麻醉的情況下，這名男子竟然全程都沒有發出任何聲音，甚至連臉上的表情都沒有變一下，要不是他額頭上不斷滾落的汗珠，姚婧婧真要以為此人痛覺神經失靈了呢！

傷口縫好之後，她又拿出一瓶自製的金創藥，替他抹在傷口之上。

男子半天沒有動，姚婧婧還以為他睡著了，正想著要不要趁此機會扯開他的面紗，探一探廬山真面目時，男子卻猛地睜開了眼睛。

男子犀利的眼神彷彿能洞悉旁人的想法，姚婧婧不自覺地抿了抿唇。

「這是什麼藥？」男子的身上除了這一處傷口，還有許多舊日的傷痕，久病成醫，他對各式各樣的療傷之藥都非常熟悉；可這個小丫頭給他用的藥卻與以往的都不同，抹在傷口上清清涼涼的，感覺很舒服，仔細聞還有一股若有還無的蘭花香味，彷彿能撫平焦躁的情緒，莫名使人安定下來。

「這可是我獨門自製的藥，名字嘛，就叫做保你沒毛病藥。」眼看男子已經完全放鬆下來，姚婧婧開始信口胡謅。「用了我的藥，保管十日之內你身上的傷口就能完好如初，連一點痕跡都不會留下。」

「哦？真有這麼神奇？」男子劍眉挑起，好像真的對此產生了興趣。

姚婧婧使勁點點頭，一臉真誠地說：「別看我年紀小，做生意最重要的就是誠信兩字，能在這種地方相逢也算是緣分，這一瓶我就便宜賣給你了。」

男子瞳孔微縮，這丫頭竟然還和他做起了生意，實在是有趣得緊啊！

「妳打算賣多少銀子？」

「不多、不多，一百兩而已。」

姚婧婧連忙將手中的藥瓶遞了過去，根據她以往看電視劇的經驗，像這種亡命之徒，不是江洋大盜，就是冷血殺手，對於這種不義之財，她黑起來毫無負擔感。

「的確是不多。」男子點頭表示同意。

「英雄果然有眼光，既然大家都是爽快人，我再給你打個九五折。」姚婧婧突然發現自己很有做銷售的天分。

男子沒有說話，只是接過藥瓶塞入袖中，又從懷裡掏出一只錦囊，朝姚婧婧丟去。

「多餘的就當作訂金，我需要大量的這種藥，越多越好。」

姚婧婧非常敏捷地接住錦囊，用手一掂，還挺有分量的，心裡忍不住樂開了花。「您放心，我立馬回去準備，保證讓您滿意。對了，敢問英雄尊姓大名？這藥製成了要送去哪裡？」

男子還未來得及回答姚婧婧的問題，外面突然傳來了一陣嘈雜的腳步聲。

「那間屋子裡好像有人，快，進去看看。」

男子眉頭一皺，兩手在地上輕輕一撐，整個人就一躍而起，動作乾脆俐落，完全不像是受了重傷的人。

「他們是來找你的嗎？」姚婧婧突然有些緊張，好不容易遇到一個出手如此闊綽的大金主，若是讓他被人抓走，那她就損失慘重了。「你在這裡待著，我去幫你引開他們。」果然是人為財死，姚婧婧此時也顧不上危險，匆匆忙忙地拉開門就衝了出去。

男子那閃著寒光的黑眸突然出現了一絲波動，他的手下意識地揚了揚，彷彿試圖阻止她魯莽的舉動，可最終只看到一個靈巧如小兔子般的身影一閃而過。

——未完，待續，請看文創風781《醫女出頭天》2

2019年8月出版

廢柴福妻

文創風 778～779

廢柴如她，雖然淪落到做工還債，
但姑娘家的骨氣，她絕對有——
不是誰想吃，就能吞下肚的！

馭妻有術　緣到擒來／龍卷兒

一覺睡醒便置身偏僻山村，還是被好賭的爹賣給人家當媳婦？!
渾身狼狽的洛瑾嚇傻了，苦苦哀求買主莫家放她一馬，
孰料人家的兒子根本瞧不上她，又不能白白放人，只好留下來幫傭抵債了。
可是……出身小戶千金的她完全沒碰過農活，堪稱廢柴一枚啊！
沒關係，她努力學，她會洗衣煮飯、燒火撿柴，外加繡花抄書寫春聯，
凡能生財的活兒絕不放過，總能掙夠銀子，把自己贖出去吧。
不過，這般做小伏低，竟又引起莫家次子莫恩庭的注意，
這個埋頭苦讀、原本要當她夫君的男子，不是挺嫌棄她的嗎？
如今卻將逗她當成日常樂趣，不看她臉紅心跳不罷休？
還在她出門做工被主家惡少欺負時，第一個跳出來護著她。
唉，她是廢不是呆，這下錢債未清，桃花債又來，要怎麼招架啦……

2019年8月出版

旺夫神妻

文創風 776～777

長得好看又有何用，為了利益，還不是能害死最親近的人？
好在她不是外貌協會，就算自家夫君不是彭于晏，
可心存善念，愛她、寵她，她就覺得他是全天下最棒的男人！
更何況夫君也不是省油的燈，到最後陳家要靠誰還不知道呢！

接天蓮葉無窮碧，映日荷花別樣紅／高嶺梅

何田田剛穿越到古代，就面臨被迫嫁人的命運，
想到貧困的家境、老實的爹娘，她只得咬牙嫁了！
據說未來夫君陳小郎人高馬大，外貌挺嚇人，方圓百里無人敢嫁，
不過陳家家境不錯，她嫁去至少能吃好穿好，
誰知嫁過去後，她才發覺陳家似乎有秘密。
陳小郎在家不受寵，可他也不在意，常常不見人影，對她又惜字如金，
婆婆曾有個下落不明的兒子，為了找兒哭瞎了眼，
還有那刻薄狠毒的大嫂，以及表面帶笑卻摸不透的大哥陳大郎……
她想安穩度日就得不露本事，過好自己的日子就好，
孰知她不害人，別人卻會來算計他們，
這不，公公莫名被綁架，被救回後都還沒查出真相就大病一場，
臨死前將陳家兩兒子分了家，她和寡言又一臉凶相的夫君竟被趕到荒郊野外？!

為流浪貓狗加油 和貓寶貝 狗寶貝

廝守終生(一定要終生喔！)的幸福機會

對人來說，貓寶貝狗寶貝只是生活的一部分，
但妳(你)對牠們來說，卻是生活的全部，領養前請一定要考慮清楚——

▲ 頭好壯壯的聰明寶寶　漂漂

性　　別：女生
品　　種：米克斯
年　　紀：7個月
個　　性：活潑、不會亂叫、習慣外出上廁所
健康狀況：(1) 已完成三劑幼犬疫苗、狂犬病疫苗；
(2) 已做體內、外驅蟲；
(3) 犬瘟、腸炎皆為陰性
目前住所：新北市中和區

『漂漂』的故事：

漂漂原是被一位中途從內湖動物之家帶出來照料長大，後來原飼主看到中途發文幫漂漂找主人，便認養回來。然而，如今原飼主因個人因素而想對漂漂放手；委託人實在不希望看到漂漂如此，也不忍心牠由於空間不足，經常被關在陽台，所以想刊登認養資訊幫牠找新主人。

委託人說，漂漂十分活潑、機伶，也喜歡玩耍，所以就利用「吃東西」這件事情來訓練牠的技能，像是坐下、等待這一類。委託人進一步提到，漂漂其實是隻很聰明的毛小孩，一件事情多半只要教2、3次，基本上就學會、記住了，不過有時候還是會不小心忘記一下（笑）。

談到令人印象深刻的事，委託人表示，漂漂健康狀況良好，不但有好好接種疫苗，檢查也都過關，最特別的是，漂漂去做結紮手術後，沒有像其他狗兒一樣沒精神、需要恢復期，居然當天就能立刻活蹦亂跳，好像沒事一樣，讓人除了大吃一驚外，也不免替牠捏一把冷汗。

漂漂是如此的聰穎，又是隻超健康的狗兒，委託人希望能為牠找到有緣、有愛心的主人，帶牠一起回家！請來信peijun0227@gmail.com（來信請簡單自我介紹）。

認養資格及注意事項：

1. 認養者須年滿20歲，且須獲得全家人的同意（租屋者須徵得房東同意）。
2. 須同意送養人日後之追蹤，絕不可以任何原因及理由而隨意棄養！
3. 認養者須具備足夠的耐心和愛心，去教導、訓練漂漂學習任何事情及規矩。
4. 漂漂屬於一般中型犬體型大小之犬隻，且目前成長階段需花費時間細心照顧，請認養者於領養前審慎考量自身的環境及狀況。
5. 漂漂極少被關在籠子，若被關籠可能會吠叫；另目前因處於換牙期，可能會咬家中物品，能接受上述兩點者才可提出認養。
6. 認養者須付擔晶片轉移費100元。

來信請說明：

a. 個人基本資料：姓名、性別、年齡、家庭狀況、職業與經濟來源等。
b. 想認養漂漂的理由。
c. 過去養寵物的經驗，及簡介一下您的飼養環境。
d. 若未來有結婚、懷孕、出國或搬家等計劃，將如何安置漂漂？

文創風 780

醫女出頭天 1

國家圖書館出版品預行編目資料

醫女出頭天 / 陌城著. --
初版. -- 臺北市 : 狗屋, 2019.09
冊 ; 公分. --（文創風）
ISBN 978-986-509-037-1（第1冊：平裝）. --

857.7　　108013849

著作者　陌城
編輯　黃淑珍
校對　沈毓萍　周貝桂
發行所　狗屋出版社有限公司
地址　台北市104中山區龍江路71巷15號1樓
電話　02-2776-5889～0
發行字號　局版台業字845號
法律顧問　蕭雄淋律師
總經銷　知遠文化事業有限公司
電話　02-2664-8800
初版　2019年9月
國際書碼　ISBN-13　978-986-509-037-1

本著作物由廣州阿里巴巴文學信息技術有限公司授權出版

定價250元
狗屋劃撥帳號：19001626
網址：love.doghouse.com.tw　E-mail：love@doghouse.com.tw